罗马

ROME

虹影 著

HONG YING

重庆出版集团 重庆出版社

图书在版编目（CIP）数据

罗马 / 虹影著. -- 重庆 : 重庆出版社, 2019.9

ISBN 978-7-229-14399-2

Ⅰ. ①罗… Ⅱ. ①虹… Ⅲ. ①散文—中国—当代②长篇小说—中国—当代 Ⅳ. ①I217.2

中国版本图书馆CIP数据核字（2019）第185054号

罗马

虹影　著

出版监制： 徐宪江

责任编辑： 何彦彦

特约监制： 王传先

特约编辑： 慕鹤鸣

营销编辑： 林沫言　张小光　张盛楠

产品经理： 张　倩

装帧设计： Moo Design

摄　　影： 虹　影　吴　琦　李　彬

插　　图： Sybil Williams（瑟珀）　阿　和

封 面 图： 艺术家马灵丽《姿态》

重庆出版集团 重庆出版社 出版

（重庆市南岸区南滨路162号1幢）

河北鹏润印刷有限公司　印刷

全国新华书店经销

开本：880mm × 1230mm　1/32　印张：11.25　字数：282千

2019年9月第1版　2019年9月第1次印刷

定价：75.00元

写在前面的话

何穗

一个从小生活在重庆长江南岸贫民窟的女孩，极度贫穷，永远饥饿，挣扎在生与死之间；有一个被半个南岸区唾弃为荡妇的母亲，她从小被骂作野种，遭到家人与社会的唾弃：作为家里的老幺也是最多余的一个，受尽欺凌，甚至曾被母亲抛弃送人；十八岁知道自己是私生子的身份，才见到自己真正的父亲；她离家出走，十年漂泊流浪，她靠写作为生，寻找自己，寻找爱，却沉沦于男性中心主义者的旋涡里，经历你难以想象的风暴。

这样的前半生，如果是你，敢不敢想，你会怎样面对，怎样继续？

而虹影就这样从命运的风暴中走出来，赤裸裸地站在你面前，把所有耻辱的伤口撕开，告诉你她的过往、她母亲的过往、她的兄弟姐妹的过往，那一代人的过往。想想，重庆，1962年，吊脚楼，长江边，那些在沙滩上钓鱼的人，乘渡轮的人，一个女孩在雾中等候她的母亲。像电影，又是我们这一代久违的历史，一下子出现在面前，真的想继续往下看看，他们到底是什么人，有着怎样的命运。

和虹影相识，是2018年春天，和朋友们喝茶聊天，一位前辈提起虹影，突然来了兴致当下就打了电话邀请。我很紧张兴奋，因为我对有如此身世经历却依然有无限爱的女人有很多的好奇。半小时后虹影就来了。

我们一见如故，宛若老朋友，当日她就给我发了这个《罗马》故事的文本，我受宠若惊。

故事里的两个女孩，从小物质与精神贫瘠，她们有截然不同的性格与人生轨迹，在充满神秘与奇迹的罗马相遇。她们与母亲的关系，她们成长的痛，爱情的伤，如江岸点点轻烟在霞光中升腾起来。读着这本书，我有些恍惚，书里人物，一个人，有好有坏，是多重性放射的性格，尤其是书里的两个女性，发现仿佛是同一个人，如我们每一个人一样拥有双面，分裂又融合，分裂在巨大的价值观，融合在对自身的抗争与和解之中。

我们的人生轨迹也常常如此，乖巧安分，循规蹈矩，却做了最叛逆最不被身边人所理解支持的事情。或总是保持敏感与理性，事事分析利弊，也会被命运打击并发出“为什么这种事会发生在我身上”的问题。

像夏目漱石所说，不喜欢的事情，愤怒的事情，跟尘土一样多，假设一个人允许它们存在，这样才称得上伟大。

我们最终都将学会面对和接受自己的自私与阴暗，学会包容原谅自己、寻找自己、爱自己，来治愈内心的创伤；放下悲伤的、失败的甚至羞耻的过去，拥有力量与勇气去创造未来。我们慢慢地、努力地学习成为水，以柔克刚，且包容、自由又强大。

看完这本书，我问虹影：“这是你哪年写的书？”

虹影回：“2014年。”

“这与你之前的书很不一样，我能感受到这是你第二次婚姻，并且有了女儿之后的作品。”

看书的时候我看到一个痛苦无助的小女孩在雨中呼喊，她跌倒了，爬起来，向我转过脸来，对我诉说那些带着灰色记忆的过往和痛苦。

我问她："感觉你已被爱治愈了，那你写这本书的缘由呢？"

虹影回："是的，很幸运。我的写作从记忆出发，带有家族性和对女性身份受伤害的耻辱，以及对这个社会既暴力又温柔的抵抗。"

这让我想到路易丝·布尔乔亚说过的话："我需要我的记忆。它们是我的档案。"

每个人的童年，指向了每个人一生的路。

记忆在那儿生根发芽。

这本书正部让我着迷，是因为回忆与现实相连，互相漫延，又自成一体，多线叙述。

这本书副部让我掩卷沉思，是它真实而有力量。

仿佛虹影一直对我低语倾诉，这种委婉和真诚，特别打动我。虹影是独一无二的，她强烈表现女性自身的生命体验，通过作品解剖自己，勇往直前，不畏惧这个世界对女性的偏见与伤害，因为我们女性自身是带着不与这个世界的强悍妥协的立场，看待这个世界、感受这个世界，并对待这个世界，而恰恰这种立场在现世之中显得如此弥足珍贵。

虹影从记忆深处给我们打捞出来的这个故事，就在这儿，点一炷香吧，拧亮台灯，静静地呼一口气，开始读吧，那遥远的罗马城，一辆马车正在哒哒哒地驶过来。

谁坐在里面呢？

我知道，但我不告诉你。

↑古罗马斗兽场

Eur
piazz. Venezia
eccetto

↑帝国广场

↑图拉真凯旋柱

西班牙大台阶

↑四河喷泉

↓市政广场，位于罗马行政中心的卡比多山上，罗马最美的广场之一，建筑和雕刻的综合体

↑远眺位于威尼斯广场的维克多·埃曼纽尔二世纪念堂

↗威尼斯广场

↑虹影和丈夫、女儿在意大利电影大师费里尼故居前

↑ Margutta 街头

↑《罗马假日》中记者的居住地

↗ 位于著名威尼托大道上的哈利酒吧（Harry's Bar）

HARRY'S BAR
ROMA
TREVI ELITE
HB

Ristorante
Dal Bolognese
Ristorante

←位于人民广场，曾经费里尼等名人、明星常去的咖啡馆↓

↓罗马街头→

Monastero di S
Esposizione di beneficen
www.obitel-minsk.by
Bielorus

↑街头表演→

DIESEL
CUBE

↓最富生活气息的鲜花广场市集

↖ 位于银塔广场的流浪猫收容中心。该中心结扎、照顾流浪猫，以及帮助流浪猫找新主人

↑由修道院改建的酒店，位于台伯河岸区

↑修道院酒店的花园

↑罗马人鹿易吉·塞拉菲尼，天书《塞拉菲尼抄本》作者

↑著名作家严歌苓和虹影。拍摄地为鹿易吉的叔叔位于意大利马尔凯省佩达索海边的别墅

↑虹影在意大利福祈的家

目录

给瑟珀

也给我们在另一个星空的朋友：

Verouica Bland Farrazza

Feancesco Petrucci

燕燕的罗马婚礼

Yanyan's Rome Wedding

我无法回到过去，过去的一切都是障碍，
可是它侵入我的记忆，将一座城，又一座城呼唤在我眼前，
我不得不面对，并与你生活在其中。

看过一帧照片，小小的，发黄的，四个角都破损了。照片上的男人戴了副眼镜，穿了件西服，看不出年龄，鼻子较大，嘴唇线条柔和，左眼有点眯着，头发乱乱的，却让人感到安全，值得信赖。奇怪的是，这帧照片留在了脑子里，会不时出现，夜里想起来，便有困惑，甚至疲惫，会生出久违的记忆，就会想起另一个人。

另一个人是谁呢？想不起来。这帧照片背面写有时间，是1997年秋。1997年秋，除了香港回归这件大事，还有一件对她来说不小的事，是九月的一个午夜，她看到了月全食。生平第一次经历月亮、地球、太阳在一条直线上，月亮进入地球的影子，太阳光照射到地球表面，大气层又把红光折射到月亮表面，变成红月，令她惊叹宇宙的奇妙。除此之外，还有什么事，一定有什么事发生，那一切跟现在，存在什么样的联系？

她不能再想下去了。

有一头怪兽存在她的内心。

每每经过那片沙滩，都会住脚。那儿是废弃的旧码头，好多年前倒是车水马龙，运货物，摆有早市菜摊，人来人往，赶集一般。长江中游修建了水库大坝，水位提升，江边修了堤岸，渐渐少了热闹，扔下生锈的船坞和吊车。江水积了好几个水潭，不管春夏秋冬，总有好多钓鱼人，他们或蹲或坐在那儿，专注地盯着水里。

一阵轻悄悄的脚步声响起，走过来一个小小的人。她手里举着一把蓝雨伞，那蓝在那闪着光芒的水前，更像青。潭水有不少绿浮萍，空隙间显出小女孩单薄的身影。江里涨水时，进入坡里，水退后，自然在坡地里形成小湖，有一通道，还是连接江。女孩注意到钓鱼人盛水的塑料袋里一条鱼也没有，于是胆怯地问：

“叔叔，池里真的有鱼吗？”

没人回答。隔了好一阵子，其中一个蹲着的钓鱼人，动了动鱼竿，认真地盯着水波说：“当然有鱼。”

她希望他们能钓着鱼。为不影响他们，隔开五十来米的距离，她找了一块伸入江水一段的礁石坐下，把伞放在边上，双脚浸在江水里，嘴里玩耍着口水，像鱼一样吐出泡泡来。春天早来了，雾也跟着来了，一片灰，灰得可以拧出水。渐渐地，江面视野模糊，一群灰鸽飞得很低，盘旋在她的头顶。

太阳光透出，雾气在散去。一艘大白轮沿江缓缓驶来，客舱里的人站到甲板上朝岸上张望。他们指指点点，在激动地交谈。

她屏息静气，希望能听到他们在说什么。

1. 第一天

好多年前，有个白袍人对燕燕说，你可以拒绝一切诱惑，除了罗马。

这话成谶。罗马就像一块神奇的磁石，吸着她一点点靠近。此刻她戴着防污染的口罩坐在出租车里，正在往北京机场赶，要去罗马。车子从小道转入高速路了。她拉下口罩，透过车子后视镜，看到自己嘴唇紧抿，眼睛湿湿的，整个人显得紧张，她的额头在出汗。

离机场还有相当长一段距离，不过，天上飞机驶过的声音能听见了。她坐直身体，双手紧紧相握。母亲说，飞机不吉利，总失事，甚至连尸体也找不到。

母亲怕飞机。

她也怕。飞机会重重掉下来，摔得粉碎。这是她小时经常说的话。母亲并不是怕坐飞机才不走的。母亲的纸条贴在厨房冰箱上，燕燕飞快地扫了一眼。母亲觉得她想结婚，多半是为了离开家。母亲抱歉不去罗马参加她的婚礼，因为什么呢？因为不愿意看到她的父亲。她把纸条折起来，放进裤袋。母亲不去罗马，燕燕早有预感，昨夜过十二点了，母亲的房里传出动静，在电话里与父亲吼了起来，叫着他的名字："苏大鹏，你不得好报！"她走前敲不开母亲的门，母亲决定的事不会变。

没有办法，她只好离开。

出租车继续向前开，机场路两侧高大笔直的树间，开着黄金般亮丽的野花。车玻璃映着远处的楼房，其中一个窗很像小时她在重庆住的。那时，她最多八岁，站在屋里，惊慌失措。

“找死！”出租车司机大骂。她回过神来，看到另一辆车子飞速斜驶过，想从五十米不到的一个出口出去。那车子完全不要命，一眨眼间便冲到那儿。

她拿出手机，想给母亲发一条信息，但心里对她生气。母亲该坐在她身边，一起飞罗马。她给皮耶罗发信息：“一切正常，正往机场赶。”

飞机特有的声音越来越响。出租车玻璃上开始洒毛毛细雨，天色越发灰暗。路况不好，车速减缓，像马车一样走着。她对司机说：“时间不够，请开快点！”

司机绷着一张脸，没任何表情，半分钟不到，却驶入边道。

二十分钟后，燕燕拉着行李箱奔向经济舱柜台，那儿已经一个乘客也没有了。值机小姐接过她的护照，输入相关信息后，冷冷地告诉她，她来得太晚了，她原先预订的位置没了。

“那怎么办？”燕燕着急地说，抬头看柜台上端的屏幕，还有五分钟时间，“我没有超过你们规定的时间。”

值机小姐敲着电脑键盘，边看电脑边说：“对不起，只能给你头等舱，前一个乘客也是这个情况。”

“我能飞了？”

值机小姐点点头，替她托运了一件行李，递上护照登机牌，叮嘱她赶快走。

她本来紧锁的脸松开了，长吐一口气。安检时，才发现带的行李不仅有双肩背包、手提包，还有一只黑色拉杆箱。里面放了好些书，其中一本是意大利导演费里尼的《梦书》。近三十年的胡思乱想记录，大胆到百无禁忌，却给了她这个中国女孩力量，绝对比母亲的子宫强。因为母亲的眼泪，融入母亲的羊水，反而给她的性格添了几分阴霾。

仿佛为了抵抗那阴霾，她有时像假小子，大大咧咧，有时像淑女，端庄斯文，用母亲的话说，没有一分像妈妈的女儿。

过了安检，她放护照时，对了对登机口，在左手方向，便快速朝那边走去。

十一分钟后，她跨入机舱里，拖着小包大包走入。热气贴着皮肤涌来，空气闷热，有好多嘈杂声。对于这最后一个上飞机的人，空姐明显不是太高兴，忙着收拾座位上的杯子和毛巾。有乘客问："今天飞机会不会晚飞？天气不好，在飘雨。"

"不会的。"空姐客气地说。

乘客说："但愿如此。"

但愿如此。燕燕往前走，找到自己的座位，在头等舱最后一排靠窗。她转过身来，看到一位四十多岁的男子，正在放行李。他穿了一身便装式的深色西服，脚上是一双透气舒服的雕花棕色皮鞋，脸上表情冷漠。

她提了提箱子，太沉了，请他帮她放一下箱子。

他一愣，提起箱子，放在他座位上方的行李舱里。她注意到自己座位上方的行李舱放满了东西。

她向他道谢。

他没吭声，在她旁边的座位坐下。她把大包小包放进行李舱里。

这时他的手机响了。他接了，说："不是时候，改日采访，怎么样？我是去罗马参加慈善晚会。不客气，不必了。"他的声音非常不耐烦，如果对方再说一句，他肯定会炸裂开来，幸好对方知趣地撂了电话。

空姐在仔细检查乘客的安全带，叮嘱关掉电子用品。她坐下后，看到舷窗外雨下大了，斜打在玻璃上，便小心地系上安全带，突然紧张起来。每次母亲来北京，从重庆坐火车，她回重庆也坐火车。甚至去深圳，也坐火车。今天必须坐飞机，如果母亲在，可握着彼此的手，给对方力量。座位配有拖鞋、靠垫和薄毯。她从椅背夹板取出航空杂志，翻了翻，看到罗马斗兽场、万圣殿，心头一热。文章介绍说在罗马正北的人民广场中心、在埃及方尖碑下，向南放射出三条轴线街道，通往南面的城中心。三条轴线所夹是两座雄伟壮观、别具一格的双子教堂，这是之前不曾知道的。罗马是一棵历史和艺术巨树，每靠近一步，都有收获，她的神经渐渐放松。

广播告诉乘客，飞机马上要起飞了。果真不受雨天影响，航班准时。怎么办？要起飞了！她手心有汗，心跳加快，血压也在上升，本能地双手合在胸前：“老天，拜托，不要让飞机掉下去！不要掉下去！留下好坏不分的我，可以让别人不开心，可以让自己开心！”

这是自我给力，也多少带点自嘲，她的紧张却没有减轻。

飞机进入跑道，加快速度，在雨中从跑道上冲上云霄。等等，行了，祷告有用！她的耳朵未轰鸣，心跳恢复正常。

燕燕伸直背，心情与母亲道别时截然不同。未来会是什么？她完全可以不管，自己竟然坐在头等舱里，在高空飞行，她喃喃自语：“真是太幸运了！”

邻座男士手里握着一张英文报纸，诧异地看了她一眼，并不是不友好，只是没有表情，一脸生硬，比直接表示不快，还让人尴尬。她说：“知道吗？今天我是最后一刻才赶到机场，最后一刻值机，没有经济舱座位，补偿我头等舱。他们告诉我，一共两个人因为晚点幸运升舱。”她问他，“你是不是那个人？”

男士翻了一下报纸，侧过头，瞟了她一眼。

她的话是认真的，也是调侃的，更有好奇心在里面。头等座位不会抓她的心，怪事会。幸运的事与她不沾边，沾边了，就是怪事。母亲说，背时运的人，命苦，除非天天对着江水说话，可有顺时好运。母亲看着燕燕，像是逗她玩，又像是真心说出这带有巫术的话。燕燕在江边时，对着江水说话，未曾有什么好事发生，却养成了一个自己对自己说话的习惯。一个人孤独，就是好事，什么事一说，心里就明朗。

因为她是去罗马呀，全世界她最爱的城市。看过几吨胶卷电影，而罗马是留在心里的城市，她写下要去的地方，有的地方告诉皮耶罗，她的未婚夫，婚礼前后一起去看；有的地方，她想独自欣赏。

飞机飞上高空后，氧气面罩没有从机舱里弹出来，倒是过道中间的信号灯绿了。燕燕松掉安全带，上了卫生间，走回座位。她看四周，空姐并不在，也不好意思麻烦别的乘客，邻座男士正在调椅背。

她把右手伸向他。

他伸过手。燕燕把手缩回，头朝座位上方行李舱一偏。他起身打开盖子，帮她取下沉重的行李箱。

燕燕道声谢谢，俯身打开行李箱，取出里面费里尼的《梦书》。关上箱子，又请他帮她放回去。他做了，坐回位子。

燕燕去拿箱子边上的挎包，手提包滑出，她伸手想抓，结果一碰，砸在他的膝上，掉了下去。她弯身去捡，未拿稳，脚一下子踩在他的脚上，他忍不住叫了一声。

空姐和周围的人朝他们这边看，看到燕燕正俯身在他的身上，以为他俩是情人。他皱了皱眉，神情有些生气，但尽量控制着。

燕燕的脸红了，从手提包里取出一个无印良品的小本子和笔。空姐过来，帮燕燕将包塞回行李舱里，便离开了。

燕燕站立在过道上，心里充满抱歉，可是不知为何，说出来的话却是："Sorry，我没有故意做。"

他看了她一眼，冷冷地回道："如果你故意做，是什么？"

燕燕坐下后，打量他，感觉这人的面孔见过，便说："嘿，我看你有点面熟，你是不是清华大学毕业的？"

他一惊，控制自己的情绪，点点头。

燕燕纯粹一派胡说，居然说中，格外高兴地说："我也是清华大学的。"

"巧了。"对方带着讥讽的口吻说，不耐烦地拿起搁板上的报纸，翻了起来。

"我真是清华大学的。"

他皱了皱眉头。

"知道吗，我可以瞧人的脸，你是农村孩子靠勤奋考进大学的吧？我的家境也不好，不过是在城里。"

他抖了抖手里的报纸，没好气地说："查户口呀？！"

燕燕摇摇头说："你是记者吧？做记者，从农村出来的，视角更广。"她刚才无意中听到他的电话，要采访什么人。他当时说话的口气那么骄傲，得刺刺他。

他把报纸翻到娱乐版，居然没说话。

燕燕一笑，一边打开手里的书，一边说："自己把自己当一根木头，真倒霉！"

我这是怎么啦，刚乱说要让别人不开心，就开始实行了？那人翻开报纸另一页，上面报道："财富集团面临危机，股票跌停，贱卖资产。"听到她说这话，瞪了她一眼，皱眉，翻报纸，到最后一页：

名模方露露近日在罗马和好莱坞意大利籍明星马可·瓦利拍广告片，配有方露露含笑的照片和大标题：

方露露现身罗马，她的零演技风格无差评获赞

这记者会给一个没演技的演员如此高评，真了不起。有一次她在网上看到这个名模客串的一部电影，脸好看，身体硬硬的。

“男人都喜欢方露露，你也不例外吧？她演的电影，太做作。”

继续吐槽，让别人不开心。

他的脸色变得难看，回她：“Lady，萝卜青菜，各有所爱。如果我写了这报道，你反感也没用。我不喜欢和陌生人说话，劝你也一样。”他索性扔掉报纸，掏出电子书阅读器来看，摆出了一副拒人于千里之外的姿态。

“人和人不同，从小我就不怕和陌生人说话。”燕燕说。她并不生气，翻开笔记本，握着笔，想整理乱乱的头脑。婚礼除了告诉爹妈，她没有通知别的人。别的人，包括姨，家里的远房亲戚，都没什么往来。朋友，能到参加婚礼这个份的，几乎没有。意大利方参加婚礼的人，听皮耶罗说过，会不少。她的头大了，嫁人当新娘子的压力随即产生。婆婆好相处吗？与她还无法用语言交流。跟一个男人朝夕在一起，一辈子和他的母亲打哑语，也酷，否则她得学意大利语，或者他的家人学中文。他脾气不错，可是生活是另一码事，如果他暴跳如雷，那她如何办？

不要想了。

她得让自己开心。想想费里尼老头子的脸，他总是一副魔王加大艺术家的深沉表情，让她想笑。他的电影《甜蜜的生活》以及威廉·惠勒导演的《罗马假日》的取景地，出现最多的就是斗兽场。那废墟曾上演着饥饿的游戏，现在是搏击者与游客的共享之地，听几百年前的山呼海啸迎面涌来。沿着台伯河堤走，岸上圣天使堡必须仰视才最够力度。最好一个人漫步，数河上的桥，再到马路上继续走。走累了，一定要坐在西班牙台阶上吃冰淇淋，这时会看到街头艺人迎风快乐地用手风琴拉小曲。最好在傍晚，满天的火烧云托起整个罗马，等待十二使徒出现。一幢幢建筑，一座座广场，随意瞻望，便是传说；不留神跌一跤，就是名胜。这样的罗马一日建不成，英雄罗穆卢斯和女神阿佛洛狄忒站在大片的废墟上，对我们倾诉，是整部诗篇和雅歌在随风翻开。

之前，从江之南岸到城中心，人需要乘轮渡，车需要乘车渡。有一天，一个个如怪物般的桥墩出现在江中。两年多后，一座桥建成。车子驶过，人经过，一个青年男子停了下来，抚着栏杆喃喃自语，突然爬过栏杆跳下江里。

运货船上的水手，并没发现江里的自杀者。警车驶过来，他们将那段栏杆拉上黄条。

自杀者留下的遗书，压在一个打火机下面。没有地址，没有名字，也没有交代为何而死，只有三句话："给我的孩子：应去那没去过的地方，和陌生物种对看，才知自己是谁！"

打捞工作开始，搜索好久也没发现尸体。不知他从何而来，也无从通知家属，只是在警察局的档案里记录了这么一桩事。

桥墩下有好多芦苇，狂风说来就来，把芦苇吹得东倒西歪。从那儿一直往东走，有沙滩、有礁石。沿途岸边泊着大大小小的船，也有运货缆车。空气里有什么，嘴里就有什么。有一群少年在对着江心大声地喊："重庆你这屁眼虫，我恨你！我要离开这儿！"跟江上久违的号子声混合，连成一片。她也跟着别人喊，喊得很起劲。

那是几岁？几岁便敢注视那远处的大桥，那钢筋混凝土包裹不住的凶戾。

几只鸬鹚在江面上飞，它们打了一个圈，和一只鸽子一起飞上云端。

这一段江边好些路被冲入的江水隔断，必须往坡上走，才能绕过来。坡上有户人家门前养了一盆黄葛兰。她经过时，悄悄摘下一朵插在头发上，继续下坡朝江边走。

远远就看到了索道缆车。过江的人，不只是坐渡轮过江，也可装进一个长方形的盒子里，被两根线吊在空中。江对岸是另一个世界，可以在那儿重新找到希望和幸福。人们进入索道吊着的长方盒子，被索道运到对岸，钻出长方盒子，消失在对岸巨大的建筑群中。

望着远处的缆车，在索道上慢慢移动，她奢望自己能消失在那里。江上的汽笛响了，一声又一声，听上去像一个母亲为夭折的孩子哀叫。

那些少年站在江边礁石上，他们在打水仗，钻入水里，游到停泊的趸船下边，冒起头来。有男孩爬上船去，扔椅子和救生圈。孩子们套着救生圈和举着椅子朝对岸游去。趸船上的水手发现，也跳下江里，追赶他们。

他们嘴里叫着："臭屁眼虫，会还你！"

水手不听，他抓着椅子，却抓不到救生圈。救生圈在这群少年中间扔来扔去。

水手叉腰踩着水看着。少年见他不抢，反倒无趣了。水手往趸船游去，那个救生圈自个儿也跟了上去。一艘大白轮船出现在江面，孩子们欢呼着，在岸边跟着大轮船朝上游跑。

她注视着他们，阳光太扎眼，便用双手遮挡眼睛。这时，他们游回南岸来，看见她，纷纷翻筋斗，扒下裤衩，露出白花花的光屁股。他们唱起一首歌谣：

黄葛兰，黄葛兰
我要摘下你
哎呀，我妖里妖精的幺妹子

我们互不相识，那又有什么关系
黄葛兰，黄葛兰
我要摘下你
哎呀，我妖里妖精的幺妹子
相识一场，却不变自己
哎呀，今天，我必须变自己
为了你，为了你
我美得一塌糊涂的幺妹子

她听见了，加快脚步，生怕他们会跟上来。那个头发最长，皮肤晒得黑黑的男孩，在放学路上，故意迎面对撞她，趁机摸她的乳房。第一次他成功了，她双手紧抱胸，浑身战栗。那男孩子看着她笑，举手给她看，上面是圆珠笔写的八个字："做我老金的女朋友。"她这才知道他姓金。几周后，她在学校大门外的石阶上走着，他从身后走来，想要袭击她。她感觉不对劲，回头的工夫，脚下一软，便跌倒了。他扑了空，竟也跟着她摔倒在地。他狠狠地骂了一句脏话。

金的哥哥，在广场上开公审大会时，脖子上挂的牌子是三个黑字："强奸犯"。这一带的女孩子都怕他兄弟俩。

未来，未来，你逃不过我的。金的声音突然在耳旁响起。

她捂着耳朵回望。

金朝她这边看，跟着别的少年上岸了，大声嚷着什么。紧接着他们背朝着岸，对江掏出短裤衩里的那家伙，比赛着朝江水撒尿。尿完了，他们还是没有过来，他们比赛着打手枪，比赛谁持续的时间最长久。

他们没法核定输赢，因为其中一个男孩大声骂日你妈哟，另一个男孩狂怒，挥拳打起来，彼此在沙滩上连滚带爬，往死里揍，打得头破血流，开开心心。黄昏临近，江上轮船拉响汽笛。

夜里，江上轮船也拉响汽笛，只是间断时间较长。金穿了一件裙子，黑色长袜，走到她的床边，眼睛亮亮地盯着她的胸脯说，我想和你交换一样东西。

她吓得坐起来。

你不必害怕。他说着，撩起他的裙子，看到他的胸脯，像两个绿豆。我要看看你的。

她看了看对方，然后说，我可以给你看，但从今以后，你在任何地方见到我，要礼让三分。

礼让三分？他不懂，盯着她问，是要我避开你？

她点点头，他同意了。她要他举手发誓，他照办。

她的双手把上衣两边衣角牵起，手臂慢慢抬高。小小的乳房，是两个边缘布满红晕的花蕾。他看着不转眼，突然叫了一声，晕倒在地。她笑出了声，睁开眼睛，发现自己在做梦。

2. 还是同一天

在十一个小时的飞行途中，燕燕没跟旁座的男子再说一句话。长日留痕，吐气为生，这个人不要和人说话，她也不要和他说话。一个怪人，遇到另一个怪人，两个怪人，正眼不再瞧彼此。她看书、看电影、写笔记。他呢，看电子书、看电影、听音乐，戴着眼罩睡觉。两人吃饭时，都要了三文鱼和沙拉，还有普洱茶。窗外的阳光强烈地照射进来，像为他们打上光，让他们心里记着这次旅行。

意大利除了有璀璨夺目的丰厚历史，文艺复兴的奇观，地中海的绚丽风光，遍地的葡萄酒、奶酪和松露，还有猛男靓女，当然还有最好的足球明星和杀人不沾血的黑手党，也盛产怪人。最怪的怪人是费里尼老头子，这个电影界里一流的大师，在梦中担心妻子朱丽叶死掉，这个心结，使他的漫画诡异莫测，大多是丰乳肥臀的裸体女人，巨人一样站立在天地之间，双腿因欲望膨胀变得汗淋淋的。

她合上他的《梦书》。漆黑的街道，奔跑着一条条影子，他们走出书来，盯着她，她不由得浑身一颤。费里尼梦到什么，喜欢写下来，臭大粪与性交、被枪决、内心焦虑……他的精神状态一开始就接近末日。大艳阳天，他和好友坐在一家咖啡馆里，目光懒洋洋地看远处的广场，说的全是生活的残酷。他看到她，这个面色苍白的中国灰姑娘，听她说她的梦。

她的床上有好多颗针，扎在她的身体上，痛得她发出呻吟。有一次她只得走到床板下面，她发现那儿有好多人，跟她一样，都变得小小的，倒立着，惊慌失措。她建议大家把床板推倒，翻过来。结果床太宽，被翻倒后，顶着天花板。大家没办法，将床推出房间，推向窗外。他们推呀推，发现窗外又是另一个房间。她看见了母亲，母亲在一艘轮船里。浪大而猛，突然船翻了，母亲掉进江里，手里紧紧握着一把旧旧的蓝雨伞。母亲挣扎着撑开伞，整个人冒出水面，往岸上沙滩走去，迎面走来一个年轻姑娘。“我死了吗？”母亲问这姑娘。姑娘微笑着走开。母亲又问那姑娘，对方还是不说话。她感觉走在沙滩上的那个姑娘是她，可不，这沙滩连接罗马的街。费里尼朝她走来，伸出手，在她的眼睛前轻轻摆动。

她像被施了魔法一样合上眼。

咔嚓一声，她被震醒，原来是个梦。她探头看窗外，飞机已降落。已到罗马，正快速行驶在跑道上！舱内不少中国乘客拍手，庆幸安全抵达。她加入其中，真心诚意。乘飞机存在百分之八十五的危险，又要从中细分：机械失灵、恐怖分子，甚至撞向流星或不可知的来自地心力的神秘物体……这些担心是存在的，但真不必害怕，她要告诉母亲。母亲必是早已起床，已穿上她的黑衣裙，正在拖地板。双手撑着拖把杆，会看墙上那面大圆镜，她说镜子会穿越时空。燕燕从小相信这点，不必看镜子，她也能看见母亲，母亲站在窗前，眼睛忧郁地看着她这个方向。奇怪，她不生母亲的气了，反而开始想她。

菲乌米奇诺机场停泊着各国飞机，天蔚蓝得透明。她掉转身子，小心地看椅子周围，有无东西遗留。旅行时总掉东西，这回得小心。

飞机大约走了两分钟后，停下。她起身打开座位上方的行李舱盖，空姐帮着她取下黑色行李箱。邻座的男子打开手机，看了一下，神情不是太高兴。燕燕把背包放在行李箱上，握着杆把，另一手拿着手包，往外走。

下飞机前，不曾记得他对她说了句什么，只记得彼此点了下头，算作道别。相比北京酷热的夏天，拥有地中海气候的罗马，凉爽极了，穿一身T恤衫薄裤正好。菲乌米奇诺机场不及国内一些城市机场的堂皇现代，显得陈旧，也算干净，倒也自自然然。燕燕加快步子走出海关，出口处好多人在等候，手里举着写了名字的牌子。人潮里没有皮耶罗。

再看，仔细看，没有一个接机人是他。她踮起脚尖望远一些，还是没有他的身影。

她托运的黑箱子，比登机箱略大点，一手拖着一个箱，左手还握着一个手提包。走到左边一个半敞开的咖啡店，几个人排在柜台前。有一位瘦高个儿的意大利人站在桌前喝咖啡，背对着，双肩略有点倾斜，头微微低垂。这站姿不陌生，她高兴地走过去，拍他的肩膀："嘿，皮耶罗！"

那人回过头，戴了眼镜，嘴边沾了咖啡汁，一脸惊讶——显然，认错人了。

她耸了耸肩，用英语道了声对不起，赶紧走开。皮耶罗怎么会在咖啡馆呢？若来机场，他一定等在接机的地方。

人来人往的机场接机大厅里没有皮耶罗，怎么办？再找找他。走回接机出口那儿，没有他。她从手提包里掏出一个手机来，启动电源，打电话，响着嘟嘟嘟的声音，一看，手机显示没信号。重新启动，还是一样。她一时没反应过来，往前走了好几步，才明白自己走前忘记开通国外通话权限。真是的！不必慌，他做事很稳，不会忘记她的航班，他一定是有事，她得等他。

时间因人而异，对燕燕来说，这一天特别漫长，每一分钟都像虫斑在她皮肤上漫延。她低头看手臂，皮肤真有红点，痒痒的，非常不舒服，她必须离开。她把手机放回包里。

以后好多次燕燕想起这件事，都弄不明白，为何在接机口没死等皮耶罗？不是失望，也不是缺乏耐心，可能是神使鬼差。母亲说，人牵着你走，你不走，鬼神轻轻拉你一下，便义无反顾地跟上了。那天，她出了机场大门，望着罗马天空上相互缠绕的云朵，脑子空空的。稍稍停顿了一会儿，她理理情绪，看到右边有开往罗马城中心的巴士，便走过去，排在十多个旅客的后面。

有人推着行李车，从她身后走来，速度很快。她没看见，推车碰掉了她放在旅行箱上的手提包。

人不顺时，周围的一切都会跟着捣蛋。她捡起手提包，把它搁回行李箱上，竟然又碰掉了背包。地上有一摊脏水，背包、箱子都溅上了污渍。从手提包里翻出纸巾来擦，一头黑发垂下来，遮挡了视线，伸手去抚开，又把脸弄上了黑污，整个人狼狈不堪。

马路上有车子驶过，车轮在飞转，发出不同的声响。突然，一辆出租车停在她面前，窗玻璃摇下，车内一个男人沉稳的声音说：“上车吧！”

她抬头一看，居然是飞机上邻座的那个男子，正看着她呢，脸上还是没有表情。这么巧！她心里吃惊，但没有多想，便提起大小包，拉着箱子，走到出租车后面。

意大利司机下车来，把燕燕的两个黑色行李箱和背包放在车厢里。她看到里面已有一个黑箱子，不过比她的登机箱大一点。

出租车几分钟后驶入高速公路，速度加快。车里两个人都沉默着。过了一会儿，她发现他的视线与她在司机座前的后视镜中的交集，不解地说：“我以为你会像躲瘟神一样躲着我！”话一出口，她有点后悔，本想谢他，却说成这样了，他该讨厌她才是。

他不带任何感情地说："不错。"

"那何必停车？"

"被人欺负惯了，没人欺负还不惯呢。"他从裤袋取出一张纸巾递过来，手指了指她的脸。

燕燕难为情，狠狠地瞪了他一眼，擦脸擦手，自言自语："他居然没来接我？"

他疑惑地看了她一眼。

她有点不太好意思地解释："皮耶罗，我的未婚夫！在这个国家，我的手机没信号，真是的。"她以商量的口气说，"请把你的手机借给我打个电话，可以吗？我要跟他说一下。万一他来机场了，找不到我，会着急的。"

他把手机递给她。

她接过手机，背过身去，打皮耶罗的号码，电话占线。又拨皮耶罗办公室的电话号码。不必看自己的手机，她记得住号码。通了，没有人接。打他家里的电话，占线。她重拨，还是一样，占线的占线、通了的无人接。她不由自主地看了他一眼，他的目光平视前方，没看她。她双手握手机，写起信息来：

> 借路人的手机给你发信息，我到罗马了，
> 等不到你，我直接去旅馆。到时见，燕燕。

本想把手机还给他，可是不行，得告诉母亲，还有父亲。她面露难色地对他说："对不起，我还得拨两个重要的电话。"她马上拨号码，是北京家里的电话，没人接，是留言机在工作。燕燕对着话筒喊："妈妈，我到罗马了，不要担心。手机没法用，我忘了开通国际漫游。我用了一个路人的手机打电话。再见，妈妈！"她马上

又拨了父亲的手机，他接了。“爸爸，我刚下飞机。什么？你不方便说话。我用一个路人的手机打电话。妈妈不来。什么，你已在荷兰了？好吧，我再给你打电话。”

这两个电话打完，她松了一口气，把手机还给边上的男子：“唉，老校友，别不高兴。我要在罗马结婚。给我微信号码，我还你电话费！”

“算了！你这个路人还是早点嫁掉好。”他收起手机。

“别担心，我会还你钱的！”她的身子坐直说，“我是燕燕，苏燕燕，你呢？”

“姓王名仑。”他轻声回答。

“王仑，”她上下打量他，然后说，“我要是你的话，就改一个名字。”

“为什么要改名字？”

“会让人误认为你是那个房地产商王仑。网上说他是个混蛋，有很多对社会的批评，是个假公知。没准你跟他差不多，只不过你会掩藏？”

“OK，OK，我换名字，你满意了吧？”他的脸色沉了下来，质问她，“为什么说他是个假公知？”

“他所批评的不公平，自己也参与了。”

王仑听了，没说话。

燕燕想说什么，却止住了。奇怪，这不是她，她向来说话不是这样的方式，怎么碰上这家伙，她便快言快语，心里没想，声音就出来？

出租车司机打开收音机，音乐声弥漫开来，是她喜欢的意大利民谣歌手尼诺·盖塔诺的歌曲。

他们不说话，各自看窗外。车窗外的景色，隔一段路有伞状松树，映着带紫的蓝天，像画。

前面的司机跟着歌手唱，自己乐着。车子一直向北行驶，进入罗马城中心。下午的太阳，在这座永恒之城已偏斜。天上有一架直升机在嗡嗡叫，吊运着巨大的木雕耶稣像。耶稣张开双臂，跟费里尼的电影《甜蜜的生活》里一样。一切皆陌生，一切又熟悉。她的精神为之一振，旋即又笑了出来：怎么可能呢？再看，真有飞机吊着东西，只是一架奇大的钢琴而已。出租车经过斗兽场、君士坦丁大拱门、大竞技场、威尼斯广场，她的眼睛像摄影机，统统将景致扫入脑子，激动地说，太酷了！它们比书里、比电影里更雄伟更迷人！看看这些巴洛克的雕塑！哎，看那古埃及的方尖碑！她第一次发现自己长得太小了，喉咙经不起喊，快哑了。

王仑不耐烦地说："你没有能力安静？"

"对一个第一次来罗马的人来说，安静会得神经病。尤其是，之前——"燕燕兴奋地指着自己的脑袋，"罗马——在我这儿。"

"住哪儿？"他问。

燕燕翻找自己包里的笔记本。她指着手写的意大利语地址给王仑看。他没看，直接递给司机。

司机是个灵巧人，目光扫了一眼，递回本子给燕燕。车子驶进西班牙台阶附近的小街，两侧都是老房子，门前和楼上的阳台上种有花草。

王仑轻声对司机说了一句话。

司机点点头。

燕燕觉得他在说意大利语，于是问他："你是不是让他先送我？"

王仑没说话，以此默认。

燕燕认真地说："谢谢你，王仑，你真绅士！"

"我要保证你安全地走出我的生活。"

"王仑，你绝对是绅士！"

话已说到此，他们各自看前方，完全像陌生人。

车子行驶得并不快。路人在道路两旁走着，有本地人，有乞丐，游客最多。他们东张西望，拍照或是录像，也有招呼小孩子的，大都坐在咖啡店的桌前，悠闲地喝着、吃着东西。司机东拐西拐，在一个个巷子里穿越，最后驶进一条并不算小的街，在路边的一个空当停下。十几步远的地方有家小旅馆，倒是安静，连个路人也没有。

司机把燕燕的行李统统取下来。王仑下车，把车门打开。燕燕拿着手提包下车，举手要与王仑说再见，发现他早已上车，车子驶远。

在过江索道缆车站收费处，她交了钱，收好票，等着缆车从江对岸过来。

第一次乘缆车，是他带她来的。有一天，他领她到一个拜把子的兄弟家。一直在走路，往下坡走，拐七拐八地进了一个二层楼的砖房。那家门敞着，屋中央放了一个不高的木桌子，四个凳子，一桌子菜冒着热气。他一高兴喝多了酒，和那家的男主人划拳、行酒令。他身上的钱和衣服都输掉了，最后赌上她，狠狠地盯着她说，可惜了可惜了，你不是一个男孩。酒后吐真言，原来他一直对她作为女孩的存在感到不满。

像唱歌似的一阵划拳，他输了。那家人没有孩子，有个相貌凶悍的老婆。两口子也喝大了，看着她，又看着酒鬼，嘀嘀咕咕好几分钟，女的要她，男的不要。女的骂男的没有后，男的说你这臭婆娘生不了蛋，给了她一巴掌，顺手拂去木桌上的几个碗，摔得粉碎。女的不吭声了，自然不敢要她。临江门马路边的楼房，其实比边上那些尚留着的几幢吊脚楼好不到哪里去，简陋低矮，夏热冬冷，屋子里一贫如洗。在这儿，和在以前的家，没什么不同。但那个家再不好，她也不想离开。她没有哭，也没有说不，只是低着头，谁也不看。如果被留下来，她一定会从面前的窗子跳下去逃走。那凶巴巴的婆娘把她的脸抬起来，说，她的眼光好亮，像一把刀。

那家人醉得并不出格。她记得那男人的话：这么大的女孩子，收不了心了。

他敢把她赌掉，她恨他。出了那房子，他从裤袋里掏出小酒瓶，继续喝酒，最后醉倒了。她没有办法，看到路边有个自来水龙头，便用冷水浇在他脸上。他酒醒了，摇摇头，看清路。因为时间原因，怕赶不上末班船，他决定多花钱就近坐索道缆车过江。

从缆车下来，穿过几条街，一直是往坡下走。昏黄的路灯照着石梯两旁的黄色小野花，它们在石缝间绽开。她想摘，这时他回过身来看，狠狠瞪了她一眼。她从来不敢冒犯他，只能知趣地朝前走。

下完石阶，他们沿着江边的路往家里赶。沙滩被人踩出不同的道来，弯弯扭扭，像波浪。身后传来号子声，唱歌似的。拉纤的人，拉着绳，身后跟着木筏。少见纤夫队伍了，在暗黑的夜晚，一年也碰不上一次。

缆车徐徐驶过江来，她走了进去。巧的是，江边也有纤夫，他们齐力喊着号子，可是楼房挡着了，看不到人。

缆车停了，她跟着人们下到月台上。缆车站外是大马路，川流不息的车流。离家出走容易？去哪儿都难。他们都在楼前的空坝坐着打麻将，有时通宵打。他在其中，金额不大，一元二元，赢输都在二十元左右。如果他发现她逃学，免不了给她一顿臭骂，甚至要打耳光，罚跪不让吃饭。

“小妹儿，丢了吗？”有男人靠近她问。

“小妹儿，跟我走吧？”有一个老爷爷走过来握着她的手，“我带你去看电影，想吃包子吗，饿不饿？”他带着她走到一棵大树前，用身子挡着她，先摸她的脸蛋，手往脖子下摸。她一口咬着他的手，他叫了起来，后退一步。她趁机跑掉，离他有一段距离，看他。她记得，他是个红鼻子。

又一班缆车到达，她跟着人流朝前走，走到最热闹的解放碑跟前，足足待了好几个钟头，仰望那纪念碑和附近的高楼。天上有团黑云在聚集，像他的拳头。她掉头往回走。

可是，怎么走，她都找不到缆车站。有嘴便是路，她问一个老妈妈。老妈妈看看她："可怜的妹儿，我带你去。"她把她送到索道缆车站，还替她购了一张票。

缆车里全是人，散发着汗臭味，更多的人挤进来，她紧贴着玻璃窗站着。缆车开动，向南岸滑去。脚下的街，歪歪斜斜成片的房子，像搭的积木，中间插有高楼。

很快进入江面。从空中看下去，江水黄汤一锅，而天色阴暗，乌云追随而来。缆车经过江心时，好想跳下去，变成一尾鱼，游进这条江里。她已看清现实，她无路可走，一想到回去的日子，她绝望了。那天他赌掉她时，她就想，人跟人怎能这么无情，越穷的人心越硬。

幸好一切未发生。缆车猛地摇晃了一下，她马上紧抓缆车里的杠子，是的，她并不想死。

哐当一声，缆车靠上月台了。她走了下来，豌豆大的雨飘起，人们纷纷逃走。月台上的乘客马上挤进缆车里，缆车又徐徐驶向对岸。她想也不想，便冲进大雨之中。

他站在雨中，打了一把旧旧的黑雨伞。

她突然停下，不知该如何办。

他穿过马路，走过来，劈面给她两耳光，打得她满眼冒金星。他抓起她的手，她像一头愤怒的狮子，昂起头。两个人对视片刻，这回他没有喝酒，身上一点酒气也没有，可他的手在发抖。她只有他，与之相依为命，别无选择，于是整个人蔫掉，乖乖跟着他走。沿街都挂着小绿尖椒和成串的红辣椒，有的是直接铺在屋前或别人的屋顶，晒成干辣椒，来不及收，被雨水淋湿，发出凶猛的辣味，刺得她的眼睛发红，又痒又疼。

3. 迷宫似的城市

今天撞了什么邪，诸事不顺。这次到罗马，走得悄悄的。因为手机忘在家，回去取，差点误了飞机。飞机起飞前，收到李苹的短信，她是女友方露露的助理，说会有车子到机场接他到酒店。他一向睡眠不好，这段时间心情不太好，也不可能好。飞机飞行在海拔一万一千米高空后，他吃了三颗安定药片，也没法入睡。看舷窗外，有鸽子在飞。他摇摇头，不可能。再看，真有一只鸽子在那里飞，而且飞进舱里来，蹲在椅背上，安静地看着前方。他伸手碰碰它，它慢慢转过头来，头顶有一丛黑毛。有张人脸，眼睛空洞无光，很让他害怕。他闭上眼睛。闭上眼睛，能听到鸽子飞起来，在整个机舱里飞，那声音像故意给他听的。飞机着陆后，他打开手机，其中一条短信来自李苹，说露露要拍片，酒店派不出车来接机，对不起。李苹他见过好多次，但并没有留下什么深刻印象。方露露用的助理不会超过一年，要么是助理不干了，要么是她不满意，要求换人。她不要男助理，说女人心细。这个李苹，精明能干，已过了一年，两人还没分手，也不太正常。女人之间的事，只有女人自个儿明白，男人不想弄明白。

没人没车接也没关系，难得一个人清静。以往去国外，如果是真正的度假，一般都会从机场租辆车，很方便。这次不同，而且罗马城不适合自驾，没地方停车，好多地方单行，容易弄错。他几乎没有想，就叫了出租车。经过公共汽车站，看到飞机上邻座那个姑娘。大概是她那副狼狈样子，让他的脑子抽了个筋，居然让司机停下车来载她。这种事，有点不符合他的个性。

她并不是一个讨人喜欢的姑娘，给人添事。帮她到落脚的旅馆，够了。

出租车往前开得飞快。拐出小巷子，过大马路，进入一条小街。街边有好多商店，装饰得好看，但都不如左边橱窗里的各式花朵漂亮。那儿明显是一个花店，风里涌来阵阵花香，混合着咖啡香气。对了，这是罗马独有的气味，这时他才确信自己到了这座城市。

他让司机在路边停下，等几分钟。他打开车门，下车走到花店。玫瑰红、黄、粉三色，皆美得强势，不容忽视。靠墙有几株雪白的泰国蝴蝶兰花，在罗马，这兰花稀罕珍贵。他的眼睛扫了一遍花店，看到了绣球花，紫色、粉色都有，不像玫瑰那样媚俗，是有个性的花：需要水多，认人，可活过一周。如果遇到的人不对劲，当天就谢了，像爱情本身。他手指绣球，点了点头。

店主心细，取了六枝双色相混，用纸包裹好，还系了绸带。

他接了花，谢了店主，付钱后走出了小店，坐回出租车。

司机竖起拇指夸他手里的花。几分钟后，车子进入博盖斯街，几乎眨眼工夫，就停在了目的地。周围都是大名牌店，行人多半是游客。王仑付了车费，小心地捧着绣球花下车。

司机到车后取下黑色行李箱。王仑打量这个地方，不太像酒店，倒像私人住宅，高大厚重的木门紧闭，有些奇怪。从这儿再往前走一百来米，便是西班牙台阶，占据了中心位置。明早晨跑看名景，再沿着台伯河转一圈——王仑这样想着。右手边有门铃，他伸手去按，铃声刺耳响了好久，没人回应。正要伸手再按门铃，门居然“吱呀”一声打开了。

酒店的侍应生，一位矮个儿阿拉伯人，身着白制服，恭敬地接过他手里的鲜花，提起他身边的旅行箱，在前面领路。几米高的空间，大理石石阶和廊柱，有不少巴洛克时代的塑像。楼道里一片静穆，空气中只有脚步声，还有从庭院飘来的淡淡花香。有一位小个子清洁工推着盛有泥土的三轮小车，胸前系了围裙，打一旁经过。

侍者打开窄小的老电梯，按了楼层，将门合上。电梯徐徐上升。侍者自己走宽敞的、像宫殿一样的大理石阶。电梯到了，他打开铁栅栏里门，再推开外面木门，走出来，又将两道门分别合上。说实话，面前的走廊无比宽绰，立着不少考究的雕塑。他一回身看到小个子的侍者，已殷勤地替他推开大门，身子恭敬地微微朝后，请他先进。

他走入，大堂里布置雅致，挑高天花板全是古老的壁画，到处是舒适的沙发和扶手椅。柜台的接待女子站起身来，她小小巧巧，向他点头。他取出护照，递上。她将它放在复印机上复印，还给他时，多了两把房间钥匙。

“房门钥匙小，楼下大门钥匙大。”女子细心交代。

这个酒店的人都矮矮小小的，幸好脸生得正常，否则他会以为自己误到了另一个星球。

女子将一个信封交给他。她的指甲涂了黑色，他心里一惊，指甲用这色最让人提心吊胆。这个地方有些魅祟，老家具、老地毯、厚重的老窗帘，一派落寞贵族的老情调，到处是深重的色泽，柜子上还重重叠叠放着一些银框老照片。他扫了一眼，一个华丽老家族奇诡的历史感迎面扑来。他本能地收回目光，还是避开的好，以免惹是生非。

侍者提着行李箱在前头走，他跟着，拆开信看：

亲爱的仑，欢迎你来罗马！我拍片晚点回。

明天上午婚服店的设计师会来让我选戏服“婚服”。

到时你出出主意。

你的露露

信纸上有个吻印，艳丽的口红，散发着熟悉的气味，他凑近闻了一下，香奈儿五号的香味，露露从来没有生厌。他翻过信封看，他的名字是拼音，大概是担心意大利侍者会弄错。粘胶没干，仿佛提醒他，离她写好这短信，并没有多久时间，他俩只是擦肩而过罢了。她没有等他，而他也并不急于看到她，远不如半年前，不，一年前。时间加深一些东西，也减弱一些东西。旅行可以把现实的负重忘却，但此时，日常生活中那些不喜欢的内容却在返回，没办法。如果他可以放下，比如和她有一个真正意义的家，有几个孩子，是否会有所改观？在飞机上，感觉老有那只鸽子在边上飞舞，难以入睡。最后吃了一颗国外的重剂量安眠药，可能睡了三个小时。模糊之中，看到好多人在指责一只灰鸽子。睡眠质量不好，头有点痛，嗓子有点痒。不要怪那个苏燕燕，自己睡不好觉，跟她没关系。她说话的口音很像一个人，像谁呢？

酒店里看不到别的客人，只有穿制服的侍者，端着物件目不斜视地穿过。大堂里放着讲究的热带植物和硕大的白兰花，巨幅油画有人像、有风景，多半为十八、十九世纪风格，古董家具锃锃发亮，五颜六色的威尼斯吊灯，投来柔和的光线，这酒店格调不低。

他向前走，余光扫到酒吧，有客人坐在那儿喝啤酒。他的脚步停顿了一下，马上感觉口渴，便改变主意，和侍者交代了一下，朝酒吧走去。

酒吧很安静，那位客人，看到他进来，抬头看了一下，埋头看平板电脑。酒吧外有一个露台，空气中有花香。他走到那儿，几棵伞状松树枝在露台边，几个讲究的老瓷盆里，月季、百合开得正艳。他在一株粉红月季伸入的桌前坐下，侍者跟了过来，端来一杯水。他接菜单后，点了吃的喝的。

抽了半根雪茄的工夫，侍者端来一杯香槟，还有一碟橄榄和一碟坚果。他觉得口干舌燥，头有点痛，便熄了烟，喝了一大口香槟，喉咙顿时好受一些，但愿没得感冒。他的体质一向很棒，因为喜欢晨跑，不是易生病的体质。在意大利，魔法金手指永远停留在此，万物顺风长，什么都长得又大又好。这气泡酒也如此，润喉，余味微微香甜。也怪，头居然不痛了。松树顶上的太阳迅速西移，火烧云映着傍晚的罗马，给足了金色的色泽，形如花朵和各种各样的动物，相互缠绕依偎，毫无保留地涌现在天空。

都说这是座男性之城，倒也不假。入眼的建筑，坚固而壮观，门廊、窗框和雕像栩栩如生，充满阳刚之气。他喝了一口酒，心中突然空空荡荡。父亲说，黄昏，为一天最美之时。要是父亲在，面对罗马，会说什么?

这座城，进入他的记忆是因为父亲。他那时尚小，父亲给他讲哈德良神庙，内壁和廊柱上的浮雕，一侧属于希腊时代，另一侧属于亚马孙女人国，内壁是美杜莎蛇发女妖，尽是神话和传说。

如果下雪，你才知道这座神庙的奇妙。父亲说。

王仑没在雪中欣赏过它。哈德良皇帝也没有。他发起犹太战争，耗时三年，屠杀了五十八万犹太人。这人酷爱旅行，那时穷山恶水，旅途凶险，他想看看波斯和埃及，就一路打过去。这人喜欢跟哲学家、建筑师、律师辩论，喜欢用刁钻问题折磨他们，赤膊上阵扳倒他们。这人为防守喜欢筑长城，在南德修，在英格兰修。他博学多才，花心花肠，当宠爱的少年不幸溺死于尼罗河，他居然伤心欲绝，终生怀念。

法国女作家尤瑟纳尔以哈德良皇帝的口吻写回忆录，她二十一岁开始写这本书，此后一再推翻重写。岁月飘零，世事变迁，待终可把握所写人物间距离、时代与时代之间存在的界线，以及无限差别的个体，她才得以完成全书。1951年，这小说一问世便引起轰动。因为父亲，他对这个皇帝的一切有兴趣，可是读这本小说却是在三十五岁那年，四十岁前读，四十岁后又重读，仅仅五年之差，感想却截然不同。他一下子撞入女作家设置的密林和黑暗之中不能自拔，从她幻象的文字里窥见罗马帝国的一角天穹，这是他真正喜欢上外国文学的开始。庆幸的是，那些闪动着悲剧翅膀的飞禽，并非鸽子。

父亲给他讲一对落难兄弟和一只母狼的故事。母狼用自己的乳汁喂养了他们，后来他们中一人当了皇帝，以自己的名字“罗马”为这座城市命名。为了感恩，他还差人精心制作了一头青铜母狼和一对婴儿吃奶的雕塑。

父亲给他讲曾经罗马人的传奇，他们征服并掌控了大半个地球，罗马一度成为世界中心，云集了希腊政治家伯里克利、悲剧大师埃斯库罗斯和雕塑大师菲迪亚斯的后代们。他们个个才华卓越，能言善辩，全是演讲家。

父亲讲故事时，教他意大利语。他在大学学的专业是国际贸易，外语天赋却像父亲，除了意大利语，他同时还修了法语和英语。因为有个美国室友，他的英语口语像是从小学的。父亲很爱母亲，母亲也很爱父亲，两个人一个眼神便可交谈，可谓心心相印。他叹了一口气。如果他们都活着，尤其是母亲，一定要对他说，想抱孙子。真希望他们活着，真想把他俩带到罗马来，看每一处，他来讲给父亲听，不知父亲会有多高兴。

朋友史彬对他抱怨，老母亲总在叨唠，一周不回，就会问他在哪里，什么时候回家，想吃什么，睡晚了，就催他去睡，催三次，他还没睡，她便会说他长大了，还不如小时听话，弄得他烦。他恰恰需要这份母爱，并为之遗憾。这遗憾，其实是痛苦。她一点也没享到他这个儿子的福。母亲的声音，有点沙哑，带些家乡安徽黄梅戏的韵味，她高兴时，说上好一阵子，生气时不吭声。她说怀他前两个月，天天想吃酸萝卜，吃得太多了。他出生后，她闻见酸萝卜便会吐，但是他却喜欢。母亲说他对吃的敏感胜过外公，外公也爱酸菜，并喜欢和他们说上一阵子话，讲家乡的神怪故事。

第一次婚姻，她是他的大学同学，有个在地方上说话一呼百应的父亲，在生意上帮了他。她在外面有人，她坦诚地说，反正我们没孩子，最好是开放式婚姻，谁也不管谁。遇到方露露之前，他也有过一些别的女人，她们表面上一味顺从，实际上却想占有他。只有露露与她们不同，有自己的生活。露露与母亲的模样有几分相像，尤其是说话时，眼睛亮亮的，爱做手势，以强调自己的想法，这也是他在心里对露露看重的原因。露露时不时给他惊喜，他决定跟她好好过下去，便回家离婚。前妻在离婚协议书上签字前，要了他不可能给的一切，可他全答应了。女人与你好时，什么都好说，女人不与你好时，连掉在地上的一粒灰尘，都不留给你。

他摸摸裤袋，黑丝绒首饰盒子在，他放心了。掏出来，打开看，这枚白金钻戒，五颗小钻石串成一排，闪闪发光，很别致。方露露喜欢大钻石，而他按自己的品位选了。结婚就要失去自我，我可以做到吗？结过婚的男人，没结过婚的男人，都敬畏婚姻。每一个男人内心都是拒婚的，犹豫，再以种种理由推却，再考虑，反反复复，就是担心婚后日子不如婚前。一枚小小的戒指，将一个男人和一个女人捆绑一生，像踏上极速光轮，只能闭上眼，咬紧牙，最后尖叫。光速快到没人听到你的声音，凶猛到你没反应过来。很后悔，虽然极速光轮只有两分钟。与一个女人的生活，婚姻生活，不可能两分钟就结束，有百事，不，千万种烦事相扰，经常使你无法喘气，整个身体置于紧张之中。

该死的，婚姻如果是和不对的人，就会折寿！

之前，他没向露露求婚。她嘴上虽没说，但可能一直等着这一天。对他来说，再结婚，就是让极速光轮朝前继续冲，他不是一个投降者，他要向前，她也要向前。

世上饮食男女需要怎么做，才能真得到幸福？爱一个人，就要与她终生相守，忍受她的一切。但如果并不是那么爱，而是喜欢，是被吸引呢？什么是爱？他感受到爱，或是被爱，他的内心对此，并没有明确的答案。他连连喝酒。好几只猫出现在周围，书上说，罗马不仅有那了不起的母狼，还有众多有人性的猫，在街上和废墟随处可见。它们不愿被豢养，自甘流浪，保持自由的灵魂，像是对应他的想法。露台里有只黑猫小心地朝他靠近，它的眼睛紫蓝透亮，跟他的猫伊万卡很像。它走近几步，一下子跃起，跳到半人高的围墙上，转过身来盯着他手里的钻石，诡异莫测。但只是几秒，它转向他的脸，像是对他感兴趣地研究，一动不动。

他问黑猫："结婚或是不结婚？"

黑猫听着，没有发表意见，一派在认真思考的样子。

他合上首饰盒子，放回裤袋，这时手机响了，他掏出手机来说："你好！"

那边也说："你好！是不是太早，把你吵醒了？"

"不必客气。"

"你猜猜我是谁？"

有病。他讨厌打电话时，让人猜名字。对方的声音并不陌生，他没搁电话，便直接说："请说名字。"手机里只有三种事：一是好事，二是坏事，三是无聊事。一年算下来，几乎都是无聊事。

对方报了名字，是史彬。他向史彬抱歉，真是奇怪，怎么就听不出他的声音呢？而且几分钟前，他居然还想到了史彬。他就这样对史彬说，史彬听了很高兴，他说那样问，是故意而为，想让王仑转移注意力。史彬比他年轻，不到四十岁，却是律师界的拔尖人物，两人是在日本参加一个好朋友的派对认识的，当晚被朋友弄去看女性受虐表演。他俩借故出来，不约而同到了一个酒吧，准备喝一杯便回酒店休息。再次见到，相视一笑。他俩是从那晚成为朋友的。虽是同城居住，极少见面，但每隔一年半载总会见一次。史彬从广州打电话给他，说是感觉自己最近在走霉运，就去朝拜一位高僧，请高僧把遮挡在四周的雾障清理清理，尤其是命里的小人。史彬说高僧给他算了一命，预示他在春天有个灾，叫他不要出门。他半信半疑，倒是没和几个好友一同去黄山旅游。结果，去的那一车人都没了，他惊恐万状，赶快去回拜高僧。史彬说："好灵啊！我也把你的出生年月日给报了，高僧算出，你若有婚嫁之事，可冲掉身上的霉气！"

他听了心里一惊。这之前倒是遇有一藏传佛教高段位的上师，说喜出望外，回头是岸。还说风不动，树不动，是他的心动，等等。话里有玄机，需一再吃透才明理：会有喜事？得外出？是巧合，还是暗示他的个人生活得有所改变？

史彬在电话那端说，待他回国，一定要去高僧那儿。他答应着，说回国再联系，便搁了电话。

如果能算命，结婚或是不结婚，那也不错。可是任凭别人把他的生活决定了，以前可以，现在不能。他喝了一大口香槟，将碟子里的坚果和橄榄都吃了，伸了个懒腰。黑猫在围墙上走了几步，又转过脸来，看着他。他站了起来，朝黑猫点点头，往回廊走。刚才室内喝酒的那个客人已不在，甚至侍者也不在。听着自己不紧不慢的脚步声在空旷的宫殿里响着，他觉得一切是这样不真实。

这个酒店太安静了，安静得不正常。一定会发生什么事，或已发生了什么事，一种不祥之感笼罩了他。

那辆出租车在街尾消失后，站在小旅馆的铁门前，燕燕有点不放心。取出笔记本，对了对地址，确认无误后，才背着包、拉着行李箱，走了进去。

窄小的甬道两侧种了花树，白中夹粉红，像家乡重庆到处都有的夹竹桃。家乡的夹竹桃不是香的，味道有些刺鼻，这儿的夹竹桃却带着微微的香气，人一经过，抚开花枝，整个甬道都溢满了。她上了又窄又陡的台阶，先提小的行李箱，再提大的，都放在门口，这才推开门。迎面的小柜台里，一个头发乱乱的印巴人站在那儿，正对着电话不耐烦地说着什么，看上去他是这儿的管事的。

燕燕朝他点点头，那人没有过来帮她。她一个人将所有的行李都放在柜台前，从手提包里取出护照递上去。

印巴人还是在讲电话，不过手指在柜面上点了两下，让她等。

燕燕只有等。可是这儿没有任何适合客人休息片刻的椅子。柜台里桌上有电脑、打印机、乱七八糟的纸片和笔，墙上有意大利模特的日历，有贴纸片，还有铁钩挂着钥匙。从钥匙量看，大约有二十个房间。这么个小旅馆居然有这么多房间！不断有住店客人走上左侧的楼梯，也有下楼的，拖儿带女的，他们吵吵闹闹，跟赶集市一样。

印巴人还是在讲电话，他看了看燕燕的护照，对照电脑，手飞快地滑动。他一边听着电话，皱着眉头，一边移动鼠标，盯着电脑上看，又对着护照看，最后把护照还给她。侧过身，从墙上取下一把钥匙牌递给她，手往边上窄窄的楼梯指了指。

燕燕提着包和行李走上楼梯，地毯污渍斑斑，楼梯间放了一盆沾满灰尘的塑料花，顶上有窄窄的长窗子。看出去，那是一座修道院的庭院，碧绿的草坪，有好多高大的树，整堵墙上盛开着白玫瑰。

她上到楼梯顶端，墙上充满污迹。顺着房间号码，往走廊里处走。找到房间，打开一看，巴掌大一块地，挤了一张窄双人床、一个小桌子和一把小椅子。墙纸红，床盖也红，俗里俗气。她把行李搁在门边，鼻子嗅了嗅，赶紧走到窗前，把窗帘拉开，露出一堵墙。她松开手，坐在床上，顿时觉得精疲力竭，顺势躺下来，闭目休息。

走廊里有脚步声，她听着脚步声消失，松了一口气。真好，真安静。就在这时，左边隔壁房间传来电吹风的声音，仿佛是配合，右边隔壁房间传来一对男女做爱的响动。他们的动作越来越大，女的叫声尖厉，像是受刑，男的把床被捣整得像六级地震。她对这个旅馆心里窝着一把火。皮耶罗订的旅馆，她之前没有上网查，他说这旅馆在城中心，离他学校也不远。他没说住家里，正中她下怀，举行婚礼前，还是住在外面自由。为了这自由，要牺牲安静，她不高兴了。

母亲的纸条，就在裤袋里。她掏出来，母亲在边上画了一把蓝雨伞。是呵，举着蓝雨伞，母亲缓缓走过来，像在她面前一样，对她说：

> 你父亲，二十多年来都在骗我，他总是跟别的女人。
>
> 只要我活着，我就不离婚。我以前有多爱他，现在就有多恨他！

母亲恨父亲。从很小开始，燕燕就知道这一点，并为此焦虑紧张。上小学时，是父母关系最恶化时。记得有一次她放学回到家，空气里有檀香的气味，是母亲在烧香。她推开房门，没有母亲。窗外有人在说话，她探头看，不是母亲。家里、街上都没有母亲的身影，小小的她一路奔跑到江边，焦急害怕地喊：“妈妈，你在哪儿？”母亲有一次走入江水里，被人救了。从那之后，她都处于这种担心失去母亲的恐惧中。

江上所有的船拉响汽笛，朝她传递着信号：快跑，快跑！她的喉咙干渴，难受极了。她跑到趸船前的跳板上，想赶上渡轮。水手吹响轮船离岸的号子，她冲过水手拦着的手，奔入轮船里。船里没有母亲。最后她发现母亲站在江边浅滩上，并未在哭泣，而是专心地注视着不远处：有一个比燕燕大几岁的女孩，在沙滩上练习跳舞。她奔过去，一把抱住母亲。她俩抱在一起，微笑，很快乐的。她俩看那跳舞的女孩。

那跳舞的女孩，看到这幸福的母女俩，停下跳舞，很嫉妒，很生气地咬着自己的嘴唇，一脚将一块小石头踢入江中。

那次母亲没走进江里，如果没有那个跳舞的女孩，母亲可能会选择结束生命。母亲的极端，燕燕知道，有时她理解，有时她不能理解。

父亲对燕燕说不上不好，倒是总给她买新衣和书。打她有记忆起，父亲就跟别的父亲不一样，他不常回家，说话、做事，凭着他的性子。他的五官不似明星那般周正，但头发好，剪得有型，加上高挑的身材，永远戴着一副雷朋墨镜，很像一个明星。如果她跟父亲上街，父亲那样子，会引来很多女人回头，行注目礼。母亲很少对人说父亲的不是，她只对父亲说。父亲听着，不太说话，待到母亲说得兴奋了，他会像个定时炸弹一样引爆，对母亲进行还击。有一次燕燕听到他俩争吵，母亲说父亲一见到女人，裤带就会松开，他那玩意发出子弹，少有女人不被击中。父亲说自己是清白的，没一个正式的野女人，都是逢场作戏罢了。他说，他只是忙着挣钱、养家，是她这个当老婆的在胡思乱想。父亲说，我只爱你一个人，我的心里没有别人。母亲把他拉到门口，把他推出去，然后把门关上。母亲在房里等着他敲门、求情，如果他那样做了，她会开门。可是房外传来父亲离开的脚步声。

父亲这个女人的征服者，在遇到母亲前，并没有女人缘。那时父亲在南岸区文化馆教舞蹈，面对面，甚至身体接触那么多女人，也没花心。那天正巧过江到市中区的文化馆办事，经过文化馆的图书室，他走了进去，看到一个模样儿秀气、穿了一身白花点裙子的年轻姑娘，坐在一排排书架边上。窗子外是青青的竹子，风吹进来，掀动她垂在肩上的头发。她微微泛红的脸，湿漉漉的嘴唇，那份安静，那份自信，比轻歌曼舞中的女子还让人心动。

巧的是，在过江轮渡上，他们正好坐同一艘船。

母亲手里捧着一本小说，太阳光灿烂地照下来，父亲的眼睛就完全黏在母亲身上了。风太大，波浪扑来时，她慌了，怕把书弄湿，忙用身体遮挡，不料却一下子滑倒。父亲扶住了她。

下轮渡时，父亲对母亲说，你真好看，我喜欢你，做我的女朋友吧！父亲的直接和霸道，让母亲措手不及，心慌意乱。她竭力掩饰，没有说任何话，甚至也没正眼看他。

他去的市中区文化馆，其实就是母亲的单位，她才分到那儿做会计。父亲与母亲坐了两站公共汽车，在小什字站下车后，朝坡上走去。她沉默，他居然也沉默，两人像陌生人一样。到母亲的单位门口，父亲说了一声再见便走了。母亲下班时，父亲等在市中区文化馆大门口，俨然是男朋友似的接她，两人再一起坐渡轮回到南岸。母亲还是没敢看他，可他的眼睛一刻也没离开母亲。以后几天，父亲都专门到母亲的单位大门口等她，陪她坐渡轮回家。一个星期下来，母亲坚持不住了，她想，他本来住在南岸，上班也在南岸，犯不着去对岸城中心接她，单凭这一点就足够证明他是真的对她好。平常母亲不喜欢穿高跟鞋，可是那之后，她选择了一双棕色高跟鞋。山城重庆，上坡下坡，因为有爱情，母亲穿着它也如履平地。那时的她，一定跟所有恋爱中的姑娘一样，整个人散发着爱情的魔力，一头黑色的长发飘扬，像一朵待放的花蕾。

正值春天，长江尚未涨水，江边到处是露出水面的石滩，他俩沿着石滩走。父亲不仅跳舞出身，歌也唱得好，他给她唱歌，两人跳进江水，水花溅了一身。快乐的一对人儿，连晚霞都投来羡慕的光芒。母亲从那天起不可救药地爱上了父亲。没多久，她带父亲回家见外婆。他很讨人喜欢，让外婆觉得他心眼儿正，女儿终身有靠。父亲很爱母亲，她半年没到，就怀孕了。父亲在江边迎着波浪向母亲求婚，她觉得从来没有这么幸福过，朝他点点头。她一心一意做他的老婆和孩子的母亲，做梦都没料到，父亲有一天会背叛她。

都说看一个男人找什么样的女人，便知他属于什么样的人。父亲找了母亲后，女人都注意到，这么精致温柔的女子都爱着的这个男人，必定与众不同。父亲有了自信，这自信给他增添了魅力，尤其是意识到女人们看他的眼光不同，父亲的语言变得滑溜和幽默。母亲说，父亲在她怀孕时，便在外留宿，像是一面好端端的镜子，有了裂痕，照人时，怎么照，都不完整了。

在罗马这家小旅馆里，燕燕看着手里的纸条，贴在胸口，泪水在眼睛里打转。母亲回回讲自己的恋爱经，都不同。作为女儿，她喜欢回忆这个版本。她爱母亲，虽然与母亲面对面时，两人也有争吵，甚至有时一整天不说一句话。母亲穿着长过膝盖的黑色连衣裙，在屋子里走来走去，是个怨妇，看着窗外，脸颊越来越瘦，眼睛却越来越亮。可母亲就是母亲，哪怕分开，她也能感觉到母亲的呼吸和心跳。她八岁那年，母亲服了一瓶安眠药自杀。燕燕在学校有感觉，提早回家，发现母亲躺在床上奄奄一息。她叫来邻居。母亲被救过来。外婆在燕燕两岁时突然检查出是肺癌晚期，没多久便走了。那时燕燕刚学会走路，完全没有记忆。母亲说外婆走时叮嘱她，不要让燕燕看见，怕惊吓了她。三年过去，燕燕问外婆怎么没想着回家来看她俩，母亲终于说了实话，告诉她外婆在天上一个制造晚霞的地方，等着有一天与她们相聚。母亲说完掉过脸去。燕燕哇的一声哭起来，边哭边说："我没有外婆，也没有外公，也没有爷爷和奶奶，我是一个命苦的人呀！妈妈，如果你没有了，我该怎么办？我不要活，不要活。"母亲看着燕燕半晌，才朝房门走去。燕燕追过去，抱着母亲的双腿不放。母亲止步，蹲下身来，抱着燕燕，说，妈妈不会离开，放心，妈妈只是到楼外小店去买盐而已。

燕燕不想母亲与父亲关系如此，她心里矛盾。父母若真离了，她就成了名副其实的单亲孩子。她不像母亲那样恨父亲，他是空架子在那里也好。每次听到他在外面有一个新女人，她的气愤，不亚于母亲：天哪，我怎么有这样的一个父亲！她想反抗他，想惩罚他，想给母亲一个公理，想亲口告诉他：你不是一个好父亲！可她不敢，她一向畏惧父亲。

生活并不总是呈现你想看到的一面，有时也有例外。

像是回应燕燕的想法，隔壁房间男女敲击着床的战斗停了，燕燕喘了一口气。但是马上那边传来冲马桶的声音。没到两分钟，又传来做爱的声响，像一对性饥饿的动物。

坐在床边，燕燕突然感伤起来。燕燕长大后，母亲不再自杀，却过得太苦了，她不交朋友，除了父亲，对别的男人视而不见，只好守活寡。单位留不了那么多人，母亲便病退在家，做十字绣，绣了一大堆马呀花的，偶尔也画几张画。燕燕有一次听到母亲和父亲在电话里争吵，说到男人，说自己首先需要的是爱，而父亲只需要性，新鲜的性，她对男人失望透了，内心什么欲望都没有。

母亲是一个少女时，曾迷恋外国小说及台湾女作家三毛和琼瑶，尤其着迷于痖弦和商禽的诗，那种含而不露，字字句句带有音乐节奏，让人一看就难忘。二十世纪——整个八十年代属于诗歌，一个小县城都能抓出一把写诗的人。重庆城有近百个诗社，扯个旗帜，打上口号"写诗的跟我来！"在解放碑走几圈，会有一个军的人跟在后面。写诗的人游侠般南来北往，只要你说是写诗的，免费坐汽车火车不算，在任何陌生之地都可以找到免费食宿。北岛、顾城一帮诗人到成都朗诵时，万人空巷。她本想坐长途汽车去瞻仰，但爱的人不去，她没办法，只能写诗抒怀：

坐车离开，和我一起，让我带你远远地离开，让我们深深地呼吸，一起翻山越岭，走得彻彻底底，背对他们，背对山城，原谅吧，原谅一切，任凭命运的无情与时间的鞭笞，也绝不回头。

她没能带心上人离开故乡，而是眼睁睁看着心上人一次一次离开故乡。母亲困在她浪漫的爱情里，从一开始就没法挣脱。她必须爱一个男人，如果不能爱，那时间自然会把她推向相当窒息的位置，现在，她更是走入死胡同里。作为她的女儿，她的同情是那样的微弱，那样的受伤。

百叶窗并未关闭，城市的喧嚣淡淡的，这座宫殿改的酒店仍是非常安静。王仑掏出钥匙，打开房门，他看到这是一个漂亮讲究的套房。室内台灯发出柔和的灯光，连同天边最后那抹蔚蓝与霞光，通过窗纱投射进来，为屋顶及墙上古老的壁画镀上一层微光，外室有古董沙发、中世纪式样的镀金大镜子，颇有几分历史厚重感。水晶花瓶里插着他在路上买的紫色、粉色混合的绣球花，为房间增添了一抹生机。

他走进里室：挂着帷帐的架子床是国王大尺寸的，还有气派的座椅、雅致的台灯。他脱了西服外套，挂在架子上。椅子上有方露露的衣饰，他拿起一件，放在鼻子前闻了闻，又轻轻放下。然后从衣服口袋里掏出首饰盒来，取出钻戒，拿在手上，单膝跪下，做了一个求婚的动作。有点滑稽，像演电影。他自嘲地站起，放好戒指，放回裤袋。要不要一个隆重的订婚仪式？如果是以前，可以请成打的好朋友参加，现在他的朋友还剩下几个？金钱关系，情感也能用钱交换，弄得人心冰凉。他不要那种虚假的形式，而且他不会给任何一个女人下跪，他就是一个爷们儿、男子汉，就是信奉大男子主义，这有什么错？大场面的求婚会让方露露惊奇，为她挣足面子。但除此之外，对他俩而言，还有什么意义？不过，对他而言，罗马比伦敦和纽约甚至威尼斯更加重要，在罗马求婚会令他刻骨铭心。这城市与父亲有联系，他喜欢这儿的历史和中世纪艺术的辉煌。这儿有世上最好的美景和美酒，两个人一起醉到第二天天明，比什么庆典都好。

他伸伸懒腰，往外室走，想取饮料喝时，目光扫到茶几停住：有两个留有残酒的酒杯，还有一瓶未喝完的红葡萄酒。他走近了一些，其中一个酒杯口上的唇印清晰，散发着他熟悉的香奈儿五号花香。几乎没有任何准备，有一种东西不经意地抓了一下他的心，他摇了一下头，她与人喝杯酒，这算什么？并不过分。

有人敲门，紧跟着，响起一个女人的声音，说着“晚上好，我是管家”。

王仑走过去，打开门——一个戴白头巾的意大利女服务员，有着被太阳晒得发黑的皮肤，正露出甜甜的笑容，问：“先生，有什么需要我做的吗？”

意大利女人真像重庆女人，说话声大如喊喇叭。那女人双手一摊，想进来。

“谢谢你，现在没事。”王仑回头看茶几上的两个酒杯，请她把杯子拿走。

女服务员走进房间，在茶几前蹲下，取走酒杯，放在托盘上，走向门口。

王仑注视着她的背影说："谢谢你！"

女服务员回过身，害羞地微笑，低头看了一下托盘上的两个酒杯说："能为著名影星马可·瓦利的朋友服务，这是我的荣幸。"

王仑整个人僵硬地站在房间，手指发凉，直到那女服务员走出房间，带上房门，哐当一声，他才反应过来。真撞鬼了！走进这套房时，他心里琢磨如何求婚，给她一个惊喜。虽在之前也说过结婚这事，但都觉得不急，起码他觉得应好好过一段没有婚姻的日子，尤其是前段婚姻给他带来的感觉不堪回忆。他劝她搬到他的住处住，她很是爽快，出租了自己的房子，将衣服和好多毛茸茸的动物玩具都装入路虎吉普车，自个儿开车运来了。那晚他们喝了两瓶意大利1980年产的红葡萄酒阿玛罗尼，庆祝新生活开始。不错，就是那晚，他们第一次说到结婚。喝多了，他对她说了好多话，叫她老婆，之后她一撒娇，就叫他老公。不过，就算是那个马可来喝酒了，也不能说明她就跟他有那种事，他无法容忍别的男人看见她的裸体。就算是有那种事，也不能说她变心了。王仑，你几岁了？他问自己。不要管那怪怪的感觉，说有什么事发生。酒吧那只站在围墙上的黑猫，它的眼睛，有智慧，像星星一样闪烁，也可看成是吉兆啊！

一个男人有洁癖，是太麻烦的事，有的还是精神有洁癖，那就更麻烦。王仑旅行在外，自带床单，遇到了方露露，她是自带床单枕头套的那种人，他便不带了。他到酒店头一件事，就是洗澡。在家泡澡，放一缸热水，脱掉衣服，让身体融入水里，什么都不想，便觉得绷紧的身体放松下来。在外一般冲个淋浴。小时在农村，洗冷水澡，那时发誓，以后发迹了，一定要天天洗热水澡。

这点他做到了。

想到这儿，他笑出声。热水澡，这么点要求！他喜欢水热一些，从头到脚淋着，冲着头发，让香波的泡沫滑下肩膀、腰和腿。其实脚趾最脏，他抬起脚来，让水冲着，金鸡独立，半分钟后，换另一条腿。天知道，这个习惯是从什么时候开始？在山里与哥哥一起在瀑布下嬉戏，他俩比赛着，看谁坚持这个动作长久。哥哥总输给他，原因在于他总偷偷地练习，练熟了，当然就会赢。

这儿安静，水声像久远的小溪，父亲带着他和哥哥在小溪里捉小鱼，水花四溅，打湿了衣服。他闭上眼睛，仰面对着喷头，水淋下来，温暖地流过皮肤。从前溪流里那些小鱼在眼前跳跃，银光闪闪。

等了好一会儿，他才关了水，从玻璃淋浴房出来，抓了件白浴袍穿上，再去找干净衣服。目光扫到行李架上的黑色旅行箱，一愣，走过去，急忙拉开箱子拉链，翻盖一看，根本不是他的东西，而是女人的衣物。他拿起一个黑色胸罩，傻了眼。

糟糕，他的箱子居然与那个苏燕燕的箱子弄错了。她才应当改名字，苏厌厌，鬼厌厌，超级麻烦女！她怎么也用和他相像的黑箱子？

他生气地盖上箱盖，抓起十多分钟前脱下的衣服穿上。

这个小旅馆只有二层，室内昏暗不说，空气里还有股怪味。燕燕下楼来，感觉刺鼻香水味混合着咖喱的味道更浓了。她喜欢咖喱，但这儿的咖喱，吸了廉价香水和汗味，让人受不了。她走到柜台前，对里面的印巴老板说，旅馆不是一个旅客住，该保持安静。

对方看着她，手里仍然握着电话。她让他管管，他突然激动地对着话筒飞快地说起来，像印度语，也夹有意大利语，边说边比画手势。

这时，门吱嘎一声被推开，燕燕闻声侧过身，看见王仑推门进来，面无表情，手里是一个黑色箱子。她一愣，迎上去说：“太好了，王仑，你来了。你看这儿像个二等歌剧院。”她手指楼上。一个房间里响着电钻声，另一个房间是做爱声。她指着柜台前的印巴人说：“没法休息，他居然视而不见。你帮我说说他。”

王仑朝柜台走了两步，印巴人早看到了，马上放下电话。虽不懂这两个中国人在说什么，但他明白现在的情形。中国男人明显是这个中国女人搬来的救兵，不管，便会有麻烦，他只得离开柜台，默默地走上楼梯。

燕燕跟上印巴人，王仑跟上燕燕。

他们仨一前一后地走上并不宽绰的楼梯，一个接一个进入窄小的走廊，印巴人对着一个房门说着什么。电钻声音停了，但还有做爱的叫声。印巴人举手想敲门，但放弃了，他犹豫着站在门前，床正在吱嘎作响，他们听着，里面居然停了。

燕燕朝王仑做了一个鬼脸。

王仑生气地说：“你怎么拿了我的箱子？真是祸端儿！”他把手里的箱子推过去。

燕燕接过箱子，马上打开房间，迅速地从里面拖出另一只黑色箱子来，推在王仑的面前：“是你的出租车司机的错！”

王仑冷冷地说：“再见。”

“再见！”燕燕条件反射地说，声音冷到整个身体都要跳起来。想骂脏字，可她就是控制住了自己。

他没看她，提起箱子，顺着走廊往楼梯走。

直到走回自己的房间，燕燕都在呼气、吐气，让自己平静下来。一定是那个印巴人跟着王仑走，下楼的脚步声又重又杂，像是音乐的复奏。她站在门内，用脚弯向后，碰上房门。

可以不生气吗？我可以的。她站在巴掌大的房间里，闭上眼睛，任时间流逝，听着隔壁房间的做爱声，那声音停了。但传来一个走了调的男高音，明显是那男人性交满足了，躺在床上放声高歌，那韵律，是歌剧，在往云端快乐地上升。

燕燕的眼泪往外涌，她再也控制不了自己的情绪，用旅馆的座机电话给皮耶罗打电话。本是能记着他的所有电话，可这时一点儿也想不起来。找手提包，找本子，翻本子，好了，记忆回来了，她拨着号码，这回能找到他。

“皮耶罗，接电话！”

电话还是响着，没人接。如果新郎官没了，这婚礼自然也没了，没了就没了。头一回如此想，吓了她一跳。她用纸巾擦眼角的泪水，把本子放入手提包里，拿了门钥匙。

推开小旅馆门，燕燕站在石阶上，抬起头来看罗马的天空。一群鸽子在飞旋，石阶上有鸽子屎。家乡的石阶上也有鸽子屎，气味一样。夹竹桃镀了一层晚霞，香气浓郁。她捂着鼻子。这时，柜台的印巴老板叫住她，说是她的男友打来电话留言，让她去纳伏纳广场的喷泉见面。这个皮耶罗，哼！她看了看地图，并不是太远，便决定往那个方向走去。走着走着，她在心里已原谅他了。太阳沉入地平线后，罗马的天空才显出真正的魅力来，正是一天中最好的时辰，紫蓝中带有几分羞涩的玫红，绽开出一团团硕大的花朵，很像山城重庆傍晚的天空。只是那儿湿气较重，因而紫色偏浓。

她都不必问路人，凭感觉朝纳伏纳广场走去。出了巷子口，左拐，街上人多起来，他们摆着小摊或地摊，像是手工艺品夜市。

她瞅着空，慢慢穿过去，与路人摩肩擦背。小贩中意大利人较少，大都是非洲人和中东人。售耳环、帽子、手绣的衣服和塑像，但几乎都会说几句英语。

身后有回声，走几步，停几步。她走着走着，觉得不对劲，猛回头，却什么也没看到。她继续走了一段，还是不对劲，想了想，走到一个路口，拐入贴墙站着。

一条脏脏的棕色小狗拐过来，抬头看见她，停了下来，一双亮亮的眼睛，看着她，没叫，也没摇尾巴。

“小家伙，认错人了吧？”

小狗看着她，样子很难过。她蹲下，小狗就跳到她手臂间，亲热地叫了一声。

“叫什么名字？”燕燕把它抱了起来。

小狗吱呀一阵，尾巴摇了一下。

“小吉卜赛吧！不，叫你费里尼，我最喜欢的电影导演。”她发现小狗的脖子上青肿了一块，“原来如此，费里尼，你来找我帮你？”

小狗叫了一声，表示是的，乖顺地躺在她的双臂上。燕燕轻轻替小狗揉了揉受伤的地方，轻轻地吹，说：“没人要你了，也没人要我。我带你走走。”

她抱着小狗走了一阵，远远传来好听的音乐。她望过去，街角有一个乐队，像费里尼电影里乐队的格局，正在演奏的音乐，没错，是他的电影《卡萨诺瓦》的旋律，引来不少路人围观。她有一个本子，看过什么电影，都会贴电影海报的图片，写上几句话。《卡萨诺瓦》看过N遍，回回看，都惊心动魄，回回看，对那个浪荡子都有新的认识。他被老费嵌入了一颗尼采的心，有多重分裂的人格。当时的她，没料到会置身于意大利，在罗马城里，亲耳聆听这忧伤美丽的音乐。不可思议。为了听得更清楚，她停下脚步，沉浸在音乐中。是的，再回旋一分钟的变奏，深入到那段黑暗的深处，看那深处有什么。呵！加入小号，配有教堂的钟声，她微微闭上眼睛。

费里尼贴着她的右脚蹲着，也在专心地听音乐。

乐队全是意大利人，他们忘情地投入表演。乐曲结束，燕燕走过去，往他们的一个摊开的蓝布上放两枚硬币。小狗跟上，她蹲了下来，轻轻拍着它的脖颈说：“亲爱的费里尼，我的小小的王，我们在罗马，我们应该高兴，我们可以尽情地走路。”

大厅和卧室的威尼斯彩色水晶古董吊灯点亮了，映在墙上的肖像画和壁画上，奢侈得有些过分。相比那个小旅馆，古老的鲁斯波利波拿巴酒店，是另一个世界，有天上地下之差别。马上要办婚礼了，意大利人怎么想的？安排新娘子住在那儿？她的未婚夫是个什么屌丝？让她独自飞越半个地球来这陌生国度，完全没有新郎官的姿态，也没尽地主之谊。不接机罢了，连个影子也没有。在那小旅馆，他本想问她，你的未婚夫到哪里去了，完全出于关心自己同胞。不过这种人，还是不要嫁人的好。算了，不要想那苏厌厌的事，幸好没问她，否则她的嘴里定会吐出棍子一样打人的话来。

王仑进入房间，侍应生乖巧地紧跟上，小心地把行李放好，接过王仑掏出的小费，鞠躬后离开。

里面有动静，莫非方露露已回来？脑子里一转动这念头，听见那边脚步声响起，一个美丽高挑的长发女子从里间走出来。她三十岁左右，头发有点蓬松，眼神有点飘，穿了一件和服式的丝绸黑色连衣裙，带着一股柠檬与甜橙香味儿，那是他熟悉的香奈尔五号。她一把抱住王仑的脖颈，在他的唇上脸上亲吻。

他搂着她的腰，问道：“你什么时候回来的？”

“刚到没几分钟。”

“今天片子拍得还好吧？”

她挽着他的手臂朝里间走，边走边回答：“一点也不顺利，导演十条都不让过。虽然是个广告片，可人家拍得真讲究。”

他的视线扫到桌上水晶玻璃花瓶里的绣球花，粉色在一起，紫色在一起，看来被她重新插了，比以前随便混合更妙。房间里的灯光正好照在紫色上，好有仪式感，不由得赞赏地点点头。

花瓶边是一个白色手机。她松开他，在手机上点了一下，屏幕上显示出一张清纯的少女时代的照片，那是她在老家重庆南岸江边跳舞时拍的。他熟悉这手机上的照片，这回看，觉得她少女时那种果断和纯洁，非常吸引人。方露露看到他在注意这照片，朝他回头一笑，然后又点了几下按键，一首莱昂纳德·科恩的歌曲《苏珊娜》响起。

房间里马上有了生机，增添了相逢的气氛。

方露露快乐地跟着科恩唱：

苏珊娜带你去她在江边的居所，在那里你会听到船徐徐驶过……

王仑静静地听着。她微微俯下身，手指拂弄绣球花瓣，突然停止唱歌，盯着花，抬脸来对他说："亲爱的，我好喜欢你送我的花。"她身体顺着桌子边优雅地转了一个方向，还是看着他，问他，声音充满纳闷，"噢，你一般不送我花，这次怎么啦？"

王仑的手摸着裤袋里的首饰盒，眼光触及之处有圆桌，那儿有一瓶未启开的红葡萄酒和两个干净的酒杯。他微微一笑，手空空地从裤袋里抽出来说："出租车路过一个花店，觉得好看，就买了。"

方露露开口想说什么，但马上合上，目光移向远处。

王仑叹了一口气说："最近诸事不顺，每个人都对着我来。"

"跟随心愿做，不会错。既来罗马，就该放松。反正天没有塌下来，对不对？"她拉他坐在床前的椅子上。

"如果天塌了，你还和我在一起吗？"

"当然。"方露露问，"要喝一杯吗？"

王仑摇了摇头。他希望天塌，什么都不需要了，到时会完全不一样，不管是爱人或是朋友，这个世界肯定大相径庭。只有你一个人面对这世界时，你才能明白，你到底是谁。他看到桌上有一盒火柴，抽出一根来看：这可是能点燃干柴的东西。男人，不流血，叫男人吗？窗外飞过一道灰色的影子，他没看清，凭直觉那会是鸽子。他突然微微一笑。

“你笑得好神秘，有心事？”

他边将火柴放回盒子，边说：“大的心事没有，小的心事不断。这个你知道的。我今天有时差，飞机上睡得不好，我真烦了，只想做自己想做的事。”

“清空头脑，今天好好睡一觉，把所有的问题留给明天。”她走到窗前，看到有一只小虫子，把窗子敞开一些，小虫子飞了出去。

“这儿看上去真不错，很舒服。”他看着屋顶精美的壁画，室内的布置，繁杂华丽到了极致，由衷地说，“只是这儿的服务员，个子都不高，怪怪的。”

方露露不这么认为，要个子高做什么？个个是她，和他，便没意思了。人不一样才好。她问他，知道不知道这酒店的来历？

他摇摇头。

她说，这是真格的高端酒店，它就是一个宫殿，传说好多历史上的人物都住过，每个房间都有历史。她这套房曾经住过法国皇帝拿破仑三世，酒店老板鲁斯波利公爵一家在这儿住了五百年。

“五百年？！”他摇了摇头。

“不可思议，对吧？”她对他笑了笑，说，“对我这个在长江边贫民窟长大的女孩子来说，这儿就是天堂！”

“还不忘本。”

“我时时记得自己来自何处，尤其是在罗马，我常想起小时候。”她看着王仑说，“都说罗马是一面镜子，可照见我们的前世今生。”

“露露，你不仅知道一点点罗马，还能说出如此妙言。”

“马可，马可·瓦利，演我的爱人，他告诉我的呀！”方露露走到王仑跟前，坐到他的身边来，把涂有红指甲油的双脚放在他的腿上，“明天中午，我们跟马可吃个早午餐，怎么样？他在意大利，是咱们中国的胡歌、葛优，也是好莱坞红人，正在筹备导一个有中国演员的喜剧电影。你知道，全世界做电影的，都在往中国靠。明天，你有空吗?”

他记得这个马可，那个女服务员说漏嘴，弄得他心境与之前大不相同。如果方露露不提这名字，他不会提。现在她提了，他也不想谈这个人。他拍拍她的腿，说：“和我出去走走吧，享受这个晚上，这儿随便一条小街都很美。”

方露露马上站了起来，说：“亲爱的，我真的想陪你，可是穿了一天的高跟鞋，我，累坏了。”她看了一下手表，对他抱歉，说是之前她通知酒店安排了美容师、按摩师。

他坐到床上，拉着她的手说：“OK，那取消美容按摩。”他抱着她的腰，脸埋在她的胸口，“来，我们一起轻松轻松。”

方露露没什么反应，身体很硬，也没有回抱他。他松开双手说：“好吧，你做按摩。嘿，你都没问我有没有吃过饭、坐飞机可顺利?”

方露露俯下身来，就势带着他倒在床上，在他的脸上亲了亲：“堂堂大男子汉，怎么在自家女人面前就像个儿子！你是活人，肚子饿了会吃饭，飞机不顺利，你绝不会在这儿。你知道我想你——”她的牙齿轻咬他的耳朵，又轻咬他的手指，然后抚摸他的嘴唇，对他妩媚地一笑，“可是，两分钟后按摩师就来了呀。”她在他身上，散开的头发几乎把她的脸遮住。他的手放在她的一只乳房上，她的眼睛眨了眨，没有一丁点想跟他做爱的心思。即使几分钟也够一场快节奏的交合。她和他热恋时，当时宴会正进行，主持人在讲话，她拉他到酒店卫生间，两个人在两分钟里同时到达高潮。哼，难道她不知道男人饥不择食，虽然他不属于性饥渴者，但他是男人，他要么不干，要么干个痛快。

王仑推开她，站了起来，走向另一个房间的门口，停在门前说：“一会儿见。”

宫殿的屋顶高过二层楼，除了吊灯、古画和厚重的老窗帘，显得空空荡荡，人差不多是飘浮的。他没有乘老式电梯，直接走下大理石台阶，大步流星到了大门口。条条街上的商店橱窗装饰精巧，又各不相同。游客在街上，目光漫不经心，而急匆匆下班回家的当地人，目光向前，即便进店里购东西，也是迅速撤离，不多做停留。他站在马路边，长长地叹了一口气。那个酒杯上的口红印，只有一个酒杯有。假若那个女服务员是个哑巴，这个晚上或许不会如此闷气。他并不是一个吃醋的人，过往的情史，是女人吃他的醋，方露露也不例外。他忙于工作，心思不在此，周边女人不少，但不敢碰。并不是说没有可能，只是这可能性会让他更紧张——女人找他，多有目的。找一个女人，做情妇，会更累，还不如嫖妓。当然他只是想想而已，并未真的尝试。如果不是到罗马，他恐怕不会品尝到吃醋的滋味。

有一点吃醋，他承认了。街头恰好有两个恋人在倚墙亲吻。方露露与他好久不是这种状态了。如果是方露露和另一个男人，完全可能。如果是他和另一个女人当街做爱？他摇了摇头。但男人的意淫，一产生就收不住，那是马可和露露，他们在干，动作粗暴，并故意朝他转过脸来，她发出欢快的叫声。他的血管贲张，汗沁出额头，双手自然地挥起，一拳击在墙上，痛得大叫。就一下痛，真解压。意外收获，他眼里放出光来。有人早注意到他，觉得来劲儿，也仿效，引得围观的几个男人也愤怒地将拳头击在墙上，跟他一样也出声大叫。他看他们，这种看，是同路人的看。思索到他人，皆是生活中的不快乐者、失败者、失眠者，可能更糟。人与人比不得，一比便短分寸。

他朝前走。

他们也朝前走，走过他。他松了一口气。

根本不是吃醋，而是遭到不忠和背叛。但愿事情没这么严重。这罗马，他看着手关节红肿的地方，皱眉想，让他以这种体验开始这第一天，够神奇！之前到罗马，都在开会，只有一次会议安排在大艳阳天看了几个著名景点。少有时间把脚印铺到小街小巷，一般只有在临走时，才能坐在车里看看罗马。晚上的罗马，跟白昼的不同，是两种气氛：白昼的罗马蔚蓝神秘，真实得充满艺术性，每个人的脸，每幢房子的形，都在向你敞开心扉，热烈地与你追逐；晚上的罗马，充满光焰，充满诱惑和各种可能性。那些雕塑，那些宫殿中的神走下圣坛，走在你身边，似乎如影随形。据说，遇上好神是好命，遇上邪神自然命薄。

王仑看着前行的人流，有无认识的神呢？丘比特有两支箭，一支使人生爱，另一支让人不为爱所动。神有时也会开开玩笑，比如给阿波罗射出爱之箭，给河神之女达芙妮射出了另一支，造成了悲剧。而此刻他被命运遣送到哪种状态，是阿波罗还是达芙妮？他的脑子警觉起来，在这罗马，真得小心，不然会失足。他内心的孤独和压力已向外漫延，出来走走是对的，如果继续待在酒店里，窝在心中的火苗会烧了他，包括对她的感情，这对他、对她都不公平。事情是如何而起，如果她并未和那个意大利明星上床呢？

上床了，也要分好几种情况。一种是真喜欢，真爱；一种是一时兴起，甚至是寂寞，一夜情而已。方露露和他好后，几乎没有绯闻。也许那个马可，真让她动了心。该知道，这是罗马，罗马的魅力就是让人失去本心。王仑的心情复杂，决定再走走，干脆什么都不要想，清空脑子。走了好几条小街，有阵阵微风吹来，非常凉爽。一天前在北京，绝不敢这么走在街上，北京像个火炉，如此走，周身会大汗淋漓。

以为是朝东边走，却不知不觉在往西，就这么一个事，就晕头转向？这街，其实就是小巷子，不时有车子经过。意大利人驾车技术一流，车速不减，知道行人会让道。王仑拐过一条巷子，又进入一条巷子，跟穿迷宫似的，他有点分不清东南西北了。

罗马好多小街由黑亮的小方石头铺砌，店里咖啡浓郁，闲人不少，艺人也多。王仑饶有兴致地看了一下，耳边留下手风琴声，他看了一下远处残留着霞光的天空，大致明白了方向，奇怪，心境也放松了一些。他走到小街顶端，面前是三岔路口，抬头看到一个中国姑娘和一条小狗在喝路边水龙头里的水。那脸太熟，那身衣服，T恤和裤子，那黑色双肩包，不，王仑想马上转身走开，可是迟了，燕燕抬起头来，看见了他，后退一步。小狗对他狂吠，只要燕燕进一步表示，小狗即刻会扑上来，将他撕了。

“真是，连你的狗都要恨我。”王仑故作轻松地说。

“嘿，不要夸张！”她抱着小狗，口气轻淡地说，“我们走。”

他们真的朝不同方向走了。听着救护车呼啸着驶过的声音，一对母女拉着手迎面走来，王仑让到边上，听到了流水声，循声看去，是刚才那个水龙头淌着水，就走过去，弯下身关掉开关。但是关不了。这时，他听到身后一个声音说：“没想到你一颗傲慢的心，还有一个边儿没有坏掉。”燕燕站在他面前，一本正经地说。显然她也发现了水龙头没有关掉的事，所以走回来。

王仑正要反驳，燕燕朝他露出灿烂的笑容。这是他俩认识后，第一次她看他时眼睛发出光来，她说：“才发现，罗马街上的水龙头关不了。”

小狗奔下地，对王仑摇着尾巴，很亲热。

他有点不好意思，弯下身拍拍小狗的后颈说：“同样是我，这小东西，怎么这么快就变了态度。”

“小狗有时比人更通人性。它是一条没人要的流浪狗，名字叫费里尼。”燕燕说。

“费里尼。”王仑用温和的声音重复，然后摇了摇头，掏出一根烟，避风点上火后，吸了一口，抬头发现燕燕和小狗已走开了，他加紧脚步，跟了上去。

在罗马城中心的街，直走，绕道，都可到达目的地。燕燕一向是个路盲，但在罗马，她看完地图，闭上眼睛，再看地图，再闭上眼睛，整个地图就大致印在脑海里了。然后，她跟着感觉走，居然像个老罗马人一样，没迷路。他们带着一条小狗，一路溜达到纳伏纳广场。四河喷泉前有画画的、有坐在池边读书的，也有游客拍照的，但是没有皮耶罗。她没有给王仑说，皮耶罗与她在此见面。

“真是巴洛克的巅峰艺术！”燕燕索性欣赏起雕塑来。

王仑听到了，绕着喷泉走了一圈又回到原地：“我没看出哪个神代表哪条河流，每个神都是电影里的定格，充满力量和美感。”

“贝尔尼尼，观望一次，就是一次自我蔑视。你在这儿，他在那儿。”燕燕左手放得低，右手抬得很高。停顿了一下，她右手指着天空，补充一句说，“他是永不坠落的彗星。”

他笑了：“你喜欢贝尔尼尼？”

“明知故问。”燕燕不屑地说。她绕着喷泉走，边看边说：“多瑙河是雄狮，你看神的双臂迎向盾牌，还有鸽子，那盾牌上有圣彼得的钥匙和三重王冠。你看这儿有三朵百合、一只代表圣灵的鸽子。”

看到王仑听得特别认真的样子，燕燕猛地反应过来，他有意说不知神与河流，分明是在看她懂不懂。她瞪了他一眼，他马上双手举起来，表示投降。

天色很快黯淡下来，一旁的餐馆涌出的肉香，夹有迷迭香和葡萄酒香味。她心情变好，看看小狗，又看看边上的王仑。他神情放松，兴致勃勃地握着手机在拍广场。有不少鸽子在边上的餐馆旁寻食，远远的椅子边拴着一条正在闭目养神的西班牙猎犬。狗费里尼倒还安静，向前跑了一段，停止，又往回跑。只向她叫了一声，表示自己很好，没有跑掉。她低下身，伸手摸摸费里尼的脖子，说："你继续，不然，我会找不到你。"

正在这时，一个瘦高个儿、帅气的意大利男子从广场那端朝他们走来，老远就对着燕燕招手。燕燕起身，王仑举着手机，将那青年男子框入镜头，并按下快门。他俩以不同的方式注视着意大利男子。走近了，他高兴地说："燕燕，真是你！"一把抱着燕燕，亲吻她。他显得年轻，最多只有三十岁。大概想老成一些，脸上留有整齐的络腮胡，穿了一件带纽扣的蓝色T恤，眼神略带羞涩。

"哎呀，未婚夫终于出现了？"王仑握着手机，微微一笑，调侃道，"他是真格的小鲜肉呐！"

燕燕扳开男子放在腰上的双手，不好意思地看了王仑一眼，给两个男人介绍："这是皮耶罗，我的未婚夫，这是我的校友王仑。"

皮耶罗握着王仑的手说："你好，王仑先生！谢谢你专程来参加我们的婚礼！"

王仑不知所措地看着燕燕，她马上说："对呀，婚礼，绝对参加！"

皮耶罗格外抱歉地对燕燕说："非常对不起，燕燕，我到了机场，停车误了时间，打你的电话打不通。"

燕燕松了一口气说："对不起，我没死等你，因为你一向准时，你没影，一定是有事。我就打算去乘公共汽车。还是王仑君子，让我搭了他的出租车。"

皮耶罗高兴地看了看王仑，说了声谢谢，对燕燕说："我找不到你，急坏了。还好，我收到一条你用路人手机发来的信息，给旅馆打了电话，便直接赶来这儿。现在好了。"

燕燕有点尴尬地笑了，耸了耸肩，因为她之前用“路人”称他。王仑倒是没有反应。

皮耶罗转向王仑，恳切地说：“‘路人’先生，我们为何不去喝一杯？”

不等王仑说话，皮耶罗硬拉着他朝前走。几乎同时，燕燕也一把拉住了他，把他夹在中间。

皮耶罗带他们经过鲜花市场，那儿有一家老电影院，左拐进入一块三角空地，有家小酒馆。外面桌子坐了人，他们只能到里面去，并由一名黑衣男侍者带到一张空桌前坐下来。费里尼小心地蹲在燕燕身边，瞪着眼睛看着皮耶罗。

侍者递上菜单，给他们倒上水。皮耶罗看着酒水菜单上的价格掂量着。侍者站在一边，耐心地等待。皮耶罗给每人叫了一杯家酿红葡萄酒。

“我饿坏了，来一些吃的吧。”燕燕说。

“我给你叫一份火腿，怎么样？”皮耶罗对燕燕说，掉头对侍者吩咐。

王仑叮嘱他：“来一份最好的火腿，还要罗马奶酪、三文鱼面包和橄榄，来一瓶Barolo或Barbaresco。”他喜欢这两款产自皮埃蒙特和巴罗洛的葡萄酒，葡萄是精品，余味醇厚，还留有樱桃、月桂的香味。

皮耶罗掉过头去，皱了眉头，却照样对侍者说了。

侍者听了，非常高兴，记在小本上，点点头，离开。

王仑笑了起来，他说：“都说我们中国人是铁，可忍一切，可我这块铁饿不得，一饿就受不了。”

“我们意大利人也饿不得。意大利人、中国人都爱吃的，胜过别的。”皮耶罗说。

“都爱吃自己本国的菜。”燕燕说，“不过，皮耶罗，我喜欢你做的面条和牛排。”燕燕看着皮耶罗说，喝了一口水。

他们说话间，还是刚才那位侍者端来了一个盘子，放在桌上。意大利人真实在，一份火腿加上奶酪，装了一大盘，面包也是，给的分量特足。侍者见多识广，善于察言观色。他恭敬地倒了一点红葡萄酒给王仑，让他品尝。王仑拿着酒杯，轻轻摇了摇，看着，喝了一口，朝侍者点点头，侍者这才将三个玻璃杯子分别斟上酒。

三个人举起杯，碰了一下，喝了一口。燕燕感叹地说：“意大利的葡萄酒就是好喝。”王仑手握酒杯，看着皮耶罗和燕燕，好奇地问：“你俩怎么认识的？”

“皮耶罗也是清华校友。”燕燕说。

皮耶罗点点头，说：“我到清华留学！直到毕业那天，才认识了燕燕。”

两个人对王仑讲起一年半前的事。皮耶罗毕业的那个晚上，好几个班一起开party，大家都喝了酒。跳舞时，燕燕穿了一件白裙，躲在一个角落。皮耶罗来晚了，站在窗前，他发现她一个人在喝可口可乐。他鼓足勇气走过去，问她平常不喝可口可乐，今天为什么喝？她觉得这个意大利留学生的中文说得很好，对他印象不错，便友好地对他说，可口可乐只是坏人才喝，今天喝，是想尝尝当坏人的滋味。她不追究，人有时得酬劳自己当当坏人。不知为什么，她的话让他特别开心，使他放松。他请她跳舞。两个人跳舞时，都紧张得要命，要么是她踩着他的脚，要么是他踩着她的脚。他不好意思后退，差点摔了。燕燕拉住他，他感激地看着她说：“对不起，我很少跳舞，只有想酬劳自己不是自己时才跳。”

“我只想做一件没做过的事。”

“你当真？那想做什么？”

她摇摇头。见他坏坏地笑，她说：“不是你想的那样。”

"我想的哪样?"

她笑了起来。

一曲终了，换了激烈的音乐。大家甩开手跳，每个人都在跳，两人才表现好一点。接下来全是激烈的音乐，两人跳累了，皮耶罗与燕燕各执一瓶啤酒，到室外休息。在嘈杂的音乐声中他们必须大声说话，对方才能听见。她告诉他自己喜欢独自待在宿舍，或者和母亲住在家里，很少参加集体活动。他说，他也喜欢一个人待着，人一多，他就不安。两人发现对方性格接近，话多起来。母亲没找父亲要钱，而是用辛辛苦苦存的钱，加上变卖父亲每有外遇送给她的金项链和钻石珠宝，购了一套离学校要乘十站公共汽车的小公寓给燕燕。有时母亲来住一段时间，给燕燕做饭洗衣。燕燕从学校图书馆借外国小说给母亲，也淘了好多电影光碟回家。北京的家，母亲不让父亲来。燕燕很少深交同学，上完学就回家，母亲不在时，她也这样。这样的大学生活倒是清闲。除了上课，她的时间，要么读小说，要么看电影。她性格古怪，倒是有几个男同学打她的主意，她对他们没兴趣。她说话很冲，以得罪人的方式拒绝异性，真灵。她几乎没一个闺蜜，班上的女同学只想找有钱有权的男人，认为当小三和二奶，也比嫁一个穷光蛋好。他对她说，他的大学生活也是家和学校两点一线，女同学有几个相处得好，但不是女朋友。

他俩大着嗓门聊了一会儿，决定到外面走走。月光下，皮耶罗告诉燕燕自己叫什么名字，包括自己喜欢的鲍勃 · 迪伦的诗歌，正好在手机里，他给她看。她很喜欢，顺便将他译错的中文纠正了。他要给她看更多的诗歌，所以，两个人去了他的房间。室友没在，皮耶罗开了一瓶红葡萄酒，看他的译诗。皮耶罗说自己正在译古罗马诗人维吉尔的《牧歌》，随口念出一句他的诗来——"伟大的世纪运行又将重新开始，处女星已归来"。他说自己生在罗马、长在罗马。燕燕说她喜欢维吉尔，而且全世界，她最喜欢的城市就是罗马。那晚，酒没喝完，聊得开心。放着手机里的音乐，两人拉起手跳舞，一曲尽了，又跳第二曲。两个人靠得近了，抱在一起跳，他们亲吻了，也上床了。

燕燕讲一些，皮耶罗补充。王仑听得津津有味。

“我本以为是一夜情，书上说到这种情况，一般都是没有好结局的。”她看着边上的皮耶罗说，“这个意大利男人也只是为了尝鲜，到中国来，没睡过中国女孩，那叫什么事?”

“才不是呢!”皮耶罗辩解。

她说，从那以后，他俩经常见面。皮耶罗不是那种玩弄中国女孩的老外，他要回国了，她有点不舍，主动提出陪他看看老北京。北京城大小寺庙和胡同留下了她和他的身影。母亲在皮耶罗走前，倒是见了他一面。对这个意大利男青年，没说什么。母亲说，她与他不像恋人，倒像是好朋友。父亲没时间见他，燕燕问要不要看照片，父亲没有回答。她发了照片过去，父亲还是没回答，她又发了一次照片过去，隔了好久，父亲才回了七个字：“怎么找一个老外?”颇有微词。皮耶罗回罗马没了音讯，两周后她才收到他的一封电邮，说自己来中国，在北京一年，真该早认识。两个人开始通信，有时一天好几封信，有时几天一封信。她想念他，但一年后，燕燕在电话里听到皮耶罗向她求婚时，并没有说话。皮耶罗要她好好想想。她对母亲说了，母亲要她好好想清楚，虽然她舍不得她，想她永远留在身边。她想了足足一个星期，才觉得应该答应。“所以，我今天晚上才坐在这儿。”她说着。

“来，祝贺你们。”王仑举杯说。

燕燕和皮耶罗也举起酒杯。

她喝酒不多，一杯足矣，但今天已是第二杯。

在皮耶罗之前，她从未有过男朋友，他是她的第一次。父母婚姻的失败，也使燕燕对男性心存戒备，她怕结婚。母亲可能觉得皮耶罗不是一个中国男人，才没有反对。母亲说过，中国男人都靠不住，大多是人渣，不是人渣的人，可能还没有生下来。她的同事们都看不起她，觉得她是那种嫁不出去的怪姑娘。离开这儿，先离开山城，再离开中国，可以看看另外的世界。那个世界不是别的，而是一直存在她心中的费里尼的罗马。为什么不可以呢？起码以后不再听到母亲那种愤恨父亲的话了，也不必看到父亲忽视母亲的眼色。父亲有个习惯，每年换季取衣服时回家，把夏天的衣服放进柜里，取走秋季衣服。母亲每次向他要燕燕的生活费，二人必大吵。后来燕燕工作了，生活费没了。激烈的争吵少了，两人的关系反而更僵。在重庆的房子里，母亲在厨房，父亲在走廊，两个人站着说话，他希望母亲同意与他离婚。母亲说，你做美梦吧！当初父亲开第一个火锅店的本钱，是她节省加上借亲友的钱。她要他辞掉铁饭碗的工作，成为整个单位里的第一个个体户。没她的鼓励，他不可能成为今天这么一个开连锁保养皮具商店的小商人，有钱，有女人青睐。父亲想给母亲一笔钱，本金加利息，加感激费。母亲拒绝了。父亲倒是没搬出律师和法院来，他俩的婚也一直没有离成。

燕燕一时沉默，边上两个男人也是，倾听小酒馆低低放着的Opera Babes的歌，安静了好一会儿。皮耶罗和她碰了碰杯说："高兴一些吧。嘿，还是葡萄酒做的媒人，我和燕燕认识的那天，喝多了，真的喝多了。"他喝了一口。燕燕和王仑都喝了一口。她给他们倒酒。如果不是喝醉了，她问自己，会不会跟皮耶罗上床？她会的，她喜欢他，虽然嘴里什么也没说，但她笑了。

王仑看着燕燕，也笑了："人真是奇怪，当时不知对不对，事后才知，有时事后也不知。"

"感觉，在心里，心里有感觉，便会大快乐。"皮耶罗说。

三个人碰杯："为美酒！"

皮耶罗说："为同一个学校！"

燕燕替他说："校友。"

"对，对，校友。你看我的中文还是不够好。"

"已经很好了。"王仑说。

皮耶罗看着手中的酒杯说："我学了你们的语言，说来也是因为这葡萄酒。"

"哦？"王仑问。

"头一天我参加一个party，被灌醉了。第二天上午本要去宗教系，结果走到了汉学系。你们有一句成语叫'阳错阴差'，对吗？"

"差不多吧。那你后悔吗？"

"因祸得福，我找到了东方智慧。在你们中国，连最简单的一个字都充满思想。"皮耶罗指着墙上一幅圣者与天堂交流的画说，"对我这个从小信基督的人来说，这真是个挑战。"

"孔子与《圣经》，其实说的差不多。"王仑说。

皮耶罗点点头，他与王仑碰杯，两个人喝了一大口。皮耶罗喝了酒后，脸红红的。酒杯空了。燕燕也快乐地喝酒，她的眼睛亮亮的。她喜欢这样的夜晚，罗马的迷人，是因为有这样的夜晚，这样的聊天。

皮耶罗又喝了一口酒，很兴奋："孔子说，三人行必有我师。我有燕燕这个'师'，现在又有了你这个'师'，我还有好多问题要问你。"他想不起来，用手敲脑袋。

燕燕看着皮耶罗，发现他跟第一次认识时一样地吸引着她。她的眼睛亮亮地看着未婚夫。

王仑看在眼里，眼光移开几秒，打了一个哈欠，伸出一只手轻轻拍了拍燕燕的肩膀说："小姑娘呀，会找丈夫，皮耶罗有学问，人也有趣。谢谢你这个晚上没给我找麻烦。"

燕燕没想到王仑这样说，她早把在飞机和出租车，甚至小旅馆里发生的事忘了。她就是这德行，忘性大。她一愣，冲口而出："王仑，知道吗，你不是个木头，我就不会气你。”

王仑的双手握着，看着燕燕，生气地捶在桌上：“原来这一路上，你是有意气我？！”

“我要结婚了，我紧张。”燕燕说。她说的是实话，求救似的看着王仑。

王仑沉默半晌，然后说：“紧张，心里必有鬼！”

皮耶罗看着面前的王仑和燕燕，像打圆场似的说：“我也紧张。我说的是真的。”

这下轮到王仑无语了，他的双手放在桌上，稍等了一会儿，才说：“苏燕燕，我这酒喝高兴了，逗你玩的。”

燕燕如释重负地笑了：“我，我，还有皮耶罗，我们没结过婚，真的紧张。”

王仑看着他俩认真地说：“我算是单身吧，我也紧张，因为心里有鬼吧？”他没料到自己会这样说，心里一惊。

燕燕和皮耶罗听了，连忙说：“心里有鬼，对，对，心里有鬼。”三个人相互看着大笑。她一抬手，桌上的酒瓶哐当一声掉在地上，摔得粉碎。她做了一个鬼脸，两个男人一愣，燕燕说：“瓶子落地，姑娘绝对要买下罗马城——哎呀，不太押韵。真见鬼，太不押韵了！”她加了一句，“瓶子落地，买罗马城——罗马城的地！”

他俩都笑起来，说：“买罗马城！”

“看来结婚，远不如打碎酒瓶让人轻松。”王仑止住笑，抱歉地说，“对不起，我困了，我得告辞了。”王仑站起身来说。

皮耶罗也站起来，掏出他的名片递给王仑：“我们是朋友了，你在罗马有任何事，需要帮忙，就找我。”他从衣袋里掏出笔来，在名片上写了燕燕的名字。

王仑接过名片，燕燕也站起身来，和皮耶罗一起要送他，他摆手不让。

周边的客人大都离开了，虽然不时也有新的客人进来，但相比他们来时，整个小酒馆清闲多了。外面一桌客人的欢声笑语不时传来。皮耶罗看着燕燕，把椅子靠近她，亲热地说："燕燕，终于在罗马看到你了，真好。"

燕燕握着他的手，点点头。她不能说不喜欢他，真的喜欢他。他是多么好的一个人呀！记得她对母亲说，皮耶罗善良，还有同情心，他没心眼，他会对你好。母亲当时说，反正比中国男人老实厚道。都说意大利男人花心，可你找的这一个不是，跟他们不一样，跟你爸爸也不一样。

"在想什么呢？"皮耶罗摇摇燕燕的肩膀问。

燕燕故意不说，只是傻傻地笑。

"虽然我俩都紧张。还有三天，你就是我的老婆了。神父要在婚礼前见我们一次。明天上午去，可以吗？"

燕燕点点头，打了一个哈欠，赶快捂上嘴："对不起，我有时差，好困。现在，我在罗马了，你不要把我当外人，让我为婚礼做一些事吧？"

"我让你这个时候来，就是让你放松几天，你平常教书太累了。你知道的，我家里人多，他们都准备好了。"他不太想告诉她，在这之前，他要准备结婚证件，要与家人商量，请什么人，在什么地方准备宴席，还要落实远道客人的住宿，等等，他跑了好多地方。他想过，应该在中国也有一个婚礼，当然不需要包括那么正规的签字等繁杂文书在内，主要请她的不能来罗马的亲朋，热闹一下，祝福一番。与她说了，她说这事要问母亲，便没了下文。

"听说意大利婚礼有好几个'多'。"燕燕笑着问，"亲朋多，仪式多，还有什么多？"

"没错，意大利人结婚，什么样的亲戚朋友都要来。不过，除非皇室要人，一般百姓的婚礼，并不是特别复杂。大家喜欢喝酒，跳舞，唱歌，吃，吃，吃。很多人会发言讲爱和真理，讲欧洲历史与东方传说，会对新娘、新郎开玩笑，你到时会气坏肚子的。我们在教堂举行仪式，不要出错。出错了，不能再来，这是我唯一有点不放心的。对不起，我的中文表达，说对了吗？”

“你的中文突飞猛进，你说什么样的中文，我都听得懂。好吧，婚礼前后，所有的事，我听你的指挥。”

“我没经验。”

“你会做好的。”

“你鼓舞我，我就不怕。”

“不怕，不怕。我们不必怕。”

“唉，我还没来得及问你，你妈妈呢？在旅馆吗？我多订了一间房的。”

问题来了，知道皮耶罗会问的。他一定以为母亲在那个小旅馆里休息呢。中西文化有差异，若是中国未婚夫，早就问了。意大利未婚夫，到了这种讨论婚礼细节时才问。

“我妈妈——”燕燕咬了一下牙齿，语气故意轻松地说，“妈妈最近失眠更严重了，身体不太好，她抱歉不能来。我爸爸会来！”她在北京时，给皮耶罗发了两个信息，一个说正在赶去机场，过了安检后，她又发了一个，说马上登机，一切正常。她当时就想告诉他，母亲不能来，可是又担心说不清楚，便没说。

皮耶罗握着她的手说：“我很抱歉。需要我怎么做，告诉我。”

“婚礼会让她觉得心累。”燕燕说了实话。

“哦——”皮耶罗，他调转话题，“你爸爸到了罗马后，我们练习一遍进教堂。”

燕燕点点头。父亲并不是一个人参加欧洲半月游，离开了女人，他就不是他。只是这回到欧洲，他会带一个什么样的新情人，让她有些好奇。她告诉过皮耶罗，父亲在荷兰。皮耶罗没多言，他并不傻，知道她的家事很麻烦。皮耶罗拿起酒杯，又放下了。女侍者走过来，放了一瓶气泡冰水。她一身黑衣，围了一个同样黑色的围裙，人倒也客气。

看到燕燕连连打哈欠，皮耶罗掏出信用卡来。女侍者做了一个OK的手势，表示已结过了。

皮耶罗不明白，奇怪地看边上的燕燕。

燕燕摊了摊手，看到他还是不明白，便说："肯定是王仑。"

皮耶罗有点恼，然后笑了，笑得很开心，抓起燕燕的手往外走，说是要带她去一个地方。

因为有时差，眼睛直打架，连连打哈欠，燕燕想睡觉。但是为了不扫皮耶罗的兴，还是跟着他走。两人爬了不少楼梯，终于来到楼梯顶端。他们站在一个木门前，皮耶罗说："最好，你闭上眼睛！"

她听话地闭上眼。

吱嘎一声，皮耶罗推开门，他牵着她的手走入，原地转了一圈，然后松开手说："燕燕，睁眼吧！"

她睁开了眼，发现自己置身于一个屋顶露台，什么东西也没有，更没有人，宽敞到可以打篮球。四周全是景色，有圆形教堂的顶，亮着灯光，也有屋顶的雕塑，还有远处罗马的夜色，美不胜收。她惊喜地四下张望，兴奋地趴在围墙上往下看。下面街上有摆摊的小贩，有孟加拉人在兜售玫瑰，还有一个咖啡馆里传出的歌声，紧跟着，从那儿跨出一个穿得像男孩的歌手拉着手风琴在欢快地唱歌。好几个人戴着面具，从另一条街上走出来，相遇另一群穿着拖地长袍、头戴羽毛的男女，彼此点头致意，走入另一条小街。

真是难以置信！她仰过身来看边上的大教堂，揉揉眼睛说："我不敢相信！我在这儿，在费里尼的电影里，在《罗马假日》里！谢谢你！”

“不谢不谢！”皮耶罗趴在围墙上，高兴地说。

“要谢。”

“你，刚才说的那个《罗马假日》，那是电影，对吗？”

他对电影不是太感兴趣，但不可能不看《罗马假日》的。以前在北京时，关于中国，他问得多，但可能会有些心不在焉。她顺着他的话说：“对，是特别好的电影，关于特别好的城市。”

一阵凉爽的风吹来，吹动着她的长发。她抚了抚头发，眼看四方，这灯光，这被罗马笼罩着的一切，甚至空气，她喃喃自语：“哦，像是做梦一样！看看这儿，看看那儿，全是费里尼电影里的一切！”

她痴迷地闭上眼睛：“哦，奥黛丽·赫本！呵，安妮塔·艾克伯格！飘荡着咖啡和葡萄酒香味的街道！”她睁开眼睛，一把拉住皮耶罗的手，看着他的眼睛，“知道吗，皮耶罗，你把费里尼的罗马带给了我，谢谢你！”

“你说起费里尼，比说起结婚还快乐！”皮耶罗心中感受到，脱口而出。

“我给你说过他，你难道忘了？”

“是有一点忘了。”皮耶罗有点不好意思地说。

燕燕拉着他转圈，真希望母亲在这儿！下次一定要带母亲来罗马，要在这儿陪她看费里尼的电影。

燕燕突然停下，松开皮耶罗，神情慌张，四下张望，叫了起来：“费里尼，我的费里尼呢，它在哪儿？不行，我得找费里尼。”

皮耶罗茫然地摊开双手：“你想去他的坟墓吗？他埋在意大利另一边，在家乡瑞米尼那儿。”

“哎呀，我说的是一条流浪小狗，我今天在路上捡到的。”她着急地说，“我怎么可以忘记它呀，它和我们一起进小酒馆的。真糟，我今天是怎么了，都忘了把它介绍给你。”

他们跑下楼梯，奔出大楼，来到街上。这儿有一个小广场，燕燕眼尖，一下子看到了刚才吃饭的小酒馆，奔了进去。

皮耶罗也跑进小酒馆，他问一个正在清理桌子的侍者，边说双手边比画。

里面没有费里尼，燕燕眼睛扫得很仔细，感觉小狗就不在。她冲出来，心里好空，跑到一个铁栅栏前，推开走入。这是一个五十米左右有壁画的拱形洞，圣母像前点着蜡烛，供着鲜花。有几级朝下的台阶上蹲着一只猫，在暗黑中瞪着黝黑的眼睛。那儿有一个出口，通向另一条小街。燕燕跑过去，却没注意那几级台阶，她一脚踩空，跌倒在地上，跌得很痛。她躺在那儿，几秒钟后，爬起来继续呼唤：“费里尼！”

这时有一个女人的声音传来，有节奏地回旋，声音很响。燕燕循声望去，洞边倚墙坐着一个披着黑纱的女人，像是吉卜赛人。看不清她的脸，她面前点着蜡烛，烛光映照着一块布上好些各种各样颜色的小盒子和手绘阿拉伯数字，它们相互缠在一起。

燕燕不解黑衣女人的语言，迷茫地摇头。

黑衣老女人看了看燕燕，改说英语，说得更快，像一道道闪电，令她招架不住。不过燕燕大致听明白了，黑衣女人是说，她看见很多游客跌倒在此，少有燕燕这样叫着意大利导演名字的人。

燕燕绝望地说：“费里尼是我的狗，你看见它了吗？看见它了吗？”

“我有一些东西，可以帮你找到你希望得到的东西。”黑衣女人指指面前的那些小盒子，话速缓慢得让人着急，“如果你真的遇到——麻烦，想知道你生命中——什么最重要时，才打开它。来，拿一个吧！”黑衣女人拿起一个青色盒子，捧在手心上。

燕燕一下子愣住了，后背一阵发热，黑衣女人的话，太神秘了，尤其是对方那张脸在黑纱里渐渐清晰了。轮廓很西方，眼睛是黑眼珠，却怎么看，都有种似曾相识的感觉？在童年，她也有过一次这样的经历。当时，她与母亲乘过江轮船去城里看姨，母亲的妹妹。她不知怎么回事，与母亲走散了。前街、后街找母亲，都找不到，只好坐在石梯上等待。她没敢哭，怕一哭就被人带走。一个个子小小的女人走过来。她的头发浓密，几乎遮挡住了整张脸。她一身拖拖拉拉的灰布衫，脚上是黑布鞋，可眼睛是黑黑的，又大又亮。她仔细端详她，目光盯着她的额头和耳垂看，然后对着她哼唱起来，她的后背一阵发热。这时母亲跑过来，抱着燕燕，警觉地看着那个女人，整个身体语言在质问，你要干什么？女人居然一笑，用沙哑的声音说，要母亲好好待见女儿，说女儿日后必有不同于本命的命。母亲拉着燕燕就走，扔下一句话：“命是什么？命为何物？”

母亲说得好。燕燕这时也在想同样的问题，她很想与这个黑衣女人讨论一下。黑衣女人微微闭上眼睛，哼唱起来，很像小时母亲唱的歌谣，母亲说是她看到巫婆跳神时唱歌，便跟着学了一些。那歌声在她的心上抓呀抓，令她呼吸急促，泪水盈满眼睛。这时，皮耶罗跑过来，看见燕燕，也看到了黑衣女人，他掏出五欧元给了她。对方睁开眼睛，把手心上的盒子放到燕燕的手里。皮耶罗叫燕燕：“我们走吧！”他没有等她，就往前走了。

燕燕朝黑衣女人点点头，把小盒子塞入裤袋，边走边呼唤：“费里尼，费里尼！”她往洞口走，走出十几步，回头看时，那儿没有黑衣女人了。她觉得奇怪，摇了摇头，继续往前走，快出洞口时，看到皮耶罗在圣母像前画十字。他神情投入，旁若无人，嘴里念念有词。

燕燕站在边上等着，皮耶罗做完了祷告，抬头看见她，便说：“奇怪，这儿晚上都锁门，居然今天没有，可能是一个征兆。”

燕燕难过地说：“哦。征兆是没有希望找到费里尼了。”

两个人往洞口外走，皮耶罗把铁栅栏门关上，说：“罗马到处都是流浪狗。它们来到你的生活，走出你的生活，就像自由的风。”

“费里尼，我很高兴你是自由的，不像我，一个人在没有窗的旅馆里，睡小小的床，听各种吵闹讨厌的声音。我希望有别的地方可去。”

虽然燕燕的声音很低，但皮耶罗还是听见了，他很意外：“你知道我在网上订的，网上的图片看起来不错。”

“我知道，这地方离你的学校和家都不太远。不必换了，将就到婚礼前一天，我们再找个干净和大一些的地方吧。对了，你订了婚宴的酒店和房间。”

燕燕这么善解人意，皮耶罗略有所思地看着路灯。稍等了一下，他转过身来，抱歉地说：“燕燕，我带你回我家，好吗？”

“今晚？但是你妈妈——”

“没问题。”皮耶罗不太轻松地说，掏出电话，拨号码，很紧张的样子。电话通了，他叫道：“妈妈。”背过身后，意大利语说得很快。电话通了好几分钟，终于结束，他高兴地转过身来说：“燕燕，嘿，我妈妈同意了！她很期待见到你。”

“之前你妈妈怎么不请我住在家里？”

“她是老套人，结婚前，男女授受不亲。”

“你和我在中国时并不这样。”

皮耶罗脸红了，双手搓着，隔了好一会儿，才说：“当然还有一个因素，我担心我家那么大一家人，你爱清静，才订了旅馆。罗马夏天旅馆很难订到，在网上订的，图片看着不错，没想到那么糟、那么不好……”

燕燕捂着他的嘴，不让他说下去。皮耶罗表示他的抱歉了。当时皮耶罗在邮件里问她是否想住罗马城里，她马上就回复愿意，其实她真怕跟那么多意大利人住在一起。只是这个旅馆太不像话，才让她觉得受不了。

两个人去小旅馆拿行李，顺便把燕燕和她母亲的房费结算了。印巴老板不太高兴。皮耶罗拿出订单，说上面有规则，可以取消。印巴老板没再说什么，就同意了。

一直害怕男人，班上的男同学，街上的男人，那些老的、中年的男人。在巷子或是江边沙滩，常有男人掏出裤裆里的阳具来，当着女孩子的面玩耍。附近的防空洞，最早是1945年时为躲避日军飞机大轰炸挖的，五十年代为防国民党反攻大陆全民备战，又挖了一批防空洞，六十年代末七十年代初为“反帝反修”又挖了一批。后来，在这一带，防空洞的用处就是男人强奸女孩。她害怕，路过它，都快步走开，生怕里面躲着一个男人，把她抓了进去。

《4分33秒》，那个约翰·凯奇，让人在4分33秒里感受寂静的魅力。少有人知道他，她是他的“粉”。她亲耳听过他的演奏，即刻进入小时在南岸的日子。“激浪”两字，必须在平视江水时才能感受到。她懂得约翰·凯奇：在摇篮里倾听江水流淌，牵动船拉响汽笛，渗入街人邻里的脏话和打情骂俏当中，一切生命的声音被她这样的脑袋当成粮食吸收。倾听是一门艺术，学会倾听前，必须学会沉默。

从几岁开始，她就被勒令洗衣服！那天正巧停水。没办法，她下江边去洗。洗好后装入竹篓，她就在沙滩上写字画图。桩桩深藏不露的心事，尤其是对男人的恐惧，呈现在沙滩上，然后再用脚将其擦掉。更多时候，她只默默地凝视江对岸。

防空洞下面是一大片空地，长年积水。有一个小水潭，里面常有黑黑的蝌蚪，在一只生满苔藓的橡胶雨靴里游荡。都说，那是一个被强奸的女孩丢下的鞋子。

江上传来汽艇的马达声，月亮挂在天边，天色暗下来。江岸上已少有路人了，原有的钓鱼人都收竿离去。哼，强奸犯肚子饿，该回家去了。她看江面，轮船大多泊在岸边，对岸朝天门半岛灯火辉煌。黑暗渐渐浓烈起来，两岸斑斓的灯火，随着夜色暗淡下去。她背起竹篓朝山坡上走去。

一个黑影在朝这边靠近，看不清模样。

该来的就会来，躲不掉的。她看到了，并没有飞快地跑走。心里充满恐惧，同时也洋溢着兴奋，倒想看看，会是谁，将会对她做什么。

她发现自己的心跳加快。

黑影近了，是一个熟悉的面孔。他个子高高的，年纪却小。他说他叫坎坎，住在渡轮上端的那条街，与她同学校，比她高两年级。

"经常看到你在这儿，不放心。"

"为什么不放心？"

"你不知？"他指着远处的防空洞说，"那儿出过事，有像你这样大的女孩被拖进洞里。"

"被坏人强奸！你想说什么？其实这样死气沉沉的生活，还不如遇到一个强奸犯好呢。"她被自己的话震动了，她故意拖延回家的时间，难道不是在期待这种毁灭来临？

他异样地看着她，说："你在说反话，真的，你要小心。那些被强奸的女孩，听说要么被勒死，要么被扔进江里淹死。"

"是真话。得了，我会小心的，我会跑。"

坎坎突然发现她背着的竹篓："那是什么？"

"衣服。"

他笑起来。

"不信，我俩试试，看谁跑得快？"

她说着放下竹篓，与他在沙滩上齐步站立，一起约好喊一二三开跑。他们跑起来，沿着江边沙滩上奔跑。先开始，他在她前头，跑了五百米。但他不是对手。她的速度不变，这江岸每一块礁石、每一处沙滩，哪儿有陷坑，哪儿需要跳过，她都了如指掌。在岸边跑，稍不留意，就会跌倒。趸船上的灯和山坡上的路灯，甚至月光照明，也是模模糊糊的，少年跌倒好几次，他跑不过她，由此甘拜下风。

在学校里，他们装作不认识。只有在夜晚，在江边，他们才说话。他们堆石山、筑沙堡、攀岩。有一次坎坎亲了她，她给了他一耳光，说："不许耍流氓！"

她掉头离去。

他追上她，很生气，对她吼，说喜欢她。他让她再打他，但是不要离开他。

她继续往前走。他拦着她的路，说他的父母天天在家里争吵，在塑料厂工作的母亲精打细算，做水手的父亲爱打麻将，输掉钱，又来找母亲要。母亲不给他，他就打母亲，也打他。他让她看手臂，上面有好几条棍印："我爸爸……"

她捂着他的嘴，不要他往下说。她记得有一次在江边，看着一个男人追着一个女人，女人披头散发要跳江，男人追上了，一掌把女人推倒。女人在水中踉跄地跑，男人反倒停下喊："你死呀，死给老子看。"女人本来正向深水区走，突然停下，朝他哈哈大笑，说变成鬼都要来找他，让他不得好死。他追上去，抓着女人的头发，往水里按。有人报警，警察来了，要带走男人。女人不让，说是她的错，让警察放过男人。她牵着男人的手走了。

坎坎哭了，她把他抱在怀里，两个年轻的身体打着哆嗦，越抱越紧。她真的太需要自己的身体拥抱另一个身体了。

"不要分开。"他说。

那晚她和他偷吃了禁果，其实根本不是交合，他只是隔衣触摸了她刚刚发育的身体。她的皮肤像着火，喉咙直冒气。他拿着她的手指，放入自己的胸口，往下滑，滑到一个硬硬的地方，两个人都浑身战栗。他闻闻自己的手指，好甜蜜呀，感染了江水和星空。江水起着波浪，星空旋转光芒！从来不知一个人的舌头进入另一个人的嘴里，和一个人的舌头含着另一个人的手指是这样的叫人喘不过气来，这种神奇的感觉，无法用语言形容。波浪高到天上，星空坠落进江里，浸透她和他湿湿的身体。他们抱在一起，吻在一起，滚动在沙滩上。沙滩上黄色紫色的野花纷纷盛开，随风摇晃，给他们加油。风声加入，月亮加入，涛声加入，一个女人沙哑的歌声加入，忧伤而缠绵。他们呢？他们停住了，专心地聆听。

歌声结束，她看着他，他也看着她，像陌生人一样慢慢站起来，朝不同方向走去。

她没有再去江边了。

没有原因，反正她不想去。

而一年不到，苗圃后街一个女孩失踪了。又过了段时间，有一个女孩的尸体在江边防空洞里被找到。她不知道这个女孩是不是那个失踪的女孩。

4. 生活的细节

乘着酒兴，他在小街上快步如风地走了好一阵，然后停下来，抬起头看天空。的确，每次在罗马看夜空，感觉都不同，这回，不是觉得星星大，而是有色泽，有些银，有些金，有些灰，还带着毛边。他伸出手，仿佛可以触及。这跟白天观看云朵不一样，云朵像山峦，像一把手枪，像一座宫殿，像天使，形象都因心而生成。星星不一样，换一种角度，在那些星星上看地球，会不会一样？这么一耽搁，他居然迷路了，只好点开手机里的地图。照着走，并不远，二十分钟就到酒店了。酒店所在的街上人很多，激烈的打击乐从一家舞厅里传出，门前人更多，全是夜店打扮的男男女女。

酒店柜台里的小个子女接待员对他点头微笑，他也点头微笑。走在安静的殿堂里，突然有一个年轻漂亮的中国女人，急切地追了过来。王仑停下脚步，注视着她。她身着深蓝色丝质修身职业装短裙、紫色高跟皮鞋，对他毕恭毕敬，并小心翼翼地捧着一个文件夹和一支打开的钢笔。她打开文件夹，里面是几张纸片。

王仑取过来，在纸上签字。

年轻女人轻声地说："非常对不起，我误机了，才到。明天上午你有三个会面……"

他打断她："安妮，你去处理，我想在这儿轻松两天。另外告诉他们，没我，他们可以照常开会！"

安妮很紧张，看着王仑，点点头，站在原处。

王仑朝自己的套房走去。这个酒店静得像坟墓一样，除了他的脚步和呼吸，什么声音也没有。他知道，不等到他的身影在大厅里消失，身后的安妮是不会离开的，她一定在等着他训斥。他什么也没说。她居然会误机？！她的身后有一口旅行箱，不用说，是从机场直接来这儿的。已尽心了，还是对人宽容一点，他也误过机呀，谁都免不了。

房间灯光较暗，里间方露露躺在床上，穿着一件宽松的白衣袍。东欧女人给她做完按摩后，正收拾按摩油，并看了一眼手腕上的表。

方露露也看了看手机上的时间，这时听见门响。她高兴地垫起枕头，头靠在床头，故意转过身去。身后没有脚步声，但她知道他会轻轻地走进来，盯着她。于是她说："亲爱的，你再不回来，我就要报警寻人了。"她转过身来，果然王仑站在套间的中间位置，正静静地看着自己。

东欧女人咬了咬嘴唇，她在等着方露露。

王仑的眼睛扫了一眼那东欧女人说："她怎么还不走？"

方露露指指自己的脸说："她还要给我的脸补水美容。"她没看他，"听你声音就知道你喝多了。"

王仑动了动他的头，活动他的肩膀，沉默不语。

方露露躺下，望着天花板说："我靠脸和身材吃饭，我可不想靠男人养，否则还得看男人的脸色活。"

他什么也不想说，走到外间，从冰箱里取了一瓶香槟，打开，倒在杯子里，独自喝了起来。这个宫殿屋顶太高，可以盖三层吧，人是飘浮的，哪怕脚站在地上。安静得听不到人声，他怀疑除了服务人员，这儿只有他和方露露。别的客人呢？都睡了？太不可思议。回回到罗马，他都迷惑，这次他看不到自己。

方露露在咳嗽，喝水的声音。然后传来她的叹息声音。不对，不是她的叹息，她一般叹息后，会把手指的关节扳响。如果不是她，便是那个东欧女人。

方露露在对那个东欧女人道抱歉，看来是她取消了按摩。他难以置信地看着东欧女人提着东西静悄悄地走出来，看见他，朝他点了一下头，便拉开门走出去。

王仑觉得有些过意不去，不是对方露露，而是对那个刚出去的女人。他取了杯子，又倒了香槟，一手握着一杯酒走到里面房间。

灯光被调暗了一些，床上方露露躺在右侧，像是睡着了一样。

王仑把一杯酒放在她的床头，坐到左侧去，脱了鞋子，躺到方露露身旁，看着天花板上古老的壁画。

“我让你不喜欢的女人走了，你原谅我了吗？”她闭着眼睛说。她并不经常以这样的方式说话，今天她突然在他面前放得很低，如同一个不谙世故的小姑娘。

他拍拍她的手，表示是的。他在心里原谅她了。她握着他的手，他的手冰冷，但她的手却湿湿热热的。好像有股电流传来，她一下子翻到他的身上。他看她的脸，是的，她的心在这儿，这让他激动，像是从未看过似的。她额前有颗痣，拂过头发，就可看到。的确是她，不是别的女人。她摩挲着他的额头，娇笑着说：“我说的不仅是那个做按摩的女人，我要把你身边所有的女人都赶走，你心里只准有我一个人。听说跟你来罗马的这个秘书很漂亮，你少看她几眼好吗？我不想要一个心怀二意的人！”不等他回答，她脱他的上衣，“哎呀，人吃吃醋，便焕然一新。”她向他眨眨眼，“不信，试试。”她取掉自己的耳环。

“试试吃醋？”他笑了。

她的话很撩人，但脱自己宽松的衣袍并不顺利。她伸直胳膊，衣袍的袖子才出来。她的身体完美无缺，尤其是乳房，饱满结实，如他第一次看见一样，让他激动。哪怕今天，心里有个结，仍然会激动。她的腰与大腿光泽润滑，因为跳舞，大腿比较壮，腰上一点多余的肉也没有，整个人像一条蛇一样缠绕他。她眼睛里的火焰，燃烧着他。她说："我要你，你说，你要我，只要我。"

这是他俩前戏中常玩的把戏，他说："我要你，只要你，我要进入你，占有你每个地方，每根神经。"他解皮带、脱裤子，把她压在身下，攻入她的双腿之间那潮湿发烫之处。她当即叫了一声，伸手在床头按手机的音乐，房间里响起歌曲：

苏珊娜带你去她在江边的居所
在那里你会听到船徐徐驶过
你会和她共度今夜
你知道她半癫半狂
正因为如此，你想到她的身边

是科恩的歌，他脑子里出现一个有口红的酒杯。他摇摇头，想把那酒杯从脑子里丢出去。而她换了一个姿势，蜷曲双腿，让他更深地进入。他抱着她翻了个转，他在上面，她在下面，两人在床上横着，她叫了起来。他像头野兽跃起，脚钩着一角帷幔，架子床震动，帷幔掉下来，盖着她的脸，他冲击她，狠狠地，大叫一声，射了。

他滚落一旁轻声说："对不起，我太快了！"

这回比以往任何一次都快，也没有照顾她的感受，他盯着屋顶的画，如果侧脸去看她，一定什么表情也没有。不必看，他知道，因为她没有来高潮。他眨了眨眼睛，听着自己的心跳慢下来。她侧身过去，关掉音乐。

他松了一口气，说："谢天谢地，没有音乐！"

"我以为你喜欢，你以前就喜欢！"她的声音没有不快，只是坐了起来，拿床边柜上的水来喝。听得见她喝水的声音，有点急促，渴极了似的，弄得他也渴了。他伸手过去，她把水杯递给他，他接过来喝光。他感觉到她的不满意，放在平时——她会直来直去地和他说话，这时她不说，便有问题。她遇到不高兴的事，会叹息，可这回她没有。

她突然叫了起来，抓了床单裹在身上，在床头缩成一团："什么脏东西，居然跑到我的床上？"

他看见一条小狗安静地蹲在床边。她一脚踢过去，小狗痛得叫了一声，跑开。

她抓着床单满屋子去追，想把它赶出房间。

王仑没有什么反应地看着。

方露露叫王仑："帮我，你知道我不喜欢动物！这么高级的地方，怎么会有这么低级的东西？"

王仑从地上捡起脱掉的衣服，蓝丝绒首饰盒从裤袋里掉出来，他马上放回去，迅速穿上衣服。

方露露追着小狗满屋子跑，小狗跑进卫生间，那儿有一浴缸泡沫水，小狗跳上浴缸台子。她大叫："那是我的洗澡水。不要跳。"

小狗反倒跳进浴缸，游了起来。浴缸里的水变得混浊不堪。

她气得拿一把圆头梳子扔去。小狗一口咬住梳子，得意地向她扑过来。她闪开了，幸好扶住洗脸盆才没滑倒，样子特别狼狈，披头散发。

小狗变得干干净净，黑黑白白的皮毛滴着水，有浓密的眉毛和胡须，分明是雪纳瑞呀！之前脏脏的，怎么没有注意到？

王仑走过去，朝正在乱窜的小狗说："费里尼，坐好。"

小狗马上坐好。

方露露在边上奇怪地看着："你认识这条讨厌的狗？"

王仑不理她。

方露露朝里间床走，语气平淡地说：“保守你的秘密吧，我不在乎。我明天上午还要拍戏，我睡了。”

王仑站在门口：“我记得你说明天上午有空。”

“我没说过。”

“你写在纸条上，要我出主意帮你选戏服，还要我跟你的演员朋友，什么著名的马可一起吃午饭。一个人记性不好是好事，同时也是坏事。如果你改变了计划，直接说。”

“一个男人话多，便失去魅力。”方露露说完，几步过来，把房门关上。

王仑看着小狗，小狗看着王仑。

门里传出方露露的声音：“我知道你在吃马可的醋。今天下午我请马可来这儿喝酒了。他这回做导演，需要一个中国女演员，他说我适合那个角色，他要帮我进入好莱坞。”

小狗看着王仑，王仑耸耸肩。

门里传出方露露生气的声音：“王仑，你以前保证要帮我，可你从来没有。我只有靠自己！”

王仑的眼睛闭上：“露露，你不是当演员的料。”

方露露愠恼地回答他：“偏见！你像我叔叔一样看走眼了。我家穷，没人能改变，也没人能帮我。从四岁起，我就靠自己。我跳舞是最好的，我当模特是最好的，我演电影也不会永远打酱油！我天生就是一个主角，如果给我机会！而你总是打击我……真的，你能给我什么呢？”

她的叔叔，王仑见过一次，那人嗜酒如命，话太多，话说到兴奋时必带脏字，长得鼠头鼠脑的，据他说，他是个老知青，家里没后台，调不回城，后来是因为生病才从农村回到城里，一直没有工作，只好跟着一个装修队当又累又苦的漆工，后来图清闲，给人看仓库挣几个钱。这个人还在饭桌上与他拼唱红歌，江姐《绣红旗》，唱得眼泪汪汪，完全想象不出来，他在露露小时给她的欺凌。他会拎着她的耳朵，给她耳光，饿她的肚子。他老了，挺着个啤酒肚，不管身上穿什么，哪怕是西装，脚上也趿着一双塑料拖鞋，嘴里叼着一根香烟，自个儿做成市井无赖的造型。她的父亲真有这样的弟弟吗？每次她讲小时候的经历，王仑都要怀疑那个男人的身份。也许露露就是他在长江里捡到的孤儿？她的长相与那鬼叔叔一点也不像，但愿叔叔的话不是编造的。当她给他痛诉身世时，他甚至问过她，也许叔叔是你母亲的好朋友或远亲，你母亲可能根本没死，只是不得已丢下你，跑到深圳特区和海南去了吧？你出生时，很多重庆女人都那样，为了改变自己的命运，纷纷去南方试试运气或找出路，要么嫁个有钱人，要么做生意，自己成为有钱人，要么找到另一种生活方式。方露露否认，她说她的母亲死了，这是她的心给出的回答。

小狗一直看着王仑，他拍拍它，打开门。方露露见他进来，就坐到了床边去。他轻柔地说："露露，做你自己吧！我认识你时，你很美，很快乐，很纯洁，像一块玉。"

"这话是什么意思？"

"我是想说……"他突然不知道怎样表达才能更准确地传达自己的意见。

"我没变，是你变了，不要以为我不知道。"

"你知道什么？"

"我们不吵，行不行？"她压着心中的火说。

"谁在吵？"他问。

小狗跑进来，朝方露露叫。

"把这个假费里尼弄出去！"

王仑抱起小狗往外走，又被方露露叫住了。他回头，看到她把一个枕头扔过来，单手去接，没做到，而小狗却像个球一样滚落到地上去了。方露露想笑，却止住了。

王仑蹲下重新抱了小狗，一边走一边说："行，行，你厉害，这是什么世道？"他把门关上。她今晚说对了一句话，她不想他做一个心怀二意的人。

他不是这样的人，刚这么认为，他的脑海里浮现了燕燕，她围着喷泉走着，她打烂酒瓶，做鬼脸。不可思议得乱七八糟，却多了一点儿有趣。她太有趣了，这点发现，让他心情好起来。她说要买下罗马，你会相信，而露露说，你却不会。

两个女人如此不同。

对了，燕燕的口音跟露露一样。没错，这两个女人来自同一个地方，伟大的山城，火炉重庆。他同时发现另一件匪夷所思的事，是两个女人脸上都有痣，都在脸的左边，燕燕的痣在嘴角，而露露的痣更往下一点。

皮耶罗开着车，燕燕打着瞌睡，偶尔会睁开眼睛问："到了吗？还有多久？"

"快了。你睡吧。"

燕燕再次睁开眼时，皮耶罗将车子驶人一个四五层高的老式公寓楼前的小街上。夜色朦胧，路灯亮着，小街两侧的房子也大都亮着。公寓墙上端有壁画，骑楼的石头阳台种满植物和花。路边也停了别的车，有孩子在街上踢足球玩耍，楼房里传出手风琴的音乐。

皮耶罗停好车，还未下车来，右侧楼房阳台上有人高声地说着什么。

燕燕望着皮耶罗："他们说什么？"

"他们说新娘来了！"

燕燕有点不知所措。这时，左侧楼里也有人从窗口探出头来议论，声音很大、很杂。

燕燕用胳膊碰碰皮耶罗。

皮耶罗给她翻译：“同样的话。”

燕燕伸出手来，给皮耶罗看：“他们都是你们家的？你看我的手都紧张得出汗了。”

“有的是邻居。我的家人不会吃了你，放心吧。”皮耶罗把车门打开，他到后车厢取行李。窗子前凑着几个脑袋往下瞧。

燕燕取了自己的背包和手提包，跟着皮耶罗往右走。几个孩子从暗暗的街上蹿出来，围观燕燕，其中一个男孩子说：“你好！”居然用的中文。

燕燕惊喜地看着他们，高兴地用意大利语问好：“Ciao！”

轮到他们惊奇了，七嘴八舌地说着什么，还有一个男孩吹着口哨。

皮耶罗拖了两个黑色行李箱走到一个大木门前，还未来得及掏钥匙，门从里面响了一下——有人帮忙把门打开了。皮耶罗推开大门，一步跨进，燕燕也走了进去。大门随即关上。

两个人一前一后走进去，里面灯火通明，地面、墙上干干净净，显得宽敞。没有电梯，这个房子看上去颇有些岁月了。

好些人从楼梯口探出头来，投下或大或小的倒影。他们轻轻细语，意大利话有调有形，语速飞快，这点跟重庆话相似。他俩走上了第三层，皮耶罗家人打开门来。

完全没有燕燕预想的那样尴尬，他们看上去都很和善、热情。她只稍稍犹疑了一下，就被让进了房间。屋子里，壁灯与台灯都亮着，给讲究的老家具布上一层光，墙上挂有圣母玛利亚的画和十字架。餐厅较大，客厅不是太大，但也不小。沙发边有一篮子透明绸带装的白色粉色的坚果、巧克力、糖果，几枝束在一起的勿忘我干花，还有大大小小的礼物盒子，洋溢着浓郁的婚礼喜气。从客厅可看到厨房，东西堆得多，不过收拾得干干净净。

阳台上种有花和植物。有两盆大仙人掌，都开着粉色花朵。一个五十岁上下的鬈发女人从那儿走进来，打量了燕燕之后，近前两步，给了她一个紧紧的拥抱。

其实燕燕已猜到了，她是见过准婆婆的照片的。皮耶罗给她介绍道："我妈妈。"

燕燕朝她点点头："Buona notte！"用意大利语说晚上好。

意大利婆婆的眉头展开，很是惊喜，哗哗啦啦说了一大串话，燕燕完全不懂，不知该如何回应，无助地望着皮那罗。皮耶罗笑着，并不翻译，而是指着边上一个穿着花裙子、丰满又好看的年轻姑娘说："燕燕，来来，这是我堂妹卡拉。"

卡拉礼节性地拥抱她，冷冷地打量她，透出一股不太友好的气息。

在客厅角落椅子上坐着一个七八十岁的老太婆，本来在静静地看着她，此刻快步走过来，一把抱住燕燕，在她的左右脸颊亲个不停，并把燕燕从头到脚看了个遍，对皮耶罗的母亲说了一句话。

屋子里的人听了，顿时大笑。

皮耶罗的脸红了，燕燕记得看过的照片，便尊敬地叫一声："奶奶。"

中文奶奶与意大利语奶奶的发音接近，奶奶听了非常开心，继续说话，语速飞快，大家笑得更厉害了。

"她说什么？"燕燕问。

皮耶罗不翻译，脸更红了。

燕燕用胳膊碰他，非要他说。他只好告诉她："好吧，燕燕，不要生气，我奶奶说你是会生一大堆孩子的那种女孩。"

燕燕没想到奶奶会这样说，脸一下子红了，眼睛看着地上。

满屋子意大利人的欢声笑语，燕燕不知怎么办，也只得跟着傻笑。孩子她喜欢，要是生一大堆，想来一定好玩。屋子里有股气味，可能久未开窗透气。燕燕走到窗边，把窗子打开，吸了口外面的新鲜空气。

皮耶罗的母亲马上走过去，将窗子关上。她笑吟吟地把燕燕和皮耶罗拉到墙上一帧照片前，那是一个意大利男人，瘦瘦的，眼睛深邃，和皮耶罗长得很像。皮耶罗对燕燕说："我爸爸，你知道的，他已去世了。"

沙发边坐着一个留有胡子的中年男人，戴着眼镜，样子也神似皮耶罗的父亲。皮耶罗说："我叔叔飞利浦，你知道他是个医生，是个坚定的共产主义者，我想你和他会有一些共同的话题。"

叔叔听不懂，却知道皮耶罗在讲什么似的，朝他俩直点头，然后站起身来，给了燕燕一个大大的拥抱，像奶奶那样在她的脸颊上热情地左亲右亲，弄得燕燕非常不好意思。

从另一个房间走出一个四十来岁的女人，高个子，瘦瘦的，剪着短发。她脖子上、手腕上戴了亮晶晶的饰品，皮耶罗连忙向燕燕介绍说："我婶婶蒂齐亚纳。"

又是一番热烈的拥抱和亲吻，然后，婶婶紧紧握着她的手，不住地说她"Bella！"她懂这意大利语，是夸她漂亮！

意大利人跟中国人一样，喜欢四世同堂，孩子长大了，还是住在父母家里，老人也在家里。皮耶罗的家人，以前有父亲，有爷爷，全都住在这个大公寓里，很拥挤。这套房子除了一间大餐厅和一间大客厅之外，还有四个房间，两个卫生间。父亲和爷爷的过世，也并没有让房间显得宽敞一些。燕燕不知这中国新娘与意大利新郎全家的会面何时结束，强忍着不打哈欠，正在这时，皮耶罗把她的行李放到了他的房间里。

燕燕跟着走进去。房间不小，很整洁，桌面一点灰也没有，东西都放得整整齐齐，有《圣经》和一台电脑。墙上挂着宗教画，还有一个壁挂书架，上面有好多书，大都是宗教方面的。燕燕伸手摸自己脖子上的银十字项链，那是在中国分别时皮耶罗送给她的。房间里还有一个旧沙发和一盏台灯，床前衣柜的把手上挂着一套讲究的黑色西服，里面是白衬衣，还有黄丝绸暗花领带，地上是一双黑皮鞋。

皮耶罗看着衣服问："你觉得怎么样？"

燕燕赶紧闭上眼睛，叮嘱他："快把它们放入衣柜里，到时给我惊喜！"

皮耶罗孩子气地吐了一下舌头，马上把衣服和皮鞋收进衣柜。

"反正我忘了。"燕燕边说边蹲下，打开大的行李箱，拿出了事先准备好的白色桌布和餐垫，一大盒福鼎老白茶、一套紫砂茶具，还有一些中国扇子、丝巾、喜字的剪纸和红灯笼，走出房间来。皮耶罗也跟了出来。她把礼品分别送给客厅里的人，大家都很高兴，叽叽喳喳地议论着，看彼此的礼物。皮耶罗的母亲说着什么话，燕燕猜想她是在说时间不早了，大家需要休息。果然，他母亲的话结束，屋子里的人都对燕燕道晚安。

墙上的布谷鸟钟叫了十一下。居然已是夜里十一点了，那中国时间是早上六点。燕燕困死了。洗漱完后，换了一身棉布睡衣裤，走进皮耶罗的房间。皮耶罗正要进来，被母亲拉到客厅一侧去，奶奶坐在一把椅子上，招呼他坐在边上。燕燕注意到，叔叔和婶婶从他们的房间打开一道缝隙在往这儿窥视。

燕燕关上房门，在房间里梳头，听见屋外皮耶罗的母亲和奶奶激动地说着什么，奶奶比母亲还固执，双手在胸前挥动。

正在发生的事，一定与自己有关，燕燕走过去，拉开一点儿门，探头往外看：皮耶罗正低头听着，奶奶看到燕燕在看他们，对她一笑。

她只好把头缩了回来。

房外说话声小了，最后是皮耶罗道晚安的声音。他朝房间里走来，进门后，走到燕燕面前，怕说又不敢不说，样子有点委屈，也有点无奈。

“怎么啦?”燕燕问。

“我们家是天主教徒，男女在婚前，婚礼前，不能睡在一起的。”

“明白。”

皮耶罗摊摊手。

燕燕问:“那我睡哪里呢，我困死了。”

皮耶罗老实巴交的样子，声音轻轻的:“跟我母亲睡，跟我堂妹睡，还是跟我奶奶睡，你选吧。爸爸去世后，奶奶就搬到爸爸的书房了，那儿可能适合你，这么多地方够你睡的呢!”

燕燕心里有气，但是也没有办法，拿了一个枕头和被子:“我一个个睡她们去。”看到皮耶罗不懂她的话，她扫兴地说，“带我去你堂妹房间吧。”

皮耶罗像孩子一样高兴地笑了，拉着她的手:“不生气?”

燕燕摇摇头。

皮耶罗拉着她的手，带到堂妹卡拉的房门前。他轻轻敲门，里面没人应声。他们轻轻把门推开了一道缝，看到卡拉睡着了。她穿了一件黑色胸罩，薄被仅仅遮着下半身。

燕燕与皮耶罗道了晚安，轻轻走入，关上门。里面黑黑的，她摸索着打开顶灯，又找到台灯的开关，开了台灯，再熄掉顶灯。她看着卡拉，卡拉披了一条薄床单，睡得正香。燕燕走到床的另一边，双腿蜷曲，侧身睡下。

在意大利的第一天，她没住小旅馆，而是住在未婚夫的家里。跟他不是在同一个房间的同一张床上，而是跟他的堂妹一个房间、和堂妹“同床共枕”。小时家里不富裕，房间小得可怜，她跟母亲挤在一张床上。不管白天母亲多生气，到夜里，她都会说多么爱她。母亲会叫她小不点、小燕子、小吊带。她轻轻靠着母亲，闻着她熟悉的气息入睡。

那样睡眠，很安全，很满足，她最为珍惜。

生活比她看过的小说都像小说。现在她在心仪已久的罗马，却难以入睡。她想躺在他的怀里——她视他为亲人，对他的身体没欲望，也没有想念他到要自慰。空气中，一切都是安静的，听得见室外挂钟的声音，一家人都睡着了。他们有福气，能马上睡着。本来有那样的母亲，燕燕的睡眠质量并不是太好，即便入睡很快，睡得也不深，反而在飞机上睡得沉。这会儿想睡，她告诉自己，明天他们起床，自己就得起床，做个赖床的懒婆娘，会让他们看不起，说皮耶罗怎么找了这么个懒女人做老婆，更是丢中国的脸、丢几亿中国女人的脸。不行，明天他们起来，她就得起来。现在必须睡，可是下这个命令后，她怎么睡，都不见瞌睡袭来。

卡拉像个男孩一样打起呼噜。这房间乱得不得了，到处都是衣服和鞋子，到处都是纸片和纸箱子。有一个大纸箱打开，里面是漂亮的蓝瓷花咖啡杯，在地板上放着，写有皮耶罗和燕燕的名字和结婚日子，明显是婚礼宴席时赠送给客人的礼物。看来他的家人已花了好多时间、好多精力在准备。皮耶罗的家人很暖心，她心里感动，眼睛红了。

卡拉翻了一个身，腿搁到燕燕的腿上。燕燕往边上让，卡拉的另一条腿也压了上来。她把对方的腿扳开，没隔一分钟，她的腿或胳膊又上来了。来来回回好几次，燕燕不由得皱起眉头。卡拉睡着了，也并不欢迎她。她抱起自己的枕头，拿了床头一条薄毯，打开房门，到了客厅，她把枕头放在沙发上。

每每看到一对情侣手牵手，或相拥，她便会注视他们，羡慕不已。是否需要一个男人，需要结婚那张纸？她不肯定。看到父母那样不幸福，她对婚姻本能地抵触。皮耶罗是外国人，跟中国男人不同。他爱她，而她呢，爱他，这点她不能确定。这是她的逃跑，从中国的男女关系中，还是想从以前的生活？她不知道。窗外的月亮比中国的大，星星也比中国的大，仿佛伸手可触。月亮摇摆起来。她想母亲，几天前母亲与她交锋得厉害，说你们这些年轻人，拥有如此灿烂的青春好时光，为什么跟我们这一代人一样，不容易得到快乐？我们经过饥荒年代，当过下乡知青，吃过苦，历经各个政治关口和经济改革，我们的人生是悲剧。你们呢，脚下有无数条路，可以读书，可以留学，可以做生意，可以穷游四方……时代给了你们一切可能性，可是，你们这些小屁孩呢，实用主义，利己主义，喜欢奢华和名声。你们否定父辈，又在物质上依赖他们。你们是白眼狼，精神绝对独立，内心焦虑、惶恐，你们的爱情更像点快餐，吃了，感觉好，再吃，吃腻了就点别的，男女在一起像办家家酒，合则聚，不合则散……你们知道自己为什么得不到快乐吗？燕燕记得，当时她回答母亲："尽管我思想独立，但我容易快乐。"

她后半句话说得一点也不理直气壮。

燕燕回到里屋，拿着母亲的纸条出来。纸上母亲画的蓝雨伞，在月光中一清二楚。整个童年，母亲都在床头给她唱《蓝雨伞》这首歌。母亲的头发长长的，洗过，未吹干，还带着甜味儿。她的呼吸和声音，更是她的入眠必需品：

比蜜还要甜，比梦还要咸
泪，哗啦啦掉下来
蓝雨伞顺风撑开
星星渐渐暗淡

睡吧，宝贝
一年又一年
妈妈日夜陪伴
唱起歌谣连连
比花还要香，比月还要圆

母亲与父亲一起去看电影。分两个队伍排队进场，他们在左边。母亲站在父亲身后，高兴地说："好高兴我们一起去看电影。"接着是母亲在外婆的老房子里，打量着房间。她坐在架子床边，对身边的丈夫说："我想妈妈。"丈夫握着她的手。这是一天清晨，母亲做的梦，讲给她听。她听了心里好感动，母亲也有关于父亲的好梦。她居然在这时想起来，希望她在那个梦里，是在他们之间的人，一手拉着母亲，一手拉着父亲。

想这样的梦，可以安心睡去，燕燕慢慢闭上眼睛。

皮耶罗的家人和好多陌生人围着她，俯下身来看她。他们哈哈大笑，吓得她大叫一声。她一回头，发现自己在母亲重庆的家里。她小小的，桌上是她十岁的生日蛋糕。窗外街上有好些人喝醉了酒，敲着面盆在跳舞，条条黑影映在昏暗的墙面上。而室内，母女俩的影子，投在蛋糕上，燕燕失望的声音："爸爸还是没来！"她伤心地哭了，醒来。

有咚咚咚的敲击声，她低头一看，还是在家乡山城重庆南岸的江边，有一个过江轮渡。自己站在轮渡前那坡长长石阶上，一个男人站在岸边，身影很像皮耶罗。她走上前去，低声问："你怎么在这里？"

那人侧过身来，是大舅，母亲的大哥。他手里握着一把野花，声音奇大地说："燕燕呀，结婚是很大一件喜事啰，我们这些老辈子都该去罗马。"

“我们?”

大舅说：“对头呀，我，外婆外公，我们大家。”

燕燕愣在那儿。

见她那样，大舅真诚地说：“我们晓得，我们人去不了罗马，心可以去的。所以呢，我们商量了半天，一致同意，请了个巫婆在这江边跳神，给你求婚姻是对的婚姻，嫁的人是对的人，一生快快乐乐。”他举了举手里的野花，朝她头上、身上撒了下来。

燕燕高兴地笑了。

“你看，巫婆来了。”

燕燕顺着大舅的声音看过去，一个戴着斗笠、穿着长长的黑衣的老女人站在江边岩石上，伸出长指甲的手指朝燕燕额头点了三下，然后，她又对着江水点了三下，仰面对天大叫一声，随即蹲下去哼唱起来，那歌声像一个久远国度的号声，缓缓伴随着江水涌动。之后，巫婆猛地跃起，像一个奇特的斗士，在与隐形的恶魔搏斗。她十指在空中挥舞，腰肢有力地摆动，她的右脚抬起来，高过头，马上又换了左脚，盘在后颈上，唱道：“对的姻缘呀对的人！一生快快乐乐！”歌声不管绕开多远，最后又落在这两句唱词上，大舅他们居然伴奏一般齐声说：“对的姻缘呀对的人！一生快快乐乐！”后来，大舅边上又多了母亲，也多了父亲。大舅对父亲说：“燕燕该得到比我们这辈人更好的生活！”

“凭什么?”父亲骂道，一巴掌朝燕燕挥来。

她吓醒了，觉得不可思议，梦中梦，对的姻缘呀对的人！这是什么寓意？再说大舅早就去世了呀！之前从未梦到过他。他那样关切，她的鼻子酸酸的，早已泪眼蒙眬。

大舅是最早下乡的知青，那是1964年，他去了长江三峡大石镇。三峡是当时四川苦地区，大石镇是最苦的地区。他在那儿生活了二十年，带着生病的农村妻子回重庆，一直没有工作，两口子只好在一号桥那儿开了一家火锅店。辛苦劳累，生活有所改善，火锅店红火了，可是得罪了当地地痞，吃了火锅不给钱。有一天地痞拉来几个人，说火锅馆的营业执照是假的，要罚钱。大舅较真，不给，说营业执照是真的。地痞砸店砸人，他们叫来警察。纠纷是暂时平息了，可是以后的麻烦更大，弄得他们无法安生，大舅两口子只能回到农村去。郁郁寡欢，没过多久，人就没了。大舅妈打了最好的棺材葬丈夫，母亲去参加丧事。临走时，大舅妈塞给她一个书包，母亲打开来，全是现金。母亲不要，大舅妈说："是你哥哥叮嘱要交给你的，说是给燕燕以后上大学用。"母亲收下了，泪水长流。大舅是个要强的人，母亲一直不知他在重庆城中心的状况。他回到农村，母亲还在心里怨哥哥，认为他不成器，完全不知他背后的隐情。

母亲告诉她这一切。每年清明，母亲都要去乡下给大舅上坟，有时她也陪母亲去。

在梦里，父亲居然给了她一巴掌，他的头发都气得竖起来了，在现实里如果他打她，倒像是父亲的风格，那样她心里也会好受一些。费里尼老头子在梦中担心妻子朱丽叶死，是否是潜意识希望她死，从他的生活里消失？男人的心，再伟大的男人，也有黑暗的一面，藏着心机，只是费里尼老头子可爱，他把心机显露给众人，了不起。

她看看手表，快五点了。这一夜睡睡醒醒，全是连环梦，真是折腾。睡吧，如果能再睡一个小时就好了，但绝不要做梦。

那座山城，南岸沿江一带，相比对岸繁华的城中心半岛，大部分地方穷得发霉，屋顶、墙角爬有蜘蛛，忙着牵网，屋底沟里藏有老鼠，企图偷吃厨房碗柜里的剩菜剩饭，或倒掉的馊了的食物。白天到处喧嚷的人们，夜里早早熄灯睡下。她在路灯下看从学校小图书馆借来的小说。她喜欢寂寞的小街，空气里有江水的潮气，多待几个小时，衣服脱下来，都可拧出水来。真好，而且无人打扰她。

“同样是生在昼夜交替之际的人，母亲命好，父亲命薄。”

“上天常常和我们开玩笑，把你要的都给你，同时悄无声息地夺走你所爱恋的。”

这样的句子，她已经记满一个本子。

我们都知道，这个命定的时刻会来临，但如果你不努力，就会错失它。你必须跨出一步，奋力一跃，接近对的轨道，向那神圣的时刻靠近。

她不知道自己是否在接近那对的轨道，向那对的时刻移近。

上初一时换了一位班主任，姓黄。她矮矮小小，脸上生了麻子，同学和老师都看不起她。黄老师却是一个好老师，从她写的作文里看到她阴郁的生活和内心的孤独，借书给她，还告诉她读书的乐趣和方式，叮嘱她记下喜欢的和讨厌的人物，最好写下读后感受。

因为黄老师，她更加爱上读书，真的写下感受，并开始写故事。黄老师后来被调走了，她暗暗伤心。她去她的家，在一个操场坝，有条臭水沟。她想对黄老师说出自己的秘密，希望有像她那样的人来分享它。

她想问，如果一个女的跟一个男的，背着大人，做了那事，是对或是错？如果肚子变大，孩子会从腿下钻出来吗？如果她有了孩子怎么办？

她担心黄老师会吓一跳，没敢去敲她家的门。

班上新来了一个男生，天生鬈发。他给她写纸条表达爱意，说长大要和她结婚。她不喜欢，也不讨厌。他约她在江边见面，她喜欢江边，便答应了。他很有经验，在江边，请她跳舞。他先把手放在她的肩上，然后握着她的手，哼唱了一支舞曲。她没有拒绝。班上的女生都喜欢他，可是他只喜欢她。她有虚荣心。两人握着手跳，沙滩柔软，脚踩下去，一步一个脚印，他们留下一串串歪歪扭扭的曲线。

江上的船拉响汽笛，当他抚过她额前的头发，把嘴唇放在她的嘴唇上时，他全身瑟瑟发抖。她的心狂跳起来，贴紧他，抚摸他柔软舒服的头发，她的心像绵羊一样温顺。他的五官长得周正，他的手伸进她的衣服里，她脸烫得不行，想停止，只好抓着他的手。他看着她，她摇着头，把他的手放在自己裸露在衣服外的肩上。他的嘴唇代替了手，在那儿呵着热气，突然咬了下来。她整个人晕眩起来。

一切和她的想象一样，又不一样。那天她看到一个女孩在江边，和一个男孩抱在一起在江水里滚动，看得她目瞪口呆。月光下的人影，看不清脸，但那是冒险。

现在轮到她了，如果她的生命里只有孤独，那她为什么不可以接受冒险。事实上，一冒险，她整个心都怦怦直跳，真是刺激。

他在她的教室外站了好几分钟，假装注视老师，偶尔扫过整个教室，只有她知道他在注视她。课间休息时，他在走廊，她掉头便走。她怕，怕别人知道。

有一个星期，她没有来上学。头痛得厉害，躺在床上发高烧。这是上天的惩罚，不该踏入禁区，虽然那种快乐让她马上想往江边奔去，他肯定在那里。

母亲对她好凶，指责她把她的孩子弄病了。母亲喜欢用第三人称讲话，把她当成两个人来对待。她一直怀疑母亲是后妈。

父亲回来了，心事重重，看见她在床上躺着，便问母亲。

母亲说了。

父亲抓起母亲的手，走进卧室。奇怪，里面传出笑声，两个人一直在说话，像对暗号。她贴在门上，听着，听不明白，父亲说话每隔几句带一句日你妈哟，很是有韵律。母亲的话语间不停地夹有哈巴神经病，也带韵律。男人把女人扑倒在床上的声音，女人踢床的声音，接着男人一字一顿说得明明白白，女人让孩子发烧，得让他日。女人反倒笑起来，屋里传来一声清亮的响声。她什么也看不到，只知道里面在发生什么，那是母亲不愿意的。她不能再忍受了。厨房里有刀，她走过去，看到了锅盖，一手抓一个，用力地对击起来：

东风吹战鼓擂，现在世界上究竟谁怕谁？
不是人民怕美帝，而是美帝怕人民。
得道多助，失道寡助，历史潮流不可抗拒，不可抗拒。

这是母亲小时人人都会唱的歌，她也会唱，她击得刺耳，唱得激情又欢快。

那天晚上吃饭，父亲沉闷着一张脸坐下，吃了一口饭，马上搁了筷子，说饭做软了。母亲正在熨衣服，把熨好的衬衣搭在椅背上。他绕着椅子走，看到衣袖有一道褶皱。

“你让我出丑！”他一把抓起母亲的脖子，开了房门，要扔她出去。

她走过去，抓着父亲的手，要他放开母亲。他一把放了母亲，像抓小鸡一样抓起她，父亲高，显得她太小，她吓得大叫。

“哟，长大了，会反抗老子了！”他转身对母亲说，“哼，你只心疼她，我要你今天看着我怎么来收拾她！”母亲冲进卧室，把父亲的衣服塞进箱子，往房外扔。

“你不怕我？”父亲惊异地问。

母亲微微有点喘气，点点头，眼神里有一股要与他拼命的架势。

父亲沉默了好一会儿，才开口说：“你早晚会后悔的。”

父亲松开她，提着他的箱子走了。她看了看母亲，母亲坐下吃饭，说：“你的锅盖曲好听极了。”她长长地舒了一口气。

她愣在那儿，然后出房门，下楼。父亲走在前面，她悄悄跟在后面。那个高大的黑影消失在街尾。她才转过身来。这时她听到叫声，紧跟着一个人影出现，那是同班男生，朝她招手。

她与他摸黑走着拐七拐八的石阶，巷子里的路灯大都被弹弓毁掉了，低低高高的房子倾斜在扭曲的巷子两侧。一路往高处走，很快来到苗圃山顶上，他们肩并肩坐在一丛野蔷薇前。月光洒下来，她看着两江三岸，江水在夜里泛着神秘的光芒，高楼低楼间灯光若明若暗。她对他说：“不管怎样，我都喜欢这座城。”他看着她，摇摇头，隔了一会儿说：“这儿烂透了，我恨这儿。”

他要亲吻她，她推开他，虽然她心里是这么空荡荡，特别需要一个人，饥渴般地想交出自己。但她要交给的人，不是身边这个人。他一把抱住她，她不愿意，于是两个人在草丛间滚动，她用劲挣脱他，可是一丛野蔷薇的刺扎进腿里，血一下子渗出，她心里积了十多年的痛，让她叫出声来。她的脸上全是泪。

他察看她腿上的伤，腿肚子上一道并不深的伤，沁着血。“伤得并不重呀，怎么啦？”他问。

她指自己的心，伤在那儿。

他眼神茫然，站在她对面，对她说：“和我一起离开这儿吧？跟我流浪天涯！”

流浪天涯，这正是她天天所想的，追寻梦中的橄榄树，母亲有一段时间总唱那首三毛写词的歌。

他一派认真，盯着她。

她点点头，牵着他的手朝山下跑去。这回下坡过坎，两个人都跌倒了，但他们年轻，马上爬起来。他俩在暗黑的江边跑呀跑，最后气喘吁吁地在渡口前停下来。一只奇大的龟在路中央，伸长脖子看着他俩。她惊呆了，过了好一会儿，才敢开口说话。“我不能，不能跟你走，我得回家。”那是她的原话。

他抬起她的脸，说：“这不是真的。”

她坚决地摇摇头，他一把抱住她，泪哗哗直下，像一个女孩子那样哽咽。她瞧不起地把他的双手扳开，转身跑开了。

家里黑黑的，没有点灯，她走进去，发现卧室里母亲居然已睡着了。这夜她打着手电筒写日记：“我是个懦夫，我不敢离开。这一生，一个女人一定得有个男人？我好高兴，还要过很多年，才能那样。”也是这天晚上，她找出一个铁盒子，倒空里面的石头。从现在开始，得往里面投硬币，存满一盒子，也许可以从这个地方逃开。

5. 第二天

即使我被关在果壳之中，仍然自以为是无限空间之王。大学时，王仑把这句莎士比亚的名言贴在床前墙上。望着窗帘外罗马朝日彩云飞腾的天空，这句话浮现在脑海里。也许是屋顶华丽的古画，静看时，有种沉重的压迫感，把空间挤扁，应和了他心理的空间。

他不敢相信，这罗马的第一夜，自己是和一条认识不到一天的小狗睡在沙发上。

昨夜的梦，他居然一清二楚地记得。

是一个很小的农村房间，他走进去后，马上变成了一个小男孩。房间充满蓝光。门前墙上有身高标记，从他一岁开始，到七岁，每半年都有一只手在他的头顶画记号。那只手离开时，他抓着，那人伸出另一只手轻轻扳开他的手，他大叫："爸爸！"他发出害怕的叫喊。

之前的梦里，父亲从未给他画过身高线，要么给他读书，要么给他讲故事，要么给他和哥哥上课。梦是记忆最忠实的记录者。乡下老师完全不能教育他和哥哥这样的孩子，父母便给他俩上课，什么都教。母亲教语文、数学，父亲讲历史和外语。日子虽然苦，一家人在一起，倒能忍受。父亲在梦里比母亲出现的时候多，虽然从未梦到父母在一起，但梦见父母中任何一个人，他都觉得安慰。

可能在罗马，梦给他传递了父亲的心愿，希望他长大。男人要长大，只要父母不在，便成了，可那不是真正意义的长大。从这方面而言，他并未长大成人。

他迅速穿上运动衣、运动鞋，出门前，方露露还在睡觉。

朝东的街道全笼罩在金黄的霞光中。

远处教堂钟声敲响，他跑向西班牙台阶下的喷泉，踏着喷泉有节奏的水声，他感觉心情比昨夜好多了。沿着台伯河跑，拐入小街后，他看看手表，已跑了四十分钟。

正在这时，一个人迎面跑来，居然是一身运动装的方露露，朝他嫣然一笑："亲爱的，陪我跑吧？"

王仑摇摇头，一边喘气，一边温和地说："一会儿见。"

"早上我不必拍戏，改为中午开拍。房间见。"

王仑一愣，说了声拜拜，便朝街的另一方向跑去。他边跑边想，睡一觉后，她完全换了一个人，夫妻没有隔夜仇，真是说得对。

整个上午，罗马的天空偏紫，缀满朵朵白云。方露露坐在她的卧房沙发上，看了一下窗外，心情极好，认真地读手上的剧本，有条不紊地记笔记。九点半，她的手机设的闹钟响了后，便有一个气质好、穿着讲究的意大利中年女人敲门。方露露请她进来后，这个婚服店的设计师有礼地将一件蕾丝婚服的包装打开，小心地拿出婚服，在沙发上舒展开，请方露露看。

方露露放下剧本，打量婚服后，用英语淡淡地说，衣服很漂亮，很古典、端庄，但是后背露得太低，对此，她不是太满意。

设计师含笑，问："我可以将衣服挂起来吗？"

方露露点点头。

设计师四下看了一圈，把婚服挂在床柱上。这么一挂，不仅衣服有形有调，而且那后背低得正好，不像摊在沙发上时那般夸张。房间的气氛变得轻松起来，方露露的脸色和悦多了。

设计师从大皮袋里取出一个平板电脑，给方露露看里面的婚服式样，并拿出一根尺子。方露露一边看，一边站起身。设计师仔细地量尺寸，一边用笔记下来。

王仑跑步后，冲了个淋浴，换了衣服，一个人去吃早饭。方露露早上只喝冰牛奶，为了保持苗条的身材，她连水果也不吃，除非是蓝莓。他注意到这家酒店的早餐虽然丰盛，但并没有蓝莓，不知她吃了什么。吃完早饭，经过大堂，他仔细看了看这儿的壁画。四周的田野画没让他觉得多好，不过大厅顶上的小孩与四位天使倒有尼可洛·阿伦诺之风。没准就是。这宫殿怎么会有赝品？他取了一份报纸，走进房里。

设计师取下后背低低的那件婚服，往床柱头上挂了一件色泽泛黄、有超长拖尾的婚服，阳光正好照射进来，仿佛给衣服添了些魂儿，显得很美。

“亲爱的，你觉得这件衣服怎么样？”方露露对王仑亲热地说。

他手握报纸走近，仔细地打量了婚服一番，后背是维多利亚时期的收腰，裙摆大撒，可以藏一个人在下面。说实话，这婚服好看，后背露得不过分，华丽，又能衬出方露露身体的曲线。

“倒是适合你，不错，有点意思！露露，你不会不喜欢吧？”

方露露点点头：“我喜欢它，但我觉得并不是最完美的一件。”

王仑坐了下来，洗耳恭听。

方露露没说话，微微一转身，变魔法似的递给他一个包装精美的小盒子：“亲爱的，为昨晚的不快道歉！跑步时购的。”

王仑有点诧异地接住，打开盒子，是坚果黑巧克力。他说：“这是我的最爱，谢谢。”他吃了一颗，把盒子递给方露露和设计师。两个女人都摆了摆手。他打开手里的报纸飞快地浏览。

方露露感到内疚，她看重王仑，几乎很少与他正面冲突。本来，她并没有邀王仑来罗马的想法，可是当他说要来罗马，她还是很激动：莫非这回他下了决心，要将他俩的关系真正定下来，向她求婚？但如果他求婚，她也犹豫，她期望能做一些疯狂的事，以后想来，不会后悔。但若要奇迹来敲门，只有自己去召唤它才行，从这点来说，她心里矛盾。昨天，王仑看样子是要向她求婚的，她不笨，直觉告诉她，当时他一刹那的犹疑，是没有考虑清楚。没问题，她会给他时间，她自己也需要时间，好好想想，是否真的该结婚。她是个靠近狮子座的处女座，并不主动，总是被命运逼到一个死角落，到了非要面对时才面对。

那个设计师看到方露露不太开心，便问她最喜欢哪一件。

方露露在平板电脑上边滑动手指，边摇头边用英语说："虽是一件戏服，我也要那最美的。如果我穿自己的婚服时，那款式和价格不想输给英国凯特王妃，头纱要缀上钻石。"

那个设计师说："我们有三档钻石。"

"戏服要最低一档，为别人节约。我自己的婚服当然是最好的。"

设计师高兴地点点头。

"一生就一次。"方露露梦想般地说。从镜子里可以看到王仑，他吃着巧克力，报纸被他扔在一边，正在专心看手机微信，对她的话没有反应。

方露露开玩笑地说："亲爱的，你说过，如果我俩结婚，得是一个超级明星的婚礼预算，婚服要世上最美的。"

王仑低头在看手机，回答方露露："对，对。"他的手机这时响了。他接了电话，掉转脸来，不快而焦灼，说："安妮，开会的记录到时传我一份。我暂时不想回中国。再见！"

可对方并没放下电话，在继续说话，语速非常快。他听着，然后说："会看电邮。"对方还是没放电话，他答应，"好吧，明天上午，我会把想法告诉你。"

通话结束，王仑重重地叹了一口气，低头看手机里的电邮。

方露露看看手表，望着床架上那件婚服，对设计师说："戏服，就用那件。”她拎手提包，对镜戴上一顶礼帽，向那个设计师点点头。那人马上卷起所有的东西，放入一个大皮包里，跟在她身后，一起走出卧室。

两个女人的脚步在地砖上发出清脆的回响。

方露露嘴里嘀咕道：“我之前想嫁人，现在呢，不太确定。”

设计师不懂她说的中文，一脸迷惑：“什么?”

方露露一笑，不再说话，她拉开房门。

王仑叫住她：“露露，你和马可吃饭，我陪你去。”

她停步，微微转身说：“亲爱的，你真好！我正觉得一个人走路无聊。不过我和他有很多无聊的拍摄细节要讨论。”

“放心，我会把你留给迷人的大明星。”王仑说着，拿墨镜。

方露露笑了，笑得很勉强。

王仑看在眼里，什么也没有说。他要陪她完全出于好奇，想去看看，那个与自己的女朋友单独在酒店里喝红葡萄酒的意大利男人，是一副什么嘴脸。在中国，他没这闲情，没有时间关心这档子事。她也没有这样的机会，更没有除他之外的男人，可勾起她要去单独相处的心思。可是在罗马，这个魔法之城，自己变了，包括对她的感受。而意大利男人多半是花心，好莱坞明星这次吃腥吃到他的女人身上了，胆子真大。马可 · 瓦利，如果他记得不错，自己是看过他的电影的。电影里见过不算，在银幕下见，才可看到真相。

阳光不经察觉地铺满房间，在家具上留下印记，空气里浮动着微小的尘埃，相比中国，罗马干净多了。王仑从箱子里拿出一个讲究的圆形盒子，从里面取出一顶乳白色的巴拿马礼帽，摊开后戴在头上。

两个人出了酒店，走在街上，看上去格外般配，引得不少人注目。真是好久没有一起走路了，时光荏苒。方露露摆脱掉刚才那一丝不快，脚步渐渐轻盈，脸上表情柔和多了，整个人充满青春气息。她从手提包里找出折叠整齐的地图，又掏出手机查餐馆，嘴里说："帮我找哈利酒吧餐馆。"

王仑对这家餐馆早有耳闻，菜做得好，墨鱼汁海鲜饭做得与众不同，尤其是鸡尾酒，样样口感好，其中一款蒙哥马利马提尼鸡尾酒，杜松子酒和苦艾酒的比例是10:1，口感格外迷惑人，深得海明威这样的大作家喜爱。从二十世纪三十年代开始，哈利酒吧的名字便跟欧洲贵族和一些世界级的艺术家紧紧相连，他一直想去，没想到今天方露露倒捷足先登了。马可订了这地方，不会离方露露的酒店远。王仑眼睛溜着地图，很快便看到西班牙石阶上端的那块地方，指给她看，调侃地说："我假设这家餐馆是全罗马第一贵，对吧？"

"听说，在那儿用餐，看到价格时，闭着眼睛就行。"方露露突然反应过来，反讽地说，"那对一个戴一万人民币一顶帽子的人来说，这算什么？"

"唉，这是我酬劳自个儿的生日礼——想有一个意大利电影里的帽子。"王仑知道她在嘲讽自己的帽子，看了一眼左右街道，信心满满地说，"往左走！"

几乎都是上坡路。王仑脚上是一双舒适的便鞋，方露露并未穿她的高跟鞋，而是换了一双平跟黑凉鞋。一身绿花衣，裙裤深紫，戴了顶亚麻色的宽边遮阳礼帽，非常休闲。她与他保持步伐一致，一步也没落下。

沿街的店铺有的开有的关，行人并不多，车子也少。一些咖啡馆开着，经过其中一家，里外都坐了人。夏天时，这儿的人都喜欢坐在屋子外面，手持报纸，一杯咖啡，一根香烟，倒是很享受。不远处是一间雅致的餐厅，有醒目的招牌："哈利酒吧"——正是他们要去的餐馆。门前花坛围起一块空地，有好些桌椅，铺着白桌布，桌上有小瓶子插着几枝鲜花，坐的人并不多。

他们朝前走。站在围栏前，可望见餐馆里陈设一派讲究，但与预期的奢华差得有点远，也不是很大，坐着一些客人。方露露面露失望，喃喃地说："哎，真是的，是这么个地。马可说这儿有很多明星来。"

她的助理李苹迎上来，三十出头，头发剪得短到耳垂，显得很精神。她朝王仑和方露露点点头，对方露露低声说："露露姐，有事叫我，我就在边上。"

方露露点点头。

这个地方，看似平常，可围栏上有玻璃图片，有格利高里·派克和奥黛丽·赫本，有索菲娅·罗兰，皆是各式与罗马相关的电影和明星，其中，费德里科·费里尼眯着眼睛，冲着王仑微微点头，王仑用目光交流："哈，老费，原来你在这里。"

费里尼报之一笑。

"我带一个人的魂来，我父亲，他是你的粉。"

"我看见了他。"

王仑心头一热，老费真懂他的心，他的脸上挂着感动的微笑。

方露露正好回身，看到这一幕，问："你笑什么？"

"不是你能懂的。"王仑说。

"我才不要懂你。"

侍者迎出来，方露露指指里面，摇摇头。在餐馆外一个角落桌前，坐着一个蓝裤白丝绸衬衣、戴着墨镜的家伙，尤其是那儿背对着古老的城墙，给此人添了好些气场。他正喝着意大利香槟，看见他们走来，热情地站起来。

王仑一把拉住方露露说："亲爱的，我走了。"他故作姿态，表示说话算数。

果然，方露露生气地说："马可都看见了，你既来之则安之吧。"她生怕他走掉，紧紧地拉着他的胳膊。

王仑还不动，反而说："是你要我去的，不要怪我。"

方露露不说话，拉着他，朝里走。

侍者把他们带到马可的座位前。

方露露给两个男人做了介绍，他们彼此握手，然后坐下。

侍者拿着一瓶红葡萄酒走来，给桌上的三个杯子倒上酒。

方露露看了马可一眼，说："我第一次见马可时告诉他，我是一个女同。"

马可笑了："我信了，我告诉她，我是一个同志，她也信了。哈，今天终于见到她的同性伴侣。"马可的英语意大利口音并不重，倒有几分牛津腔，明显在那儿受过教育。

王仑微笑着，放下帽子，对马可连连说好，真的没有比这个更好的了！他告诉马可："我看过好几部你的电影，其中一部演保镖的，印象深刻。"

马可高兴地说："那是早期的电影。"他问王仑，"你对我的新电影如何看？喜欢吗？"

王仑摇摇头，他伸直背，看着对方坦言道："不喜欢。从你的意大利电影可以看到你的心，好过你的好莱坞大片。"

马可·瓦利惊奇地看着王仑，目光移到方露露身上，微微一笑说："你该告诉我，你的男朋友是一个很尖锐的批评家。"

方露露有点担心，举起杯子说："别在意他，他不懂电影。来，干杯！"

王仑的手机响了，他道声对不起，走开两步路远，接电话。他心不在焉地听电话，耳朵却注意地听着那边的对话。

"马可，我们应该说服导演，把下午的台词改改？"

"亲爱的，我特别高兴你的主意。"马可突然改说汉语，说得结巴，音调也怪怪的，"是这句吗？你美，很美，亲爱的，我，我爱你！对了，对吗？"

方露露点点头："应该改成这样，听着，你就是我命中注定的那个人，我爱你！"

"好多了！教我中文。"

方露露说中文："你就是我命中注定的那个人，我爱你！"

马可·瓦利一字一句地学，眼睛亮闪闪地看着她。

王仑听得一清二楚，放好电话，回到座位。

侍者拿面包来时，因为要让王仑，一转身，手碰掉了酒杯，红葡萄酒洒在了马可漂亮的白丝绸衬衣上。马可皱了皱眉毛，但马上举起双手来，表示不重要。

侍者很酷地取过邻桌用剩的半杯白葡萄酒，一下子倒在马可的白衬衣上。

王仑和马可都很吃惊，一下子愣住了，方露露不快地说："这怎么行，叫你的老板来！"

侍者解释道："相信我，我知道怎么弄掉它，白葡萄酒去掉红葡萄酒。"

方露露不信，对侍者说："你最好不要弄错。"她的声音充满了焦虑。

马可的手放在方露露的肩膀上说："亲爱的，不必担心。"

方露露不开心，瞪了一眼侍者，侍者也不开心，皱着眉，等待着她的下一步反应。马可看到她不开心，脸也挂上了，仿佛时间停止了，连空气也凝结了。

这时，王仑站起来，从皮夹里掏出两张一百欧元的纸币，放在桌子上，从桌上拿起帽子戴上说："让我来埋单吧。对不起，有事先告辞了。刚才这一场戏，很精彩，最好加入你们下午的拍摄里。"

方露露扭过头，没看王仑的眼睛，但马上朝他笑了，说："放心吧，我们会的。"

马可对侍者摆手，侍者知趣地离开了。

王仑礼貌地与马可·瓦利握手再见。

那天他们三个人在不同的轨道上，起码他与方露露是分岔而行的，他看到了这一点。方露露与那个马可的关系，他们走到哪一步了？他看不出来，也不能感觉出来，但这两个人有比一般男女更深一些的关系，那就是彼此欣赏，臭味相投。马可比他之前想的好，很帅，也很谦逊，不像是一个国际登徒子，很在意方露露。她不是故意要伤害他，人家是在讨论戏如何演，他边往外走边这么想。

来罗马之前，他的工作出现了大麻烦，仿佛老天与他作对，人生坠入低谷。他正想不开时，接到在罗马拍片的方露露的电话，她安慰他。放下电话，他想自己与她这么久，准确地说，四年了，总该有个好结局。两人交往没多久，前妻就知道了，后来才知道，她一直在找一个好理由与他分手。方露露成为他情人这件事，是最好的理由。他俩离婚，他正式与方露露同居。又过了一年，方露露与他没有谈婚论嫁，不过有时也叫他老公。她的罗马之行，也是偶然，说是要拍个婚纱广告。她并不想接这活，因为巴黎有个高定时装周，本来要去那儿，但李苹告诉她，你去会穿皮草。她已有两年多只吃锅边素，接受不了皮草，便来了罗马。说来也怪，方露露并没有邀请他来罗马，她走了没多久，他有些想念她，尤其那个晚上，与她在电话里聊得很好，当天夜里，他便决定过来。但是第二天，他又打消了这念头。这样反复的当口，他连续有一周都无法睡觉，失眠。那天在怡亨酒店见人，去早了，便步入边上的芳草地购物中心。经过一家珠宝店，橱窗里有款白金婚戒，镶有五颗钻，像五颗小星星在闪烁。他精神一振，走进店里，发现戒指的尺寸也适合，就付了款，准备向她求婚。到了罗马，罗马像一个沾了雾气的镜子，他看不清她，也看不清自己。昨晚与她发生不快，出乎他意外，想想，是早晚会有的事。那个意大利明星，刚才见了，两个人不像只是在房间里喝酒这样简单。停住，没必要这样想露露。

好吧，就算她没有和他生情上床，马可也明显被她吸引，而且很投入，两个人在同一个轨道上。

他没有对此生气，他生气自己，为什么要来罗马？不来，什么看上去似乎都是一样的；来了，什么看上去都似乎不同了。

马路很干净，街对面所有的商店都已开张，太阳正当头顶，罗马真正醒来了。他站在马路上，未决定去什么地方。久违了，罗马！罗马有什么错？它永远这么完美无瑕，什么污点都不能沾上她。她的残败，与她文化的灿烂、历史的悠远是如此矛盾，让人倾倒。尽管数不清多少次来这儿，每回都可发现一个新的罗马，罗马就像一个值得一生去爱的女人。

四十多年前，在四川宣汉那个夹皮沟里，父亲第一次给他说到罗马，便是这样说的。

父亲被下放到那个土里只长土豆的贫困农村，被管制起来，但是住在家里，晚上一家子在一起，就跟儿子说古罗马历史，说沉睡在罗马地下的伟大壁画，昔日人兽、人人厮杀的竞技场，那无处不在的教堂和众神。

“连时间也会在罗马面前停止，而我们一再改变。性质变了，成了破坏者，没有古城墙，我们还有什么值得珍藏？我们的文明和文化传承丢失在何处？翻开中国几千年历史，悲剧是从无人敢说真话开始的。”父亲说真话，这样的真话，在家之外，便成了他的罪状。在北京城是，在宣汉还这样，更让他处于危险之中。

父亲以前不抽烟，到农村后才开始抽。那天裹了叶子烟，他吸着烟，透过烟，现实的一切都被暂时遮挡起来。父亲说到他年轻时留学英国，之后专门去法国朝圣那些艺术大师，但他喜欢的是意大利和希腊。

就是那天晚上，星星从天空升起。母亲睡着了，父亲告诉他和哥哥，他一生最爱的城市是罗马。他从人存在的价值讲到著名的威尼托大街，讲到电影和外省来的小子费里尼的梦想。又从费里尼的《大道》讲到《卡比利亚之夜》，两个孩子听得津津有味。

“我要一个女人！”父亲学着电影《阿玛柯德》里的“疯子”一样叫喊。那疯子在树上，家人搬来梯子，想弄他下去，他朝他们扔下石头。没办法，他们驾着马车，假装离开，结果被疯子识破，待他们回来窥视他时，又被扔石头。可是当精神病医院的人来，他听话地走下来，高高兴兴地坐车离开。说到这儿，王仑觉得父亲的眼睛一下子有了光亮。这部电影父亲并未亲眼看。一个在外事局工作的好友，知道下放到农村的父亲喜欢费里尼的电影，写信来告诉父亲自个儿看这部电影的感受，详细地讲了这个发生在费里尼故乡里米尼的故事。父亲通过想象，给他和哥哥转述了它。从那开始，王仑记住了费里尼的名字。那是父亲生命最后的时光，给他们讲电影，讲人的命运。当他可以看到费里尼所有的电影时，首先选了这部电影，看到那个疯子爬到树上喊“我要一个女人”时，潸然泪下。

他思念父亲。

昨天遇到一只叫费里尼的小狗，今天遇到费里尼有点意外，他这是怎么啦？应该想到，费里尼是哈利酒吧餐馆的常客，当然也在此拍片。

他走到餐馆外的围栏前，再次注视上面的电影图片，真希望早不在人世的父亲的魂在此。爸爸，什么都会好起来的，如同你告诉我的，只要朝前看。

仿佛回答他的想法，一阵格外忧郁又迷人的口琴声传来，很熟悉，但又想不起来在哪里听过。王仑顺声看去，发现残败的古城墙下面，一个脏脏的、头发黑黑的女孩坐在地上，在吹口琴。

他本是要往下走，便折回来，往上跨过马路，走到古城墙边。

吹口琴的女孩十二岁左右，鼻子翘翘的，像从前的方露露。他再看她时，发现是一个盲人，脸上有好多雀斑，没有右手臂，是左手拿着口琴，在专心地吹奏。

好悲伤的曲子！王仑不由得停下脚步。一阵风刮来，沙子进了眼睛，他掏出手绢来擦。他放回手绢时，掏出钱包来，里面没有现金。他皱着眉头，放回钱包时，触到裤袋里的黑丝绒首饰盒，掏出来，打开看，脑子里闪过方露露小时候在重庆江边跳舞的情景。真是奇特，脑子里有这么多的她。她告诉他自己的身世，她的眼里含着泪光。她与他第一次约会，在重庆一所临江的房子。江水斑斓闪烁，对岸一艘挖沙船上插了面小红旗，在风中飘扬。她指着对岸山坡上，让他看她小时住过的地方，那忧郁的神情，是那样的美。那时他爱她，如同她爱他，她带他去乘过江索道，在缆车里他们的头自然地靠在一起，探看那些江边积木一样的高高矮矮的房子，那一切，突然定格在面前。他把里面的白金钻戒握在手里，放在胸前，眼睛一红，深深地吸了一口气，命，这是命吧？想一下，他单膝跪下，手握戒指，请求方露露嫁给他？他做不到，这不是他想要的生活，这个婚姻对他而言，答案一清二楚。他走到女孩跟前，松开他的手，戒指掉在一个装了几枚欧元硬币的小碗里。

“哐当”一声响，那个女孩探身向前，左手在碗里摸索，摸着了，眼泪涌出来，激动地点头致谢。

王仑快步走远，双手插在裤袋里。女孩的口琴声还是忧郁，但好像多了一点儿迂回，添了一点儿光亮，而他呢，心里轻松一些了。街边墙角全是粉色的夹竹桃，花朵比中国的大，有清爽的香味，迎面吹来，他猛地打了一个喷嚏。想起来，那曲子是电影《罗密欧与朱丽叶》的主题曲，1968版的，他听过弦乐的，也听过长笛的，没想到口琴吹出来，也照样动人心魄。

生长在江边的人，都喜欢注视江，注视江上各种各样的船。有时她身边会有陌生人，一同注视江上，有时没有，但奇怪的是，一次也没有过异性。当时重庆卷烟厂尚在，烟囱放烟声响巨大，仿佛身临战场，大炮在轰隆。那次她跟着江上一艘大轮船往江下游走，走了好一阵子，那艘船才把她远远抛开。她捡有花纹的石头，到了唐家沱，又走回家，足足花了两个小时。家里那个凶神看到她从衣袋里掏出一颗比一颗好看的石头来，居然没骂她，只是警告她，下次再冲到江边玩，没有饭吃。

她揭开锅盖，只剩锅巴，这次也得饿肚子。她说，饿一顿，不会饿死人。

对对，他回答。两人看看对方，笑了起来。

的确，那个少年并非同年级，而是高她两年级。他中等个儿，嘴角有股倔强劲儿，穿着白球鞋，在沙滩上显得整个人很干净。她看了他一眼。正巧一辆大驳船经过，那少年捡起一片石块，荡水漂打过去，好准，好技术，石块居然触及大驳船，回弹过来了，在浪上蹦跳着，最后掉入水里。她不由自主地看过去，他正看着她。

“我知道你的名字，”他说，“今晚跟我去看电影吧。”

他的样子太骄傲，没有商量。如果他换一种口气，她会同意的。她从心里哼了一声，掉头就走。

每隔几天，她会收到他的一封短信，他全以命令的方式，表示他的感情。看了几封信后，以后收到的她全撕了。送信的小孩子是学校或街上的，都是跑来，送到信后，跑走。

有一个月了，她没有收到他的信。不管在学校在江边，都看不到他。虽然她有些不习惯，心里不安，但以为他放弃了。

学校有一个大操场，有院墙护着。那天天上下起很大的雪，下得很猛，足足几个小时。放学后，学校大门居然没有关，胆子大的学生搬出教室的桌子和凳子在操场上滑雪。

有这样的玩法，当然吸引人，没多久，整个操场上都是人。那个穿着白球鞋的少年居然也在，他并没有躲着，而是视而不见。扔雪球，在雪地打滚，玩了好一阵子。她在人群里搜索他，他仿佛知道，便走过去，把一个女孩子撞倒在雪地上，那是个梳着长辫子的女孩，十二岁左右。小女孩爬起来，要他道歉。他动武。他身边的几个男孩围上来，戏弄那女孩。把女孩的辫子扔来扔去。他抱着女孩强吻，女孩蹲下，想绕开他，可是没成，反被他将双臂反剪。女孩痛得大叫："放开我！"他反而哈哈大笑，把女孩整个人压在地上。女孩踢他，手乱抓他的脸，他用拳头还过去，嘴里骂着脏字，并撕扯她的衣服，所有的纽扣哗地一下绷掉了，落在雪地上。

她当时手里抱着一个皮球，走过去，要他放了那女孩。女孩的眼睛里充满恐惧。

他站了起来，一只脚踩着那女孩，挑衅地看着她。

她走向他，举起手里的皮球，猛地朝他的睾丸砸过去。他尖叫一声松开手，整个身体瘫倒，又忍痛爬起来，恶狠狠地看着她，嘴里喊："兄弟们，给我打！"

手下那帮小子朝她和小女孩扑来，她和那个女孩一身是血，差些丧命。直到有人叫来派出所的人，把他与同伴抓走。他走出好远，还硬要扭过脖颈来，一双眼睛邪恶而憎恨。他转过脸去时，那副骄傲，不可一世，仿佛不是进监牢，而是出国度假。很明显，他就是做给她看的。

这件事，她想了好多年，为什么她如此招惹男孩子，不管是霸道的、乖顺的，或是学习成绩好的、成绩差的，都要找她，这是她的错。那个已成为过去式的傍晚，如一个电影定格。他知道他那样做，她会愤怒，会对他刮目相看，但不会想到她会翻脸。她手里怎么会有一个球，对付他的球，这事她也想不明白。

他被判了五年，和同伴一起被关进了少管所。学校开除了他的学籍，把这次暴力事件写进通告，贴在大门前。谣言在这几条街盛传，自然会传到他母亲的耳朵里。有一次在路上遇到，他的母亲打量她：这弹子石一带的男孩子都像她的儿子一样迷恋她，真是鬼迷心窍！她瘦瘦小小的，穿一件灰衣裳和一双大大的塑料凉鞋，真是一个小屁孩！她从鼻孔里哼了一声，狠狠地吐了她一脸口水。

她用袖子擦干净脸，追上去，发现他母亲的目光像把刀，盯着她，似乎要把她活吞下去，任凭她说什么，他母亲都冷笑。这个女人是个塑料厂的工人，丈夫本是个惹祸包，被人打伤，剩半条命，常年在家休养。本来指望这个儿子能成器，帮上家里，帮上两个小弟弟，没想到为了一个女孩子，毁了一生。

谣言归谣言，没有细节。细节属于她和他的秘密，在她的记忆中埋葬了。事实上这个城市，从未下过那样大的雪。

没有下过大雪的城市，怎么可能产生爱情。

没有爱情，她怎么可以在这儿永驻。

沙滩上有脚印，大大小小，有他的，也有她的，最终都会被浪花冲掉。他一定恨她，恨可让一个人走得很远。爱呢？是否具有这样的力量？她捡起一些尖尖的石块，在沙滩上搭了一座房子，里面有她想要的世界——一家子，有亲生的父母，兄弟姐妹，他们彼此相爱，永远相伴在一起，无话不说，患难与共，一直到生命结束。

一只小小的蚂蚁爬入房子里。她蹲下身体，小心地看着，很好，它没有出来。

6. 还是第二天

意大利的早饭倒是适合燕燕的胃口，一杯卡布奇诺、一片面包、火腿肉和熟透的三个大莓子。皮耶罗和她并排坐在一起，两个人看着窗子的方向。那天有最能代表罗马的未竟之蓝，几只鸽子在天空盘旋，她的心情顿时变得快乐起来。马上回房间，脱掉T恤、牛仔裤，换了一件母亲送给她的白色连衣裙出来。带褶的裙边到膝盖，脚下是黑色带绑带的平跟皮鞋。

皮耶罗看到了，朝她竖起大拇指。

意大利人个个是艺术家，天生懂色彩和品味。皮耶罗也回到房间，换掉之前的睡衣、短裤，换了黑衬衣和灰色的裤子，恰好可以配燕燕的白裙子。他朝她比了一个模特走台的定位动作，显得比昨天精神。

燕燕拍手叫好。

他在原位置坐下，把黄油放在一块面包上。卡拉端着两杯咖啡过来，一杯给皮耶罗，一杯放在她面前的桌上。她头发湿湿的，换了件红衣裙，没化妆。她朝着他俩点了一下头，没问她昨夜为何睡到客厅。事实上，早上除了皮耶罗看到燕燕睡在那儿，别的人都没发现。燕燕索性起来，她回到卡拉的房间，那时卡拉睡得熟着呢。

“安吉洛明天到吗？”卡拉问。

“他说购了票就告诉我。”

燕燕知道他们说的人是伴郎，皮耶罗告诉过她。卡拉又说到福祈，一个离罗马开车三个半小时的中世纪古镇，在山顶上，又临近海边，是他们祖辈的出生地。他们家族在那儿保留了一所度假房，蜜月正好用上。有不少亲友会从福祈来罗马参加婚礼。她看了燕燕一眼：“到时得喝好多酒。”

燕燕点点头。皮耶罗说：“必须大口喝，一个也不能少。”

他说得太认真了，燕燕打了他一下，说：“你在北京那么老实，怎么在罗马如此淘气。”

他俩说中文，卡拉听不懂，问皮耶罗，他笑而不答。

“你们想不想知道，在意大利，有个网站上个月做了一个做梦调查的结果？”卡拉说完，喝了一口咖啡。

燕燕看了皮耶罗一眼，他的手在桌子上敲了敲，表示想知道。

“上个月，27%的意大利人做过性梦。36%的人梦见自己在度假，12%的人梦见自己被追赶，7%的人梦见自己中了彩票，还有4%的人梦见自己在公共场合赤身裸体。有意思，你们最爱做什么梦？”卡拉说这话时，眼睛盯着燕燕。

燕燕说：“我梦得最多的是长江、轮渡，还有我的母亲，当然我也梦到吃的。”

卡拉说：“我也梦到吃的，在意大利，没梦到吃的的人，就根本不是人。燕燕，那么你没有梦到意大利人梦到的这五种？”

皮耶罗觉得卡拉不怀好意，没等燕燕说话，就说：“我梦到过，总是被人追赶，知道追赶我的人是谁吗？”

“谁？”两个女人异声问道。

“我的爸爸。”皮耶罗回答。

两个女人都没想到，都没说话。皮耶罗看了看燕燕，轻轻地说：“我打算明天带你去墓地看他。”

燕燕伸手握着他的手。

卡拉“哦”了一声，端着咖啡往厨房走去，三个长辈都在那里坐着喝咖啡，奶奶还没起床。这时他们听到街上有人在大声叫“皮耶罗”的名字，屋里的人从不同的窗子探出头朝下面看：一个穿制服的酒店侍者手里抱着一个大盒子，像是从另一个星球来的，不情愿地站在街上，正向楼上张望。一个邻居高声地喊着皮耶罗的名字，其他邻居也在给侍者说着什么，并往他家的方向指着。

皮耶罗马上跑下楼去，打开大门，邻居和侍者都围过来。他抬起头看看窗子上的燕燕，发现那儿只有他的母亲和卡拉。他接过侍者手里的纸盒，打开一看，里面是一只小狗。

小狗跳到地上，脖子上有个圈和绳子，奔向正走出来的燕燕。燕燕一把抱起它，惊喜地叫：“费里尼！”

来人拿出一张纸，说他是酒店送东西的，请皮耶罗在纸上签名。

皮耶罗签完字，递给来者三个两欧元的硬币，侍者不快地站着不走。皮耶罗又加了三个，侍者才转身离去。

“这小家伙昨晚不是丢了？”他问燕燕。

燕燕兴奋地抱着小狗，像问候久别重逢的朋友一样连连叫道：“真的是你！费里尼，你好干净呀！谁找到你的？你变得好好看！哟，你有了一根绳子，真好！”

皮耶罗拍了一下脑袋：“啊，肯定是王先生，我给了他地址、电话。他人不错。”

燕燕“哦”的一声，不再言语，在想着什么。

皮耶罗对燕燕说：“我们一会儿干脆带费里尼一起去见神父。”

这是个不错的主意，燕燕不想把费里尼留下。两个人收拾完厨房，带上所需的东西，牵着小狗，便出门了。他们没开车，而是坐火车，又转了一趟公共汽车。皮耶罗告诉她如何坐车，她听着，记在心里。

下车后，走了几分钟路，爬上长长的石阶，可以看到忧苦之慰圣母堂的屋顶，越往上走，越能更多地看到教堂。她背了一个包，对小狗说：“加油，费里尼。”终于走到石阶顶端，燕燕喘着气。

“小费里尼，了不起，爬上来，你现在可以休息了。”皮耶罗弯下身子，抚摸着小狗说。

“你真的喜欢费里尼？”

皮耶罗轻轻揽过她的腰说：“你喜欢，我就喜欢。”

她推开他说：“你没自己的主意？”

“我们意大利男人是没主意的，我们都是听老婆的。”

“我以为你只听妈妈的。”

“我当然听妈妈的，我听每一个人的。”

“在我们国家，我们只听党的。”

皮耶罗听了哈哈大笑。他笑起来，人好看。昨天他一直愁眉苦脸的，就算是在小酒馆喝酒，即便是笑，也并非真正开怀。认识他一年半，虽然觉得相互很了解了，但有时还是觉得他内心很大，大到她进入后，会迷失方向。他是这种人，一见面就会让你信任，工作、学习都是那么踏实认真，跟她知道的男人不太一样。他说话时，眼睛会盯着你，这点，让她放心。但这放心与那会迷失的感觉却相互矛盾。只是相比她的父亲，这种矛盾不算什么。父亲的眼睛闪烁不已，家里两个女人永远不知道他在想什么。他说出的话，不是让她们信，而是让自己信。他有本事用无穷尽的理由，来证明他的内心和行动一致。

他们将举行婚礼的这座圣母堂，以圣母马利亚的圣像命名。据说放圣像在此，是为了安慰那些面临死亡的罪犯。而圣像来自一位被判刑的贵族阿尔贝里尼，他在1385年，花了两枚金币买下了这尊雕像，算是临死前的忏悔。皮耶罗很细心，燕燕还在中国时，便在电邮里发了图片，告诉她这座教堂的历史。

教堂里没什么人，分好几个空间，静穆神圣。左边小礼拜堂有泰德欧·祖卡里（Taddeo Zuccari）的著名壁画，第二礼拜堂有圣母与圣婴，右边小礼拜堂有乔凡尼·巴格利奥尼（Giovanni Baglione）所绘的耶稣和圣母的故事。除此之外，还有一个十三世纪的圣母圣子像。整座教堂，光线尚好，但装饰风格以灰为主，显得有点沉重。他带她草草参观了一下，便敲开了神父的房间。

燕燕把小狗系在椅子扶手上，它知趣地蹲下。相比教堂，神父的房间特别明亮。有两个柜子，柜顶是十二使徒像。神父五十多岁，瘦高个儿。他们坐下后，神父看了燕燕和皮耶罗的证件，用英语问他们认识多长时间。

燕燕说："一年半。"

皮耶罗点点头。

神父问燕燕的职业。

燕燕告诉对方她是一个中学英语老师。

"你计划来意大利生活吗？"

神父这个问题很直接，燕燕几乎没想，便问皮耶罗："你来北京不更好吗？"

"去北京做什么？找个教意大利语的工作，没什么意思。在这儿就算你不工作，我养着你，钱不会太紧张。"

"你的意思是，我到美丽的罗马，只是为了做一个家庭妇女？我的妈妈独自一人把我养大，我舍不得完全离开她。"

"她可以来，和我们一起住。"

燕燕并不这么想，母亲根本不可能和别人住，离开中国，尤其是离开重庆，到意大利来住？

神父笑了，看着他们俩说："显然，你们之前没有讨论过这个。"

燕燕与皮耶罗异口齐声说："我们说过，但……这个……"他们看着对方，脑子在择词。

神父理解地说："没说清，对吧？"

两人点点头。

"结婚是一致的，对吧？"

两人互相看着对方，看着神父，皮耶罗点了一下头，燕燕也点了一下头，两人的神情看上去并不快乐。

神父严肃地说："记住婚姻是永恒的，如果做出了错误的选择，痛苦会陪伴终生。"

燕燕与皮耶罗听了，面面相觑，说不出话来。

神父站起来，燕燕和皮耶罗也站了起来。窗外的阳光透过玻璃，照射在他们三人的身上。神父走过去打开窗子，微风吹来，屋子里紧张的气氛缓和了一些。

神父双手插进衣袋，微笑说："年轻的朋友，婚礼上见。"

整个过程最多只有十分钟，却感觉过了十年一样漫长。教堂的空间陡然变大，包裹着她。压抑的感觉在增加，跟他的家里一样。不，不能这么想！他站在前面，回望她，眼里关爱有加。昨天他带她上露台看罗马夜景，她深深地感动。她牵着小狗朝他走过去。大殿里只有一个老年女人坐在那儿祈祷，为什么？为失去的幸福？为以后的生活可以更好？神父提的问题一针见血，结婚不是儿戏，是一辈子的事。她不是闪婚，他也不是。闪婚的人绝大多数是脑子发热，脑子有病，今天好了，就不管明天。她不是这样的人，和他走到今天，其实不是没经过一番深思。

结婚这件事，燕燕没和母亲商量，她只告诉母亲，有皮耶罗这么一个人存在。母亲见他的时候，也不说长说短。包括燕燕答应他的求婚，母亲也没反对。女儿长大了，要嫁人。从这点看，母亲是好母亲，让她做主。中国男人与她没有缘，她没有过中国男朋友，是她看上去外向，男人们觉得这样的人做女朋友不可靠，当老婆更不现实。她不会照顾男人，肯定不会做家务，更没耐心养育孩子。这是不了解她的人的看法，只有母亲知道她家务事样样行，做菜也有天分，她的外向是表面，是掩饰她的极度内向：沉浸在自我世界之中，可以几天不跟人说一句话。皮耶罗在大学当助教，生得阳光、帅气、有修养，来自一个不错的家庭。家里只有他一个儿子，从小没缺少爱，也会爱人。嫁给皮耶罗这样的男子，换了别的女孩，也会。如果神父今天不说那番话，忠告他俩要慎重，她会觉得结婚这件事，就是这样的。

她牵着小狗，不敢松开绳子，跟着皮耶罗走出教堂大门。

风吹得两人的头发乱飞。天上，鸽子也在飞着，在石阶上寻食，欢快而自由。燕燕紧紧地握着小狗的绳子，停下脚步，看着前方，不知说什么好。皮耶罗本来与她并行，这会儿未留下等她，继续往下走。走了十几步石阶，停下又往回走几步，站在她的下面，不好意思地说："燕燕，对不起，今天我不能陪你，我要回学校去了。"

他是临时教师，有那么多事吗？她心里这么想，便对他说了。

皮耶罗走上石阶，吻吻她的嘴唇，给她一个紧紧的拥抱，然后说："抱歉。"

燕燕耸了耸肩。

"晚上八点妈妈有个欢迎你的party，不要晚了。"

燕燕点点头，掏出一张折得皱皱的地图："你再给我讲一遍怎么坐车回家。"

皮耶罗在地图上面仔细地告诉她，中间有一站要换车，又取出笔在地图上写下一个中文"转车"。

燕燕盯着地图看，她不生他的气。她把地图小心地折好，装入自己的背包。

皮耶罗双手放在燕燕的肩上说："晚上见。你有我所有电话号码，有问题的话，给我打电话。"

"我不太需要。"

皮耶罗还是将手机放在燕燕的手里。

"不必担心，我不会丢的。"

"你丢了，你知道，我会来找到你的。"

看着皮耶罗走下石阶的背影，燕燕很惶然。她牵着小狗在石阶上走来走去，小狗居然一点也没去追他。她把手机放入背包里，看到一个青色小盒子，是昨晚那个黑衣女人给她的。那个有着壁画的隧洞，她跌下的那一瞬间，好些记忆里的片断涌来。她把盒子拿在手里，看了看上面奇异的数字，叹了口气，将它放了回去。

原路从半山返回大马路，她开始按笔记本记下的罗马必看景点走去。这些街道穿过她的记忆，让她像一个真正的罗马人一样熟悉，仿佛这浓郁的咖啡味、无处不在的葡萄美酒和美味的奶酪，还有空气中散发的栀子花香，已占有了她一辈子。这墙边爬满了栀子花，与中国的不一样，中国的要大十倍，意大利的小小的，像喇叭一样张开芬芳的嘴。这些在地图上不断看到的街名，她记得，在小笔记本上写下感受——也许有一天，待到她记忆出了问题时，可以通过记下的文字来恢复。

好几家商店的橱窗里，模特穿着别致的礼服，待细看，并不觉得好。突然看到一家店的橱窗里的白色礼服与自己从中国带的衣服有些相似，有几分中国风，像改良的旗袍，裙边手绣花朵，也是同色丝线，精致耐看，除了那头饰有点过分繁复。

这么说我是想买一件婚服？

的确，她早就选好了婚服。并非一定要再买一件，但可以看看，或许穿上效果更好。

这个想法令她高兴起来。她牵着小狗走入，一进来，才发现自己是到了一家高品格的古着店，就是传说中那些明星、艺术家、独立设计师、古董收藏家和手工设计师们最热衷的，最特别的设计，独一无二，仅此一件，连配饰也是如此。

两个女店员把燕燕上下打量一番，其中一个短发、瘦高个的店员，礼貌性地用意大利语说："Buongiorno（早上好）！"

"Good Morning（早上好）！"燕燕说英语。

店员改用英语说："小姐，我能帮你做点什么？"

燕燕手指橱窗里的白色婚服，问："我能看看那件衣服吗？"

"哦，那件衣服是名人独家定制，八十年代的，一万欧元。"她边说边转向屋子里挂着的一件婚纱，"这件便宜，正在打折。"

"什么意思？"燕燕问。

店员一脸假笑说："中国人不是一向最喜欢打折的东西吗？"

"哦，你的意思是，意大利人不喜欢折扣？连美国总统夫人也买打折的东西。"

"这我可不知道。"

燕燕的脸转向橱窗说："我要看那一件。"

另一个胖胖的店员走上前来，却不是给她服务。店里走进一个戴普拉达墨镜的女人，气质不凡，一看就是明星，那店员是迎接明星的。另一个服务员也迎了上去，满脸堆笑。那店员回头时看到燕燕，不屑地把脸别了回去，去请那明星坐在软椅上，询问她想找什么样的衣服。

燕燕皱了皱眉头，本想找她讲理，在一边的小狗看得清楚，对那两个店员狂叫不停。燕燕牵着小狗跨出门，头也不回地走了。

"费里尼，不必生气，这些势利鬼！她们不能代表你的罗马。"

燕燕对小狗说，“什么人都有才真实，对吧？”小狗不以为然地哼了一声，跟着她走。

风吹过来，有股花香，她打了个喷嚏。跨街走了一阵子，本以为不快的心情会变好起来，但还是觉得胸口堵得慌，不想逛街了。她牵着小狗拐出小街口，直接朝大道走过去，发现前面就是西班牙广场。

相比重庆，甚至北京，这儿的夏天凉爽宜人，第勒尼安海刮来最善解人意的风，即便是临近中午，气温也正好。这儿有很多游客，摆姿势拍照片的大都是中国人。人头攒动，他们围着一个表演车技的红头发的小丑看，小丑举着火把在单轮车上做各种危险的动作。

拿着红玫瑰的孟加拉人在走来走去地兜售，黑色马车载着游客来过又离开。

燕燕穿过围看杂耍的人群，混到小贩推着的冰淇淋车边。她掏钱买了一个带卷的冰淇淋，转过身来看心仪已久的雕塑大师贝尔尼尼的破船。昨天她遇到贝尔尼尼，看得出来，那个王仑也喜欢他。谁不喜欢这个天才呢？十七世纪是天才的世纪，群星闪耀，贝尔尼尼应该也是群星中最让她难忘的一颗。这座万城之城的华丽面貌，大半来自他的设计，整座城市成了他的作品展厅。当年台伯河水灾，有一条小木船被洪水冲到此，受教皇乌尔班八世委托，贝尔尼尼与父亲一起创造了这座雕塑，喷泉的水流射入破船，又从船帮流出。但燕燕更喜爱他的《阿波罗和达芙妮》：河神的女儿达芙妮腾空而起的瞬间，宙斯之子阿波罗的手放在她的腰上，她欲奔走，裙带随风飘起。她的身体幻化为月桂树干，张开惊恐的嘴，那散开的头发，伸展的手指缝中长出了新鲜的枝叶。那深深的悲伤，都充满在动感一刹那。她虽是看的画册，但仍为这个作品传达的美感到心痛。

游客不停地走在破船边喝喷泉水。

贝尔尼尼怎么会想到，他早期的作品受到这么多意大利之外的人的追捧，是因为一部电影：《罗马假日》。她记得很清楚，奥黛丽·赫本在那儿戏过水。

燕燕掉转身，面对着西班牙大石阶，也是同一个原因，石阶上坐着大批游客，有的在拍照，有的在吃东西、喝水，有的在睡觉，有的在闲聊或看手机。燕燕走了过去，找了个人少的地方坐下。

在重庆长江南岸对着朝天门码头一带，有野猫溪和弹子石两个轮渡口。涨大水时，弹子石轮渡口会挪地方。停靠的地方，可看到江边一幢灰色老洋房，三层楼，有长长的百叶窗，墙上爬满藤蔓，是重庆开埠时一个法国银行家盖的。不远处有一个从江边通向半山坡专为粮食仓库运货的缆车。有时，野猫溪的轮渡口也会挪地方，停靠之处，乘客会经过那幢老洋房。

涨水时，她很高兴，因为到江边可以少走些路。有一回，她经过那幢老洋房，听到楼上百叶窗里有个声音在朗读：

“但愿生在此，安眠也在此，但愿虚构的你，真实的你，如银河系上千亿星星，一同呼吸，一同吼叫，一同歌唱，成为通向巴比伦塔的黑洞，螺旋状地深入，再也不分离，寻找那个理想的星球，我们彼此授予对方权限，进入彼此的内心，找回那消亡的历史和传说，抱我于怀，让我轻轻地呼唤你的名字。”

窗里的人停住，传来哭泣声，很伤心。过了一会儿，朗读又开始了：“一个人为他自己有意识地生活着，但他是全人类达到的历史目的的一种无意识的工具。人所做出的行为是无法挽回的，一个人的行为和别人的无数行为同时产生，便有了历史的意义。一个人在社会的阶梯上站得越高，和他有关系的人越多，他对于别人的权力越大，他的每个行为的命定性和必然性就越明显。”里面又停了一下，接着说，“托尔斯泰，你太了不起，你说到了我的心里。”

她站在窗下听，突然咳嗽起来，窗里没了声音。

她等了又等，还是没有。

不知为什么，她开始害怕，就回家了。如果她告诉别人，有人在那幢老洋房里朗读，别人不会信的，因为那儿好多年没人住。

“是鬼？”

她问自己，但马上笑了。如果鬼能为你朗读，那也不是坏事！

江水水位一直没有下去，她有意识地走到那幢房子跟前听，没有声音。莫非之前她听到的一切只是她的幻觉？她不太确定，便在门前做记号，放一片树叶，用一块石头压着。后来，那石头果然挪了地方，里面肯定有人居住。

街上张贴处有寻找孩子或大人的纸片，这个世界有那么多人失踪，不稀罕。学校门前也有告示，贴了同一个少年的好多照片，浓密的头发，穿了一件运动衫，脸很尖，眼睛像猫，他叫邱小行。她知道这个少年，在对面中学上初二，住在野猫溪轮渡口附近。渡口那边，有一道江水常年流出的小河谷，河谷前是一排吊脚楼，用来做杀猪场，经常听得见猪临死前的嚎叫。这一带的孩子常常跑到杀猪场对面的山坡上，观看屠夫杀猪的细节。血旺是她不敢吃的东西，因为看过太多的血，在猪颈处，血从刀口像放自来水一样流出。邱小行不在这些观看的人中。杀猪场上面的石阶上是新华书店，他喜欢到那儿去看书，把喜欢的书放入衣服里带回家。当然，偷书不是每次都能成功，被发现了，管理员会让他父亲来领人。

他父母都在船厂工作。母亲软弱，家里还有一个弟弟，把爱和关心给了弟弟。父亲暴烈，要他认错。他不认错，便遭到父亲的一顿好打。这样的事一犯再犯，他一再挨打，开始逃离家。但每次都被抓回，再被铁链套住脚。她看见过他，在去看杀猪的路上，会路过他家。他家正好住在菜店边上的一条小巷子里。

那个小巷子，有好多不大的二层砖房，每层住十几户人，有长长的通道，大门是敞开的。男孩家在进门右边第一家，他家屋子没开窗，他被套在一个大床柱上，脸很脏，手脚也脏，但眼睛很亮，在暗黑的屋子里闪着光。

她背过脸，默默地走了。

好一段时间没有少年的消息，这回他终于逃走，她为他庆幸。江上的水位退了，轮渡也挪位到原址，人们不再从那幢老洋房前经过。这天她又经过，看到好几个当地公安局的人押着一个少年从里面出来——没错，是那个有猫一样眼睛的他，原来他躲在这幢老房子里！不用说，那个朗读者就是他。她捂着嘴，震惊极了。他没看她，没看任何人。

因为违法闯入民房居住，他被关进少年拘留所，在江对面城中心的下半城。

半个月后，有同学递给她一张纸条。她看了，是让她当天太阳落山时，在江边粮食仓库前的运货缆车道见。纸条没有写名字，字却工整。她到了约定时间，赶去那里。一个人从缆车道下的洞里走出来。她吓了一跳，居然是邱小行，他递给她一本破旧的《战争与和平》。

“为什么？”

“我看见你在窗下。”

“我不知你在里面。”

“是我爸爸，他胜过世上任何一个侦探。”

“你被放出来了？”她问。

他摇摇头。看到她疑惑的神情，他说：“告诉你也无妨，我从关押的地方跑出来了。”

“怎么可能？”

“那儿有一个下水道，一直通向江边。”他回头，指指对岸。落日如血铺了一江。

“你不怕我告诉他们？”

“你不会。”

“这么肯定？”

他点点头。

他们的见面迅速结束。她怀抱着书往坡上走，心里充满悲伤，那是她长大以后也会喜欢的那种人。但以后却不会再见。

她上高中时，那一带好多房子被拆，她家搬到南岸谦泰巷那儿。母亲有一天回家对她说：“粮食仓库拆了，缆车荒了，那幢老洋房也拆了，可惜了！可惜了！”

7. 偶然，就是偶然

“生活是多么不可思议呀，我居然坐在西班牙台阶上吃着冰淇淋！”燕燕一高兴，未坐稳，差点跌下去。她马上往石阶里挪挪，咬了一大口冰淇淋，含在嘴里，冰得她所有的不快都不见了。她递给小狗费里尼吃，叮嘱它：“你吃右边，我吃左边。”

费里尼欢快地舔食，几乎停不下来。突然，它望着台阶下喷泉方向叫了起来。

燕燕看过去，发现台阶底端，有一个戴着巴拿马白色礼帽的男子，一边打电话，一边从那破石船那儿，朝西班牙石阶走了过来。那个人的走路姿势不陌生，双肩并不平衡，右边稍高一点。费里尼朝前奔去，燕燕想握紧绳子，却握了个空。

不会是王仑吧？燕燕吸了一口气。罗马这个城市并不大，人与人很容易见到，但这个城市也并不小，稍微不注意，人与人就走散了，再也不会相遇。她不可能与他再遇上的？但是，那个人走近了，就是王仑！她马上条件反射地站起来，随后又坐下。

王仑没看见她。在石阶上，他找了个人少的地方坐下，继续对着手机说个不停，肢体语言显示出不快，像是在处理一件麻烦的事。费里尼奔到他跟前，摇起了尾巴。

王仑看见费里尼，抬头四处张望。

燕燕赶紧站起身来，借路人的身影想躲过。可路人不帮忙，偏偏让开来，她只好靠在一个石墩上，一股风吹来，把她的裙子吹开，露出修长的腿。她用手按住，冰淇淋吧嗒一声掉在地上。

王仑恰好在这时看见了燕燕，起身快步走过来。

燕燕脸红了，不好意思地说："真倒霉，又遇上了你。"

王仑结束通话，放好手机，上两级石阶，站到她下面一点："苏燕燕小姐，还不谢我找到你的费里尼？"

燕燕对跑到自己跟前的费里尼说："费里尼，站起来，谢谢王仑先生。"

费里尼果然立起身体，向王仑致谢。

他高兴地摸摸它的脖颈。

"你怎么知道我会在皮耶罗家？"燕燕奇怪地问。

王仑看着她，没说话。

"哦，我忘了你是记者。"

"皮耶罗心眼好，不会让你住那个糟糕的旅馆。"

燕燕心坎一热，王仑说得真是不错。她走下几步台阶，与他并肩站在一起。

正在这时，一个意大利女人激动地奔了上来，一把抱住费里尼，高兴地亲吻它，并连连对他俩作揖、对天空虔诚地画十字，对他俩激动地说着话。

燕燕和王仑客气地点头，露出笑容。小狗朝他俩叫，摇尾巴，难舍难分。

意大利女人抱着小狗，跟他们摆手再见，生怕他们会从她的手里抢走似的快速离开。看着她离开的高兴样，台阶上的燕燕和王仑的笑容凝固，相互看了看，无话可说。不时有路人从他俩身边经过，他俩机械地看着广场上人来人往，燕燕用干干的声音说："这是罗马，什么好事都会发生。"

王仑淡淡地说："这是罗马，怎么会有坏事发生呢？"

两个人的手机同时响起，他们相互对望了一眼，各自拿起自己的电话。

向燕燕招手再见，朝西走。王仑对着电话，边走边生气地说："股票跌停了，他们要继续贱卖资产。好的，听清楚了。"

燕燕也摆手示意，并向东踱步："妈妈，你真聪明，打皮耶罗的电话。妈妈的信，我明白。妈妈，我早就不生你的气！什么？你收到爸爸的手机信息？"

"他不想从阿姆斯特丹来罗马？妈妈，这下怎么办？"燕燕的眼圈一红，声音都变了。父亲也不要来她的婚礼！她的手机没法工作，所以没有收到父亲的信息。如果是这样，母亲倒是可以来罗马了。但是母亲说，她失眠更严重了，而且购不到能参加婚礼的机票。婚礼后有票，可是有什么意义？如果母亲并不想来罗马，勉强也没用。她希望皮耶罗在，可他不在。她心里好空呀！父亲一定是故意的，要她去请他，请他的那位情人来。

有个男孩在西班牙台阶前撒面包屑，引来无数的鸽子抢吃。一个满脸白胡子，穿灰长袍的人，戴了顶高高的帽子，突然像一座雕像一样立定，安静地看鸽子飞舞。

燕燕注视着那人，那灰袍，忽然变成了白袍。这是怎么一回事？没准是她的内心拒绝承认，故意看成灰色。这点发现，让她好奇。白胡子的脸像极了那个白袍人，他曾说她可以拒绝一切诱惑，除了罗马。绝对不可能！白袍人看着她，一丝笑意出现在嘴角。可能在梦里、可能在现实中，遇见过？巧合？因人而异！有的人一辈子碰不上，而有的人总相遇，说不清是何缘由。记忆于她，是断裂的，很久之前的过去，好似现在，而现在，又好似过去。一只鸽子从白胡子长袍人的手臂跃上头顶，朝她这个方向飞来。她一闪身，差点跌倒。鸽子飞到她的身边，变成一大片，它们盯着她。其中有一只灰鸽，眼神古老而湿润。耳边城市的喧嚣轻了，居然传来阵阵波涛拍岸的回声，她不由得浑身一震。

这个下午笼罩在一种奇怪的感觉里，不管走了多远，她都不觉得累，双腿越走越有力气。她回忆那鸽子的眼神，那波涛的声音便回荡在耳边。

真是不可思议，罗马啊罗马！她在原地转了一大圈，用一根皮筋，把一头黑发在脑后束起来，整个人一下子显得轻快、活泼。走了一段路，从包里摸出小本子翻着，远处传来意大利歌手Nada欢快迷人的歌，轻轻地撩拨着她的心。她随地转了一个圈，踩着节奏，整个身体放松下来之后，她朝一条安静的小街走去。是的，就是这儿，马古塔街，跟她见过的图片一样安谧，令人舒畅，嗨，费里尼，我的神，你好，我来了。

仿佛回应她的感受，远处的音乐变更了快的节奏，她跟着音乐跳起舞来。眼睛瞄过去，看街边的门牌号数。

王仑回了一下头，满脸惊异。那白袍人竟然是一张鸽子脸，有着那只黑顶灰鸽子的眼光，一刹那空洞麻木，一刹那又尖利而冷酷。说实话，今天他几乎忘记它的存在。白袍人的嘴角在笑，居心叵测。他故意不看，眼光扫开去，稍微停顿了一下，再回看，奇怪，那儿什么都没有了，一群孩子在抢小贩的冰淇淋。他们边吃冰淇淋，边掏出石头来，对着行人叫喊。

他不由得后退一步，侧身躲过扔过来的石头，再抬头看时，有人倒在血泊中。孩子们在狂叫，在奔跑，那般快乐。两侧的楼房在往中心宽阔的石阶靠，一眨眼，靠在一起，那排石阶消失了，那些孩子也消失了，两旁的楼房合为一体。从大门里走出一个人来，那是他，穿了一身黑西服，身后跟着好些随从，也是全身黑衣。他们对他点头哈腰。但是有人犯了错误，一个踉跄，差点撞倒前面的人。领头的对着一个随从看了看，那随从害怕，便扇自己巴掌。他转过身，那边停止打耳光。

又有几个意大利男人出现了，抬出一幅桑德罗·波提切利的画，还有一幅《梵高的椅子》。另几个人拿出意大利中部的橄榄园和法国波多葡萄酒庄的模型。还有几个人，小心地抬出一个笼子，里面是印度早已遗失的金鸽子魔鸟。他们拥抱，亲热交谈，转赠不是受贿，互赠更是为了友谊地久天长。十几个穿得性感的尤物，如T台走秀一样，对着男人们翩翩起舞，有一个长发女子，摆着腰肢，将葡萄酒倒入石船。石船马上摇晃起来，池里泛起浪，那石花居然复活了，台伯河水涌到地面。权力，就是一切！他对那个他说。

那些人当即跪在古老的船前，里面站起一个神。他们一下子涌上去，把神按在地上。他不知接下来会发生什么，急着往那边冲去，嘴里叫着，却喊不出声！事实上他动弹不了，整个人被黏在原地。

他大口吐气，集中精神，这不是真的！他感到自己失去重心，站不稳。这时，一个路过的中年男子扶起他，问他怎么啦，要不要去医院？

他谢谢中年男子，表示不用去医院。他做了一个扩胸动作，感觉好多了，这才打量四周：宽阔的石阶在，两侧的楼房恢复了原样。

他握紧拳头，松开，又握紧，这是他转移注意力的方法，一做就有效。现在他心境平缓，并放松了下来。

王仑把歪掉的巴拿马礼帽摆正，掏出墨镜戴上。前方左右都有什么济慈、拜伦和歌德等家伙住过或写过名著的圣地，但他还是背过身来，择石阶而上。

看着近，走上石阶顶端还是要费一些时间。上面游客更多，有不少画架，画家们在画人像。有一个古埃及方尖碑，山顶上还有两个古老的钟楼，那是圣三一教堂，大多数游客乐在其中。他推门进去，走马观花地看了一下，便出来。有好多叫卖鲜花的人。他走到平台上俯瞰广场，俯瞰罗马，奇怪，没有一只鸽子在飞。

他对照手里的罗马游览小册子，发现离马古塔街不远，便下了台阶。

广场热闹异常，似乎全世界到罗马来度假的人都汇聚在此。三辆漂亮的马车停在路边，穿着亮片服饰的女骑手招呼他，他摇摇头。

从东边走入马古塔街，这儿安安静静，像另一个世界，鸟儿在清脆地鸣叫。就在这时，他看到一个人走在对面，他想把墨镜取掉，但放弃了这个想法。对方也注意到他的存在，脚步迟疑了一下，他们迎面继续朝前走，一直走到110号费里尼故居前，停下，相互打量。

“真是你呀，王仑。”燕燕的声音有吃惊，也有点疑问。

王仑神情有点尴尬，取掉墨镜，手里举着一本导游书：“我跟着我的导游书找到了费里尼的故居。”他翻开读，“伟大的导演虽然过世了，很多人说，他的灵魂还住在他的老房子里。”

“不错，不错，王仑先生在寻求费里尼的灵魂？”

王仑的神情更尴尬了。

燕燕用自己手里的本子拍着他手里的书，兴奋地说：“这也是我在此的原因。”

有人打开大门出来，她趁机走入。王仑也跟了进去。

里面过道极宽，不太明亮，比想象的要整洁和讲究。右边有个小天井，停着自行车等杂物，左边靠近楼梯处有一个小房间，里面坐着穿着制服的看守职员。王仑走过去和他低声交谈。

看守职员大声说话，一边摇头。

王仑对燕燕说："他说，费里尼的房子有人租了，不能看。"

燕燕扫兴地耸了耸肩："倒霉！"

王仑看了一眼天井说："我问问他，谁住在里面。"他便和那人聊上了。

燕燕探头看楼梯口，又看了看天井，希望能进到里面去。但天井就是天井，望到的人家的阳台上要么种了植物、要么晒了衣服。

看守职员眼睛一直盯着燕燕，生怕她做什么。看到她缩回身体，他才放心地收回目光。

王仑谢了那人，低声对燕燕说："是一个教授租了老费的房子。我也问了，租期多长，卖不卖？猜是什么回答？"

"肯定不卖。"燕燕说。

"我要是老费的家人，我也不卖。"王仑说。

两个人失望地离开。一出大门，他们同时拿出自己的手机，对着门右侧费里尼故居的牌子拍了照片。两个人相视片刻，又走到门口自拍合影。换了一个角度再拍，燕燕的心情变得高兴起来，她对着手机笑了。她的情绪感染了王仑，他看着照片说："你变了发型，也不刻薄了，小模样儿很酷。"

燕燕看了手机上的照片说："姑娘刻薄或好心眼，取决于她的发型入眼与否，这绝对是真理。"

"不要因为没进到费里尼房子里，就开始向我开火。"

"当然不会，在罗马，不会没有好事发生！"

"好像你说过第一次到罗马？今天让我做你的导游。"

燕燕独自朝前走了几步，回过身来，看着他说："你不烦我？"

他看着她说："真有自知之明。我干脆做好人，陪你走走。"

那天，马古塔街始终安静，他们迎着明亮的阳光，脚步迟缓地走着。从未有过这样实实在在的感觉，燕燕不敢看王仑，王仑也不看燕燕，直到他们拐入一个种满常青藤的小院。她对着一处锁着铁门的房子说："这个地方我只在电影里见过，是电影《罗马假日》的取景地，真心想来。王仑，你好像知道我想要什么，你真的知道跟罗马相关的一切。"

王仑没言语，他走到一幢屋顶倾斜的楼前，看了看别处，又走回来，对着阁楼说："一定是这儿，在电影里，派克演的美国记者住的地方。"

燕燕走过去，站在他边上，望那阁楼。他俩就那么站在一起，没说话，生怕触动那儿悄悄聆听的灵魂。不知过去了多久，一只鸽子扑腾着，从树丛中飞出，吸引了王仑的目光。燕燕轻轻地移动脚步，弯下身摸着长青苔的石块，轻声说："走在赫本和派克的足迹上，希望能沾上他们的好运。"

"心诚便可。"王仑回头看她。

她挺直身体，拿出一根纱巾系在头上。

"没错，我正享受某小姐扮演的赫本呢。"

燕燕微笑着。

王仑后退一步，学起电影结尾记者的口吻："公主殿下所行之处，哪一站最难忘？"

燕燕四下打量一番，清了清喉咙，学着公主的声音："可以说各有千秋，我将把这次访问珍藏在心里，永不忘怀。"

两人回过头来，互相打量着对方，眼里透着惊奇，像遇到了知音。

燕燕严肃起来："难怪，你会去看费里尼的故居！"

"难怪，你是这么怪，非正常的一个女孩子！"

他一本正经地说，她认真听，突然变得不好意思，低下头。

那天，马古塔街阳光普照，小鸟在飞来飞去。两个人经过一处喝水的小石雕喷泉，同时停下，弯下身去喝水。他们抬起头来，她说：“这是我喝过最好喝的意大利街头的水，甜甜爽爽。”

这话让他忍俊不禁，因为她是第一次到罗马，昨天才到。

“你不要那副表情，怀疑我的真实感受。”

“放心，我是你这话最好的证人。知道吗，今年有一千个中国旅游团来这喝水。”

“真的吗？他们跟我一样的好品味！”她看到他特别一本正经，反应过来，“哼，你在使坏。”

“为什么要怀疑？”

“不怀疑。”她边说，边问，“王仑，昨晚吃饭让你破费了，报社能报账吗？”

“不足挂齿，是我的荣幸。”

“OK，今天吃什么？我埋单。”她没看脚下的路，突然闪了一下，他急忙扶过来，她几乎倒在他的怀里。抬起脸来看王仑，王仑也注视着她，两人嘴唇快触到一起了。

她脸红着，跑开。

他站在原地看着。

她停下，装作什么事也没有似的转过身来，大大咧咧地说：“嘿，王仑，快点！”

他取下头顶的巴拿马礼帽，煞有介事地行了一个礼说：“苏燕燕，看来，我得带你去一个地方！”

都说与猫做朋友的人，自带神性。银塔广场在罗马城中心，是四座神庙遗址，据说也是恺撒大帝被刺杀的地方。这儿清晨和傍晚时，废墟上的建筑，衬上古老的伞松，在绚丽的霞光中，有种庄严的悲剧美。她研究过罗马，却忽略了这个地方，发现这儿有好多的猫。

她的心一下子热了，跟着王仑从铁楼梯下到一个甬道里。走近了，发现屋里屋外几乎全是伤残的野猫。

见燕燕疑惑不解，王仑解释道："这儿是收养中心，五百元人民币捐助一只猫一年。"

他们进入管理中心，有好几个房间，用铁网隔开，屋顶低低的。管理员是一位老太太，见了王仑，从柜台边起身，和他打了个招呼，急忙进里屋，热情地抱出一只缺耳朵和一只后腿有些短的黑猫。

王仑高兴地叫："伊万卡！"抱在怀里，爱抚了好一阵子，才抱给燕燕。

燕燕忐忑地接过来，抚摸着黑猫残缺的耳根，眼睛红了。送给母亲一只猫，也许母亲的注意力可以从父亲身上转移？难，母亲会拒绝，会说她是孤独命。

王仑隔了几步远的距离，看着燕燕，想起自己给方露露看伊万卡的照片，方露露向他摇摇头，双手投降，表示对猫不感兴趣。他笑了，自嘲地说："不应该比较，对她们不公平。"

"你在想什么？"燕燕问。

"说了，你不会相信。"

"那就别说。"

他走到燕燕身边，摸伊万卡的头："宝贝，好好的，再见了，下回我们再来看你。"

王仑该是罗马最好的向导，很有规划地领着燕燕光顾许愿池、真理之口和古罗马废墟。开始时燕燕不太信任，因为王仑说，虽然在他心里熟悉，但只有这个流浪猫中心，他每回来罗马都去。其他地方几乎没有时间看。这些地方，燕燕常在地图上画圈圈，用谷歌地图看实景，与实地亲自感受是两码事。不过，走过几处之后，她不再怀疑他的向导，由着他，有时走路，有时坐出租车。有好一阵子，他们顾着看风景，并不交谈。燕燕拍了好多照片，留下王仑专注拍照时习惯一手插在裤袋、一手握手机的样子。王仑也是这样，只顾拍照片。他拍燕燕时，大都是背影和侧面。燕燕一转身过来，他便拍别的了。他一直没有笑，眉头紧锁，是罗丹的思想者。小广场里有喷泉，孩子们正在玩水和吹泡泡。

她拉他进入玩水的孩子们中间。燕燕朝他身上浇水，拉他进入喷泉之中，两人的衣服被水湿透。两个人索性脱了鞋子，光脚。这是久违的感觉，对他来说。对她也是，赤脚放在水里，真好。

燕燕高兴地说："你带我去看你的猫。"她没想到王仑是这样的人，他给她惊奇，"证明你没当我是外人。"话说出口，她心里吓了一跳，没敢看他。

王仑看在眼里，反而用调侃的口气说："所以，你惩罚我淋水？！"

燕燕笑笑，没说话。她想，如果有费里尼，那条与她结伴不到一天的小狗在，该有多好。她想费里尼，眼睛有点潮湿。

"我有点想那个小东西。"王仑打破沉默说。

燕燕心一惊："费里尼？"

王仑眨了下眼睛，那意思是：除了它还有谁？他对她说："以后我会找同样的小狗，送给你。"

"但那不是费里尼。"

他想了想，点点头，然后像个老朋友一样，拍拍燕燕的肩说："苏燕燕，别伤感了，我们换换脑子，去喝咖啡吧！"

好多鸽子环绕在广场上，不时停下，踱到他的脚边，盯着他看。鸽子的眼睛露出从未有过的柔光，第一次令他感到安全。

罗马科勒欧皮奥公园是本地人周末或晚上一家人来散步或是陪

孩子玩的地方，几乎没有游客。王仑说要找个清静的地方既能喝咖啡，又能看罗马名胜。出租车司机直接载他们到公园门前，不收门票不说，这儿完全满足了他的要求：居高，且无比空旷，能看见不远处的罗马景色。有一些意大利孩子在玩耍。路边放着好几张桌子，有个不大的亭子，售咖啡和沙拉面包什么的，两人兴致勃勃地走过去。

在一张桌前坐下，女服务生围了一个蓝围裙，拿着小本子过来，燕燕和王仑一唱一和地叫了喝的吃的。他俩的头发和衣服还是湿湿的。阳光照射下来，周围有不少孩子在踢足球。周边的高大的伞松千年不变，稳妥沉着。燕燕注视远处残缺但壮观的斗兽场。夏天蛐蛐儿的声音格外大，她看到一只松鼠摇着尾巴，不紧不慢地啃着草地上的一只坚果，突然瞅见她在注视，调皮地一扭尾巴，蹦上松树，在一根枝丫上蹲着，眯着眼睛休息。

这时，女服务生端着一个大盘子过来。除了气泡水，还有两杯咖啡、一盘橄榄、两盘沙拉和面包。

他俩动作一样，伸出右手，伸向水杯，端起来就狠狠地喝了一大口。意大利气泡矿泉水，是燕燕最喜欢喝的水，那种扎舌头的滋味，冰凉的感觉，喉咙冒着的火苗一下子熄灭，整个身体舒服多了。但是燕燕未坐稳，手一挥，装沙拉的盘子掉在地上，好在是草地，没摔坏，芝麻菜、红萝卜、蘑菇片和番茄撒了一地。

她做了个鬼脸，双手一摊，苦笑。王仑一脸严肃地招手叫侍者来清理。她帮着，王仑叫她坐好。她坐好，坐了一半椅子，差点又掉在地上，弄得他再也忍不住笑了起来。她坐好后说：“我不是故意的。”

“你故意的话，是什么样？”他说出这句话，马上停了，这话他说过。彼时此时，同样的话，呈现的是完全不同的效果，彼时故意让对方生气，此时，双方眼睛里透着惊奇。

像事先商量好的一样，他俩又各自端杯，喝了一口咖啡。燕燕闭上眼睛，陶醉地说：“意大利的咖啡就是香呀！”

王仑望着燕燕，她也望着他，彼此都没有躲开对方的目光，也抹不掉眼角的笑意。阳光穿过树枝，打在他们的身上，像一道屏障，把世界隔离在远处。

王仑尝了一口沙拉，皱了下眉，放下。

燕燕也尝了一口，说：“哎呀，没味道。”

她变魔术似的拿起桌上的橄榄油、盐和醋杯，朝沙拉上撒了点儿盐，又倒了橄榄油，挤了柠檬汁，然后拌了拌，对王仑说：“现在你尝尝。”

王仑品尝了一下，开始吃，然后抬起头来，好奇地问：“真好吃，你怎么做到的？”

燕燕笑了：“当然是魔术。”

王仑意味深长地重复：“魔术！”他的母亲也如此评论好吃的食物。有天晚上，家里只有酸菜，没有肉。母亲到屋后山丘上去挖地木耳，那东西贴在石头上，小心地揭下来，洗净后，放上盐和一点儿油，吃起来跟肉的味道接近。父亲那晚对母亲说，辛苦她巧手给他们变吃的。他问，你能吃不想吃的难吃的东西吗？母亲说，如果是充饥，什么都能吃。父亲说，如果不是充饥呢？母亲笑了，那不必问。父亲说你宁肯挨饿也不吃，如果到了监牢怎么办？很难吃，也没有吃的？母亲说，如果那一天来临，我就会生存下来，而且最后能到厨师那儿去，用现有的材料，帮他做成美味。他记得母亲说这些话时，眼睛里生出光芒来。他爱母亲。燕燕说起食物来，眼睛里也有光芒，有几分像母亲。他发现燕燕看着他，有点疑惑，便有些不好意思。燕燕问他：“你一定在想某个人？”

“给我生命的人，她说做饭就是魔法。”他说。

燕燕不可思议地睁大了眼睛，一副想听下去的样子。

他却调转话题："费里尼的电影《甜蜜的生活》里，有个作家史坦纳杀死了两个孩子后自杀。"

"那是那个电影让我最纠结的地方。"燕燕说。

"太好了，你看过这电影。"

她的眉毛动了动，说："当然。怎么会错过费里尼老头子这么重要的一部电影呢。"

"记得悲剧发生后，主角马尔切罗对警察说：'也许他是出于恐惧。'"

"没错，他是这么说的。"

"马尔切罗的看法一针见血。我们每个人都有恐惧。我们今天生活在到处充满恐怖分子的世界，有好多不安定因素，天知道明天会发生什么？我们早就没有正常的生活了。"王仑说完，摇了摇头。

燕燕聆听着，轻轻地说："我们触摸过的每一样东西都是有用的。蓝雨伞。"

王仑略感错愕，等着她往下说。

"小时候妈妈爱给我唱一首歌。"燕燕说着轻声哼唱起来：

比蜜还要甜，比梦还要咸
泪，哗啦啦掉下来

王仑跟着她唱起来：

蓝雨伞顺风撑开
星星渐渐暗淡
睡吧，宝贝
一年又一年

妈妈日夜陪伴
唱起歌谣连连
比花还要香，比月还要圆

燕燕不敢相信自己的耳朵，她身体往前倾说：“王仑，见鬼，你也知道这首歌？”

“Lady，小时，我妈妈也给我唱。”他瞪了她一眼。

“真的？”燕燕说。

王仑点点头。突然两个人眼里都迸出泪花。

他们端起咖啡送到嘴边，似乎是要掩饰一下，轻轻地喝了一口，放在桌子上。

他看着她的眼睛说：“记得在飞机上，你说我是从农村用功考进大学的。”

她的声音很轻：“我说对了吗？”

“真是如此。”他掏出钱包，从里面取出一张老旧的纸片，打开，递给她看。

这是一幅他小时的画，有很多的星星围着一家四口：男子穿着中山装，戴着眼镜，短发。女子穿着衬衣。两个男孩一高一矮，站在前面，父母双手环抱着他俩。画虽稚笨，但一家人亲密无间的气氛浓郁地表现出来了。

王仑指着画上的男子说：“他是我的父亲，是一个语言学家，他能说希腊一种几近失传的语言。‘文革’时他们认定我的父亲是英国间谍，全家下放到四川宣汉地区。”

公园里孩子们在踢足球，不断发出欢快的叫声。王仑侧过脸去看他们，然后回转过来，对她说：“日子很苦，但一家人在一起就好。”

父亲被推倒在地，他们踩烂他的眼镜。虽然手里没有家伙，他们用脚踢，父亲紧紧地抱着自己的头。当时他是一个小男孩，从村子的路口奔过来。父亲这天被叫去公社，走山路一个半小时，早该到家了。看着母亲着急的样子，小小年纪的他跑到村口等父亲，结果发现山沟另一边有那么多人，在围着一个人打。他有种不祥的感觉，便狂奔过去，到达时，那些人已散开。果然是他的父亲躺在血泊里，还没有咽气，头发衣服上都是血。父亲说不出话来，望着他眼泪直往下流。他叫着爸爸，紧紧抱着他，父亲眼睛没合上便走了。他抱着死了的父亲，没有哭，过了好久好久，才抬起头来，看天空。天居然一下子黑了，现出大大小小的星星。

那天晚上，母亲、哥哥和他三个人把父亲弄回家，给他清洗干净。母亲要哥俩转过身，但是他偷偷看到，父亲的肋骨断了好几根，身上全是红肿淤青。母亲为他换上干净的衣服、鞋子，他们为他守灵三天三夜。安葬父亲后，哥哥每天都在外面，不和家里人说话，有一天，却说了好多。王仑隐隐约约听到哥哥说，爸爸写了一封很长的信寄到北京。哥哥说，爸爸写给原单位，要求回到城里。那封信被公社的领导截下，认为他上告北京城——这封信直接导致了他的死亡，而母亲完全不知道这回事。当天晚上，哥哥没有回家。

看到哥哥走，他追上去。两个人在荒野上奔走，哥哥走得飞快，他落在后面，突然哥哥停下来掉过头，看到弟弟，往回走，走到弟弟面前，一把抱着他，说和他做个游戏，让他闭上眼。他听话，结果睁开眼时，哥哥已不在了。他回家告诉母亲，母亲狠狠地打自己的脸。他抓着她的手，让她打他。她看着他，摇摇头。

哥哥走后，母亲的状态就不好，脸不洗头不梳，跑几十里路去找哥哥，被公社的民兵带回来，说她想潜逃。她经常夜里拉着熟睡的王仑的手，有一次醒来，她对他说："妈妈对不起你。"母亲忘记做饭，他饿肚子后，学会了做粥，放些地里的菜，放盐，给母亲端去。母亲边吃边抹眼泪。他有种感觉，他会失去母亲。果然有一天，母亲的心脏突然不跳动了，他推她，她一点也没反应。母亲自哥哥走后坚持了两年，真是难为她了。

这一切他没有告诉燕燕，他只是说，他家遭遇变故后，村里的一对夫妻收留了他。他仍一个人住在自己家，那家人照顾他，他跟着他们做家活，分得口粮。1979年父亲才落实政策，平反以后，补了一笔钱，但他还是被留在当地。

王仑看着画，说："那时我常常画这样的图画。"他说，当时他的个子较矮，父亲担心，每隔半年，会给他在门框上量尺寸。他家的门框上有父亲给他量身高时画下的标记和文字。"王仑七岁"是父亲留下的最后四个字。他经常站在门框前，触摸那些标记，他觉得心里好温暖。

燕燕吧嗒吧嗒掉泪，问："你哥哥呢？"

王仑不言语，递给她纸巾。

她边擦泪边说："难以相信，你七岁就成了一个孤儿。"

王仑把画按折痕叠好，小心地搁入钱包，放回裤袋，说："这是我的童年，我做了很多年农民，但是没有忘记父亲小时教我的一切，便在晚上自学，考上大学。毕业后，什么样的工作都做过，但直到1996年，我才改变了命运。我是个工作狂，从来没有休假，今天你看到的我，是我这些年最轻松的时候。知道吗，燕燕，不管外人怎么说我，其实我的内心——仍然是一个饥饿的男孩，站在田里等着父亲回来。"

燕燕看王仑，把纸巾握成一团。宣汉，她小时有个邻居去那儿当知青，那是川陕革命老区，男人跟随红军革命，活下来的少，大都是寡妇，穷得要命，没有米吃，天天吃土豆，邻居写信给他家里，哭着要调回城。不曾想到，那儿还有一个这样的家庭。

"很奇怪，小时的事，我从不对人说起。"

“你可以对我说，我保证以后不会捣蛋了。”她说。

王仑瞪了她一眼，拿出雪茄，问：“不介意我抽一支吧？”

燕燕手一摆，同意。

王仑准备雪茄，夹剪后，点上火，抽起来。他经常回四川农村，看收留他的那家人。乡下人的善良和正直，让他觉得那个世界还没有烂透。他在那里纯属野蛮生长。1976年，毛主席去世，整个村子里的人都穿丧服扎白花，他们哭得伤心欲绝。他也不例外，人人都有伤心处，泪水却是一样的。工作后，他有机会在一个党校的港台阅览室看到了一本画册，其中一张是蒋介石去世时，台湾老百姓悲痛的样子。相比正史，他更不放过野史。历史的对错，在真相中沉沦。“我要向这个世界证明我的价值，让人们因为我的存在而尊重我。”他耸耸肩，“可是，我对未来，不再信了。”

燕燕喝了一口水说：“你必须对生命采取开放的态度，如果你做得到，就会拥有无限的可能。”

“费里尼如是说。但那种可能性对我微乎其微。”

“你错了，虽然这个世界越变越糟，可我们还是要对它抱有希望，没人可以阻止你做梦。如果你相信，伤痛就会愈合。”她头歪了一下，“为了拍下你的笑容，我拼命按下心中的快门——电影《美丽人生》如此说。”

“没见过你这样的人。我来付账。”他往盘子里搁烟灰。

燕燕叫来侍者，递上她的信用卡。王仑没有抢单，向她道谢。

她说，不必客气，我们再走走吧。

穿过罗马的台伯河上有三十多座桥，美得令人窒息。不管是古罗马时代、教皇时代，还是近现代，据说每座桥上都住着精灵和灵魂。两年前读了美国作家恰克·帕拉尼克那部一鸣惊人的原版小说，发现有读者曾幻想有一天与情人手拉手，看一幢幢大厦在面前被炸毁，那会是人生顶点。真是病态。她当时想，只要一个人与她在台伯河走走，便足以令她满足。现在这个时刻已来到，她并不激动，反而充满迷惑，甚至担忧。

这是为什么？这个人应是皮耶罗，他却选择了去学校，把她一个人留给了罗马。而罗马的浪漫与自由，会让任何人着魔。更何况，此时，走在她身边的是这个昨天和今天，频频与她偶遇的王仑！老天玩的什么游戏，仿佛庞大的罗马在缩小，总让这两个人邂逅。她看了一眼他，他也陷于思索之中，没有说话。

她和他就这样沉默着走在台伯河堤岸上，朝圣天使桥方向走去，渐渐地，步伐一致，身体也靠得近了些，她的肩不时碰着他的手臂。云堆在一起，映在河面上。河水泛着微光，有两只罕见的蓝鸟飞来飞去，它们比罗马城里随处可见的鸽子小一点，形态轻盈。这儿总有跑步者，却像从时间之外穿越而来的，脚步声，有力的脚步声，由近而远，直到渐渐消失。

燕燕的情绪回到刚才与王仑的交谈上，他的身世让她想到自己。有意思的是，王仑也提议：“给我讲讲你吧，我好奇你是怎么来到这个堤岸的。”

他的话当时就是如此，他没问你是哪里人，在哪里长大，而是问，她是怎么来到这个堤岸的。穿过时间，穿过彼岸，在河水之上——这触及了她内心的某个神经——河流！她爱有水的地方。“好长的路程呀，我来到这儿。”当时她就是这么说的。

“如你知道的，我生长在重庆，那儿有世界上最长的一条江，城市依山而建。”

她的父母结婚后，母亲为了新家，调到父亲的单位——南岸区文化馆，他们天天吵架。母亲把所有积蓄给了父亲，他辞了工作，做生意，做得不错，就跟着一个女人走了。

燕燕轻声说：“那时我才五岁。”

她的脑子里出现江边。好多人跑去那里，有男尸浮在回水沱，江面升起许多巫神，给惨死的人念咒唱歌。她小时，人们都这样说，在她睡梦中。那些巫神有男有女，他们高兴时，江水平静如练，而他们生气时，江水则狂怒不已，掀起大浪，把人和船都葬入江底。被送上江面的尸体，或多或少，用意明显，要么是让家人看到，要么是让仇敌知晓。她恨父亲时，希望那尸体是父亲。她不敢告诉母亲，连自己也被这想法吓住了。可是每回见到父亲，她又觉得自己并没有恨他到死的地步。父亲的脸上长了几颗红肿的疖子，燕燕记得自己小心地取来消炎膏，给父亲敷上。

“他们离了吗？”

“我母亲一根筋，不要离。虽然我母亲说，父亲若成了一个江里的死人，她也不要去收尸，但母亲是刀子嘴，豆腐心。她的整个世界被父亲占满，根本没有别的男人。我父亲一直在换女人，所以后来，母亲得了抑郁症，长期失眠，还自杀过。我怕她离开我，都听她的话。她不喜欢我带任何人回家，怕失去我。我很孤独。”

“你没有好朋友？”

她没有朋友，她的朋友就是母亲。直到遇到皮耶罗，她的孤独的生活才有了新意。

王仑点点头。

相隔了几秒的停顿，她说：“可是我有电影，有电影里的一大帮朋友。”

王仑听了，一点也不意外，他早该想到，这个苏燕燕靠吃电影和书长大。他们都钻进书和电影里，从中寻找安慰和光。

两个人所喜欢的电影也惊人的一致，燕燕喜欢费里尼的电影《阿玛柯德》，王仑也百看不腻，也都更偏爱《八又二分之一》和《甜蜜的生活》。上学时，她喜欢看连场电影，甚至夜场连看三部，看到天通亮，才从电影院出来。毕业工作后，每晚至少看一部电影。因为看电影太多，就规定看一部电影，必看一本书。她喜欢的作家虹影，也来自重庆长江南岸。虹影说小时家里很穷，甚至没有多余的五分钱看电影。虹影的少女时代，看电影只需要五分钱。当时，电影院在放朝鲜电影《卖花姑娘》，人人都夸好看。虹影等在电影院外，看到散场时，瞅着一个看门人没注意到的空子，钻了进去，躲进公共女厕所，居然瞒过检查员。待新一场开始后，她从厕所里出来，找到一个边上空位坐下，就如愿以偿了。

燕燕说："我比虹影幸运，我的母亲有文化，宠爱我。"

两个人都不追韩剧，只看美剧。看伍迪 · 艾伦要有耐心，要对美国文化懂行，才能笑出来。《安妮 · 霍尔》让伍迪 · 艾伦名副其实，《午夜巴黎》和《午夜巴塞罗那》少些装腔作势。最喜欢的是希区柯克的电影，他们都一部不差地看过。王仑喜欢《西北偏北》，燕燕喜欢《群鸟》。王仑说："《精神病患者》令人恐惧，第一次看时，我的后背发凉。"

"《罗斯玛丽的婴儿》更恐怖！"燕燕说。

"罗曼 · 波兰斯基是电影奇才！"王仑赞叹道。

"他亡命天涯，精神分裂，被他性侵过的人会反过来替他辩护。"燕燕说，"我看他的《钢琴师》，哭了一个晚上。"

王仑看了她一眼。

"中国电影如何？"她终于说到了这个话题，"是一个蛤蟆，丑，但也会产生给人疗伤的'油'。国情所至，没有完美。"

"除了贾樟柯的《小武》，当然不能漏过李安，"他接过话说，"看过没剪版的《色戒》，那不是李安最好的电影。"

"我看过，"她承认，"但还是没有张爱玲的小说好。"

他不同意。他说，李安的电影百分之八十都喜欢，他还喜欢他的腼腆。有一次在酒会上遇见，和他聊了几句，他是一个为电影而生的人。

他们从李安说到《教父》的导演弗朗西斯·福特·科波拉，从《美国往事》里面的初恋，说到里面的意大利籍明星罗伯特·德尼罗，少年的他偷窥伊丽莎白·麦戈文跳舞，他们发现对方都是《豹》的粉丝，佩服导演卢奇诺·维斯康蒂，如此冷静地用镜头表现博大精深的历史和文化背景。有意思的是，不管是导演还是原著作家，背景都与该片主角萨利纳亲王的经历类似。

“好了，绕了一圈，我们又回到了意大利电影上来。”燕燕归纳道。

王仑点点头说：“我爱意大利电影！最先喜欢上《偷自行车的人》，里面全是非专业演员呀。我第三遍看这部电影时，突发奇想，想收藏这个电影的原剧本，却没有办到，成了心病。你猜，结果呢，有一天歪打正着买到了一部玛丽莲·梦露主演的电影剧本。”

“哪一个？”

“最有名的。”他淡淡地说。

“《让我们相爱吧》？和伊夫·蒙当演的？”看到他没点头，她又猜，“《如何嫁给一个百万富翁》，或是《七年之痒》？对了吧，《快乐爱情》？！”

王仑不仅没说一个字，脸上还浮现出坏笑。

燕燕让他说。

“你一猜就中，第一个。”

她越说越兴奋。她说看过好多关于玛丽莲·梦露的书，她三十六岁就死了。给肯尼迪总统唱《生日歌》时，她也是相信爱情的。她说过一句话：“如果你不能包容我最差的一面，那么你也不配拥有我最好的一面。”“那些在她生命中出现的人，未必能懂得她，这才是悲剧中的悲剧。”她拍拍手，说，“好了，我说了这么多自己，也有人进来帮我说，总结一下吧。”

“我洗耳恭听。”他手一摆说，“多多益善。”

“我爱电影，我不知道，没有电影，我的生活会是什么。我不止一次在日记里，分享电影里那些人的梦，告诉他们我的梦，我希望我爱的人，也是一个做梦人，养多多的孩子和小猫小狗……”

她突然停下，因为有两个孩子欢快地拉着父母的手经过，她侧过身去，羡慕地看着他们，回转过身来时，情不自禁看了王仑一眼。他看到燕燕的眼睛像跃动的火苗，她的脸红了。

王仑故意用淡淡的口吻问：“以后你会到罗马住吗？”

燕燕面露难色：“今天神父也问我了。我不放心我妈妈，也不想让我的孩子只讲意大利语。”她不愿说下去，看手表，“糟了，我想去商店看看婚服。”

“要结婚了，没婚服？”

“我有，但，但……”

王仑微笑：“不是你心里想的那件。”

燕燕感激地笑了。

他主动说要陪她去选婚服，这很意外，却让她非常高兴。出租车载着他们，没多久就停在一条热闹的小街上。世上有这么巧的事！燕燕发现离她之前看过的那家古着店很近。他们往前走了几步，就看到里面的两个店员围着一对美国男女服务得团团转。

王仑正要朝那儿走，燕燕拉着他的手走进对面的一家。

“怎么不进那家店？”王仑不解地问。

“去过了，话不投机。”

王仑打量店里的陈设，地上有花纹繁复的老地毯，墙上淡黄暗纹墙纸和镶在雕花边框的大镜子，桌边，淡雅的陶瓷花瓶里插有鲜花，还有老电话和老打字机等，空气里有一股淡淡的薰衣草精油香味。“这家比那家衣服更讲究。坦白地讲，我以为你会去那种名牌店。”他说。

“这种店的衣服有故事，仅有一件。我喜欢。”

王仑意味深长地看着眼前这个姑娘，心被轻轻动了一下。

后来，两人的目光不约而同地落在里面架子上的一件婚服上。王仑落座在一把古董椅上，看着店员，头朝婚服点了点。

两个店员热情地站在一边，其中一个胖胖的姑娘用英语说：真有眼光，这是店里最好的婚服，是费里尼电影里的戏服。她们小心而迅速地将婚服取下来，双手递给燕燕。

这真是令人充满期待，又遇到费里尼了，这罗马真是神奇，每个地方都会擦着他的神经。燕燕进里面的换衣间，回头问：“哪部电影？”

胖女店员说：“《爱情神话》。”

另一女店员马上反驳：“不，不，是《八又二分之一》。”

两个女店员争了起来，各自坚持自己是对的。

王仑取出手机，想拍一张这套婚服的照片，这时，电话响了，一听是方露露，她问他：“亲爱的，你在哪儿？”

“我在婚服店。”他走到门外。

“我才不信呢。”她换了一个声音，“我明天拍片，不能陪你参加慈善活动，今晚会到你的饭局。”

王仑掉转一个方向，看门外游客们欢快的表情。方露露在说，她今天差点掉了手机，幸亏李苹迅速跑到棚里，给找着了。“你什么时候回北京？你在听吗？”

“在听。”

“有个朋友想带一个文件回去。”

“你应该记得我回去的日子，告诉过你。”

“对不起，我忘了。”

“我还没决定，可能提前，可能延后，晚上见。”他搁了电话，很不快。

几辆汽车驶过，其中一辆红车放着很响的音乐。两辆摩托的轰鸣声震耳欲聋。一队亚洲游客迎面走来，他们连连拍照，看不出来是日本或是马来西亚的，反正没说中文，倒是安安静静。

王仑想走回店里，却想起什么，低下头，在手机上查找起来，然后开始对着店门打电话。猛地回头，看到穿上婚服的燕燕，头上披着缀满珍珠的花冠纱幔，出神地看着镜子里的自己，眼睛亮亮的，嘴角露出笑意，整张脸无比快乐。

婚服很贴身，女店员在替她系背上最后一枚扣子并不停嘴地赞叹，说燕燕穿上这婚服真美。

王仑走进店里，慢慢走近她，问："你喜欢吗？"

燕燕点点头。

"可以作为我送给你的结婚礼物吗？"

燕燕从镜子里看他一眼说："你真会开玩笑！"

"这款婚服跟费里尼有关，今生难得，算我借你钱。你以后慢慢还。"

"结婚是两人真好，婚服好有什么用？"

两人同时一愣，目光从对方身上移走。她走向更衣间，把布帘放下来。

几分钟后，燕燕拿着她的挎包走出店门，王仑跟着走出来，对她说："苏燕燕，我有个想法，可以说吗？"

"请讲。"

"我明天傍晚有个慈善活动，能不能陪我去？明天我派车来皮耶罗家接你。"他让燕燕看手机里的一个请柬。

燕燕仔细地看请柬，然后抬起头来说："应该没问题。"

王仑看着对面礼服店说："一件雅致的工作礼服，明晚穿如何？

不要担心，我可以报账。”

“这话还有点靠谱。”她看手表上的时间，“对不起，我得走了，我未来的婆婆要我回家吃晚饭。”

“哈，来得及，全世界都知道，意大利人吃晚饭得八九点。不管怎样，我冒昧给你买衣服了。”他朝街另一头用手打了个很响的响指，店员提着装衣服的袋子，信用卡还给王仑，把袋子装在车后舱里。

这时，一辆出租车驶近，停在王仑面前，司机下来把车门打开。

她觉得奇怪：“怎么有车？这么及时？”

王仑得意地说：“你认为罗马比北京还落后？”

街对面的服装店两个正在给顾客服务的店员，看到街这边的情景，懊丧不已。司机给燕燕打开车门，她坐进去的时候，抬头扫了她们一眼。

王仑注视着车子远去，一种前所未有的怅然感觉升腾起来。罗马，上天怎么如此善待你，让你拥有这么令人着迷的街道？是因为车里这个女子吗？她跟露露完全不一样，一个柔软，一个坚硬，一个清纯，一个妩媚，更有女人味。当露露在床上，更像是一头充满激情的兽，他总是不能尽兴。昨天，那样匆匆结束，纯属罕见，大概是时差，大概是她可能存在的外遇。可是这个才认识的女子，她身上有一根线，伸入他的身体，在他的心上缠绕，让他回到从前，一团久违的火燃烧着他心里的冰。

打住，王仑，他叫自己的名字。你不能这样来比较她俩！今天是第二次，将她俩放在一起，你真是个混蛋！他骂自己。

车子自带魔术，越驶越远，车外那个人越来越小，却觉得他一步步走近，就在眼前，注视她，他热热的呼气缠绕着她。他是准直男呀，如此细心周到！燕燕对他挥手，身子并不完全转过去，只是不舒服地扭着。后窗玻璃可看到别的车子，它还是一面镜，她看到自己的脸，唇边的微笑，她是那么快乐。

司机开心地自言自语："嘿，你们中国人很罗曼蒂克！很好！"

就这句话，燕燕坐正身体，她不想与王仑分开，一点儿也不想回到那个家去。几乎同时，她摇了摇头："完全不可能！我马上就要当新娘了。"她掏出手机，狠下心来，删掉她在罗马景点拍的王仑和两人所有合影。

在走进皮耶罗家前，她的内心存有一种罪恶感，好像做了对不起他的事。

她停在那儿，照片已删了，做得不错，但还得将王仑这家伙从心里删除。她这么想时，吓坏了。天哪，我不只是喜欢他，还爱上了他。她的心跳起来，这是与皮耶罗从未有过的感受，她的嘴唇发烫，额头也是，整个脸颊也是。必须停止，必须把那个男人从心里剔掉，趁这刻，什么还没有发生，她必须把他当作朋友！

这几条街上坡下坎的，很难找到一块像篮球场大小的平地，虽然有点倾斜，也有点窄，但确实是一个平地。以前她不曾发现，可能是夜晚里没有这么多燃烧的火把。好多各色各样的人，他们的眼睛有点红红的，脸上上蜡一样亮，往前奔走，乱糟糟一片，她站在那儿，惊异地看着。

那边路尽头有个大拱门，石头筑的，之前的之后的路都是石阶。他们朝那儿走，突然有人停下，想跑开，可是不成，他倒下了。又一个人想停下，也突然倒地了，手里的火把滚了几转，却燃着。又三个人也倒下了。

突然他们像听到一个命令，一起站立起来，往空地走去。

重庆南岸这个地方，不时有外地人来，多是走亲戚的，少为流浪汉。几天前，街上有一五十来岁的藏人，背靠一大黄桷树，在树荫下，用一块发黄的绵羊皮摆了个摊，售的是一些稀奇古怪的东西。有个铃铛，铜的，一摇，树上的麻雀都飞走了。还有一个小鸟与小人儿组成的东西，工艺精细，如象骨之色。有人摇了起来，声音像琴声，是琴奏的鸟曲。那人问是什么做的，藏人回答是很古时的家什，铃铛。他说人骨做的。多人沾了那东西，赶快缩回手，往自己身上擦。藏人笑，吉利之物，无须害怕！

她一抬眼，看见藏人的眼睛，看不到，被他的头发遮住。藏人起身收拾东西走下石梯，她看着，心里空得慌。

从那个晚上，她的心空，仿佛有铃铛在响。

她回了家，又悄悄离开，走到街上。放眼看去，全是火把，还有人拉着二胡，很像那首歌："月儿弯弯照九州，渔船儿到处好停留，青山绿水风光好呀，渔哥哥吹笛妹梳头。"她看四周的世界，青山，绿水，还有快乐的人们，他们从未有过的快乐，有一口奇大的火锅，他们转着火锅唱这首歌。她不敢唱，害羞，担心掉词。

那个藏人也在其中。

她背对他们，看着明亮的江水，大声唱起来："月儿弯弯照九州，渔家的工作几时休，白天摇船夜补网呀，小妹妹的青春水里丢。"

8. 现实之轻，谁在做主

燕燕走上楼梯，看看手表，差五分到晚上八点，是皮耶罗告诉她必须回来的时间。他的家似乎很安静，客人似乎都还没来。

她推门时，门是虚掩着的，进去之后，发现自己是对的，一个客人也没来。她松了一口气。

皮耶罗和他的叔叔正在说话，两个人都到门口和燕燕打招呼。叔叔朝她开心地一笑，拿着一本厚书回他的房间了。

燕燕放下背包和一个讲究的大袋子，从桌上倒一杯水，大口喝了起来。

“去了哪些地方？买衣服了？”皮耶罗问。

“是王仑送给我的工作礼服，他要我陪他参加一个活动。”燕燕眼光扫到厨房里，皮耶罗的母亲正在忙碌。

皮耶罗感到奇怪，但也并未多问。他看着燕燕喝完水，要给她再倒一些，燕燕摇摇头，放下杯子。

“要不要我去帮忙？”

“现在不必。你走累了，休息一下。”他突然想起什么似的，“哎，燕燕，我知道你从中国带了婚服，我妈妈刚才给我说，让你考虑穿她的婚服。”

“是吗？”她非常意外，问他，“这证明她喜欢我？”

“没错。”

“那带我去看看。”

皮耶罗母亲的房间并不大，摆满了家具。床旁边还有一对沙发。床头柜上放着昨天燕燕送给她的中国丝巾，还有一叠未打开的红灯笼。床前有一排鞋子，包括拖鞋、运动鞋，都是一尘不染。衣柜是旧式手绘的，花朵淡蓝泛白，非常吸眼球。房间收拾得很整齐，皮耶罗打开衣柜，里面也是整整齐齐的，放了一束干薰衣草，气味好闻。他取出右边第一件衣服，罩着透明包装。揭开包装，是一件漂亮的婚服，全是手工织的。年代久远，颜色有点变黄，不过样子特殊，腰身很细，看上去还是非常不错。

“你妈妈年轻时很瘦。”燕燕由衷地说。

“意大利女人年轻时不敢吃意面，结婚后就放开吃。”

“影星索菲娅·罗兰有一副美丽丰满的身材，难怪她说你所看到的都是意面。”

皮耶罗愣了一下，笑起来。

燕燕拿了衣服在身上比，惋惜地说：“对我来说，大了一两个码，而且长了太多。”

“长没关系，就是应该拖在地上。”

这时皮耶罗的妈妈、奶奶和堂妹卡拉进来，围着燕燕看，你一言我一语地聊着燕燕听不懂的话。

皮耶罗给燕燕翻译：“妈妈说她可以改小。”

“可惜了，好好一件衣服不要改。再说我从中国带了衣服。明天是我最后一天自由身，我的老校友要我陪同去参加一个活动。”

燕燕到外屋打开纸包：居然是古董旧着店里那件婚服。她一下子傻了，脸通红，说不出话来。

皮耶罗的母亲跟着出来，对燕燕说了一串意大利语。皮耶罗赶紧给燕燕翻译：“我妈妈说，婚服太美了，太好了。她让你用她的婚纱！”

卡拉拿过婚服往自己身上比，婶婶蒂齐亚纳也跑过来，她们都赞不绝口。

皮耶罗看着卡拉，声音有点冷，赞扬道："真的很不错！"又对燕燕说，"他有眼光，后天你就穿上它，用我妈妈的婚纱头冠。"

燕燕见此情形，有点尴尬。她看卡拉拿着婚服转圈，像是对她说，又像是解释给皮耶罗听："他是个记者，送我这么贵重的礼物……"

皮耶罗没说话，扭头看窗外。

家里电话响了，皮耶罗接过来一听，捂着话筒，对燕燕说："是你爸爸。"

皮耶罗松开话筒，说："你好！"两个男人在电话里寒暄了几句后，他把电话递给燕燕。

燕燕接过来，屋子里太闹，她听了一句，便说："OK，爸爸，懂了。"

那边说没办法，之后闹嚷嚷一片。她按掉了电话，心里难过，但在众人面前，只能忍着。父亲真不像话。皮耶罗走过来关切地问："发生什么事？"

燕燕抱歉地说："我父亲和他的情人环游欧洲，在阿姆斯特丹，说没法换机票来这儿。"

皮耶罗着急地说："那后天婚礼谁把你带进教堂来？你家里人是怎么回事？一点儿也不爱你？"

"那不是你所能了解的事，知道吗？"燕燕眼圈红了，"让我安静一会儿。"她一个人走进另一个房间。

那个晚上发生了好多事，那是她与皮耶罗第一次发生不快，之后他到她的房间来敲门，燕燕在门内说："对不起，再给我点时间。"

隔了一会儿，也许更久，皮耶罗又来敲门，对她说："已经九点了，客人已来，请出来！”燕燕打开门，皮耶罗进来，向她道歉，说不该让她不开心。

“是我不对。”燕燕说。

“我们和好吧！”

燕燕朝他伸出手来，像孩子似的拍手掌。门铃一次次响，客人陆续来了，他们穿得很整齐，全是亲戚。燕燕换了一件紫蓝花丝绸的改良旗袍，皮耶罗也换了一件蓝点衬衣，他握着她的手，对她说，不必紧张。

她紧张，不过他这么说，她便微微一笑。这时，皮耶罗的母亲在房外叫他。

他拉着她，逐一给客人介绍。

皮耶罗的母亲端来一盘放着香槟酒的杯子和切成小块的奶酪，他俩急忙递给客人。

燕燕坐下后，才注意到桌子布置得非常讲究，杯盘刀叉俱全，餐巾叠成花朵，皮耶罗母亲的能干劲儿一清二楚。包括她，皮耶罗的六个家人、七个客人，一共十四个人坐在桌前，每个人都兴高采烈，都欢迎她加入这个家族。乘飞机时的紧张感又来了，皮耶罗坐在她对面，正看着她，她低下头，轻轻碰了一下他的鞋子。他朝她点点头说：“不要担心！”

卡拉看到这一幕，但听不懂中国话，端着玻璃瓶子倒水。燕燕觉得披着的长发碍事，便用皮筋把头发束在脑后。

皮耶罗对燕燕认真地说：“燕燕，你的第一顿意大利正式晚餐，尽可能地吃。这是我们的传统，如果给你添菜，你最好接受。”

燕燕听着，表情很认真，没发现他在幽默。

响雷一个接着一个，闪电跟着就到，连给人一个准备也没有，暴风骤雨，天暗得黑夜一般。王仑该不会淋雨吧？燕燕被这个想法吓了一跳。室内点上灯，也点上蜡烛，倒是亮堂。皮耶罗的母亲不爱开窗，倒是省了事。雨来得快，消失得快，不到五分钟，天空晴了，还出现一道彩虹。

就在这个当口，晚餐开始了。第一道菜是各种香肠生火腿肉，配面包片。开吃前，他们闭上眼睛，嘴里喃喃说着什么，显然，他们是在求主降福，包括所享用的食物及一切恩惠，阿门！看到皮耶罗的母亲开吃，燕燕才敢开吃。这道前菜，火腿香里有烟熏的味道，还有些许的辣，不完全是咸，上口后舌尖会留有丝丝甜。色泽如粉红玫瑰，边缘有一线肥，如白雪的山峦，缓缓滑入喉咙，满口惊喜，绝对是帕尔玛火腿，大家一扫而光。皮耶罗的叔叔代表全家，举杯站起欢迎燕燕加入这个大家庭。大家也纷纷举杯，祝福她和皮耶罗。

皮耶罗说："在天愿为比翼鸟，在地愿为花果枝。"他望着燕燕，觉得这句话不太正确。

"在地愿为连理枝。"燕燕说。

"对，对。"皮耶罗对一个亲戚说中文，那个人问他，他又解释了一番。那个人高兴地扳手指，说，还有两天，就是婚礼。大家都顺着她的话说，等不及了。

第二道菜是意大利饺子。

卡拉给燕燕盛上一大盘。燕燕看了看，太多了，但没有办法，低头吃起来。

盘子端走，又上来一道烤鸡肉土豆。皮耶罗母亲端着盘子问燕燕，她手里的钳子在一块块鸡肉上移动，意思是看燕燕喜欢哪一块。

燕燕手朝翅膀指了指。

鸡翅膀夹到了燕燕盘子里，燕燕吃了一口，朝皮耶罗的母亲竖起大拇指，她高兴地走过来亲亲燕燕的脸颊。

席间，叔叔问燕燕，中国人爱吃什么，是不是爱吃？叔叔的英语带着浓厚的意大利口音，说得飞快，屋子里也吵闹，但她能从他的口型里辨出他的问题。

“跟你们差不多，西红柿鸡蛋，饺子，面。我给你们做一道菜，可以吗？”

皮耶罗给燕燕当翻译。

大家高兴地叫好。

和中国一般家庭相比，意大利人的厨房绝对不小，洗碗机和烤箱样样俱全，墙上挂了大大小小好多锅，还有一些铜锅，窗前挂有大蒜和红辣椒，有点像重庆人，吃什么都喜欢放这两样东西。她在厨房，明白盐放在哪里后，心里有底了，开始洗圣女果，用刷子轻轻掸去蘑菇背上的脏东西，用水小心地洗。好些人涌进来看燕燕忙活。时间变得有弹性，她利索地搅拌鸡蛋，切蘑菇片和圣女果，在平底锅里放入橄榄油，还撒了红辣椒丝和盐。皮耶罗充当翻译，跟在饭桌上一样，大家说什么，他都译给她听，有的译得不对，她能感觉到。大家似乎认为好玩，可燕燕心里不这么看。吃一顿饭如此，没问题，如果以后天天这样，便成了大麻烦，她得学意大利语。如果有了语言，是不是好一点。不，问题不在这点，而是她要和这么多人一起生活？老天，怎么办？以前不会想到是这样的，现在明白，如果嫁给皮耶罗，就得容下这一大家子人，就得跟他们打成一片，吃喝在一个屋檐下。把鸡蛋饼放在一个大盘子上，她的手抖了一下，几乎把盘子碰下厨台，幸好被她接着了。

燕燕端着鸡蛋饼放在餐桌上，那儿坐着皮耶罗的奶奶和叔叔。她左手用叉子固定鸡蛋，右手握刀将饼划成小块，分给众人，坐下后，叉起一小块，吃着，边吃边感叹道：“Buono！Buono！”

她居然自赞美味，众人面面相觑。不过，皮耶罗的母亲高兴地朝燕燕点点头。

皮耶罗的奶奶叉起一块，吃起来，他们纷纷效仿。奶奶高兴地夸好吃，美味极了，虽然她辣得直喘气。

盘子里的鸡蛋饼一块不剩。

奶奶看看空盘，问燕燕："More?"

燕燕并不想吃，她的肚子早就饱了，但出于礼节，她点了点头。

墙上的时钟指向十点半。卡拉端上来烤羊排，上面放了一层迷迭香，还有红辣椒和未剥皮的大蒜。

燕燕第一个品尝。如果不知道是羊肉，完全吃不出来，跟兔肉或者海鲜差不多。意大利的红土地肥沃，雨水丰沛，阳光充足，羊肉完全没膻味，像陕西横山的香草羊，只需放盐，便是美味。卡拉看着燕燕又吃下一口，给出了一连串的赞美。

她朝卡拉举杯，卡拉爽快，直接地一杯酒倒进肚子里，燕燕只得陪着。她用脚碰皮耶罗，他只是朝她笑。亲戚们也都过来与燕燕碰杯，燕燕只好一再举杯，跟大家一起喝。

酒过三巡后，屋子里的意大利人开始唱歌剧，叔叔唱男角，婶婶唱女角。气氛热烈。卡拉和婶婶拉起大家跳起一支欢快的舞蹈，是那不勒斯一带的歌曲：

美酒不能保守我的秘密
你的秘密，他的秘密
我们说给小鸟听，小鸟说给鲸鱼听
鲸鱼说给船长听，完了，完了
全世界都知晓，我们没秘密
怎么办？哎呀，不如公开这秘密

他们边唱边跳，一位男客拉起手风琴，欢快的节奏，让人没法拒绝。燕燕跟在他们中间，很开心。一曲终了，大家又唱起一首动物叫声的歌，边唱，边围着桌子跳舞。

手风琴声不知何时变成了音响，有节奏的音乐，更增加了欢宴的互动。桌子边的葡萄酒瓶越来越多。燕燕那天喝了有生以来最多的酒，人有些迷糊。事后她知道，那天晚上以为燕燕还要吃东西，皮耶罗的母亲和堂妹卡拉在厨房里加做吃的，直做到冰箱里没有东西了，堂妹又到邻居家求援，邻居家帮着做菜。最后变成了整个公寓楼都在帮做吃的，皮耶罗家的房门打开又关上，关上又打开。

公寓的旋转楼梯里回荡着吆喝声，菜端出来，有人对楼下的邻居说：中国新娘子真能吃！好。也真能喝酒！好。他们家的新娘子找得好，了不起！

燕燕和亲戚们面前的盘子换成新的菜，端菜的人像走马灯似的。大家都疯了一样，往他家送吃的。

燕燕捂住嘴，奔向卫生间，吃得太多，全吐了。等她回到桌子前，发现倒了一半的人，有的仰在沙发上，有的趴在桌子上。皮耶罗把卡拉的手和燕燕的手放在一起，他喝多了也明白，这两个人心不和。可是卡拉看也不看燕燕，把她的手打掉，拉着皮耶罗跳舞。皮耶罗的母亲扶起奶奶，往房间里走，她们的意大利语欢快，却也夹有悲伤。

皮耶罗被叔叔拉住坐在边上，他看到燕燕皱眉，大声地说：“她们在说我的爸爸。”他转脸对叔叔说，“你想我的爸爸吗？”

叔叔不懂汉语，却一个劲地儿点头，又摇头。两个人碰杯。叔叔用英文对燕燕说：“你了不起，你不是中国人，你已经是意大利人了，知道为什么吗？”

她摇摇头。

叔叔说："中国姑娘吃得多，喝得多，跟我们一样，还不醉。皮耶罗和你结婚真幸运。"

"叔叔呀，我是中国姑娘里最不能喝酒的人。"

叔叔手举酒杯哈哈大笑，看着燕燕，手指着皮耶罗说："我告诉你一个秘密，我一直以为这个年轻人和他的家人一样，向政府和上帝低头，不顾一切，悄悄地想成为一个神父，不像我这么硬骨头，绝不投降。我知道历史，我可以看到这些所谓的自由党政府和教会的真实面目，他们的鼻祖就是法西斯！我说到哪里了？今晚我喝了一年的酒。等等，今天晚上，我发现我身边这个奇妙的年轻人打破了模式，他找到了一个共产党的女孩。你们中国人都是共产党，是不是？我的杯子在哪里？这不是婚姻，这是一场革命！"他摇摇晃晃，一口气说了这么多话，突然伸出一只手，握成拳头，像共产党员入党宣誓时那样朝着燕燕敬礼，然后他趴在了桌子上，醉得睡着了。

很幸运，下暴雨时，王仑刚好到达餐馆。因为下雨，侍者特意将露天阳台换回室内，不过可以看到室外夜景。室内除了有油画和蜡烛之外，桌子也更大。一共十来个客人，一半是中国人，一半是意大利人。这是自己欠下的人情，趁在罗马给补上。

他有个预感，方露露不会来他这个饭局，心里虽然不愿承认，但两个小时过去，还是不见她的身影。客人有意大利人，也有中国人，有法国人，餐馆响着舒缓的古典音乐声，黑衣侍者端来咖啡，客人喝完后，纷纷起身告辞。

王仑在里面门口与客人们道别，然后转身走回座位，坐下来。

侍者陪着方露露走了过来。她上身是黄色紧身衣，下面是蓝色碎花裙子，脚上是高跟鞋，整个人显得年轻。

"真是对不起，亲爱的，我来晚了！"方露露站在桌前抱歉地说。

王仑抬起头来看她："没关系，客人都走了。"

"晚点床上任你处罚。"她看到他没反应，换了题目，"今天戏拍得很有趣，马可有一句台词，'没有结束，也没有开始，这儿只有生命无限的激情！'他之前说得不对，我帮他纠正了一下，最后他做到了，导演也很满意。他真是好敏感呀，一个完美主义者，觉得做得不好，似乎世界都会终结一样。我陪他喝了一杯，他才高兴起来。"

算算时间，足够她与那个马可上床。王仑火冒三丈，他的脸变得通红。马可看见她腰往下，右边位置那朵刺青小花蕾了吗？他下面那个地方马上硬了，嫉妒会让他劈了马可。该死，他骂自己。他端起杯子，吞下一口酒。她是让他看那朵小花蕾好多次，才真的让他的手往下进行。她不是一个容易上手的女人。这样想后，他眼前出现了戴着礼帽的画家萨宾娜，她和情人的妻子特丽莎单独见面，这部由米兰·昆德拉的同名小说改编的电影，一点儿也不差。最性感的场面是两个女人拍裸体照片时，很迷人，他忘不了。不对，特丽莎成了燕燕，萨宾娜成了露露，在同样一个充满阳光的大房间里，她们在相互拍照。有意思的是，他在场，他是目击者。他突然停止想象，怎么会有这样的角色变换？露露该是特丽莎，而燕燕该是萨宾娜？他摇了摇头。

"你怎么啦？"方露露坐在他对面的椅子上，问他。

"我不懂好些东西。"

"哦。"她拿起他的水杯，喝了一口。

王仑又喝了一口酒，看着她，没有说话。

"今天，马可说他要导的电影剧本里之前的中国部分不够准确，我给他提了建议。他说那些狗屁剧本医生只是故弄玄虚，不像我切中要害。嘿，王仑，你在听吗？"

王仑急忙说：“对不起，你在说什么？”

“不必再说，不重要。”方露露走过来靠在王仑的肩上，撒娇地说，“亲爱的，真好，有你在罗马！这样，罗马就变得非常真实了！”她朝侍者说，“请给我一杯加冰的白兰地。”

王仑摸出雪茄来夹，夹好后，另一个侍者马上给他点上火。

“你能说出马可·瓦利那句台词出自何处吗？”

“当然是我演的广告片！”

“那是费里尼的话。”

方露露揽过王仑的脖子：“谁说的有什么关系？重要的是这部短片肯定是一张我进入国际影坛的门票，而且我喜欢这个爱情故事。”她很有魅惑力地说，“马可认为我有演员的才能。”她展开双臂，做舒缓的动作，像在跳舞。

王仑吸了一口烟，情绪低落，远处有急救车的鸣叫。

方露露自言自语：“马可觉得我乐观，导演拍多少条，我都配合。他们不知道我是在长江边长大的，我有钢铁般的意志。”

面前的玻璃窗里有她。她看到，那儿还有一对母女，女儿看上去最多只有七岁。那是在重庆长江边，她在沙滩上跳舞，她比那女孩大，刚满十二岁。母女俩幸福地看着她，然后手拉着手，转身往山坡上走。她好羡慕，几乎有点恨恨地看着她们的背影。几个少年穿着裤衩站在岩石上对着江水尿尿，一起转过脸来，跑过来，骂她：“臭鞋！破鞋！”他们朝她扔沙子。她不以为然地冷笑，反而在原地旋转跳舞。这时她的叔叔走过来揪着她的一只耳朵，她痛得挣扎，他更火了，左右开弓扇她耳光，高声训斥她：“偷懒的东西！跳什么鬼舞，做饭去！”她死盯着叔叔，咬着嘴唇，握紧拳头。

王仑看到她对着窗玻璃看，半晌没反应，便关切地问：

“露露，怎么啦？”

她一笑，脸上的表情放松了一些：“我叔叔经常打我，可是我从来不哭。我不会忘记，这个老王八蛋现在生病，需要我，要我回去。我才不要回去！”她的声音却冰冷。

侍者拿来一瓶白兰地，放在桌上，倒了两杯，加入冰块。王仑拿过来递给方露露，她举起来说：“酒可以让我忘记这不尽如人意的现实，来，为我俩，为我俩在这么美丽的罗马，为我俩的未来，喝一杯。”她与王仑的酒杯碰了一下，自己喝了一大口，“你知道，我不要学那个什么邓文迪，她是可以拯救银河系的人，没有她做不了的事。我不一样，我只要一点点属于我自己的东西。钱，我喜欢，但相比我的人生目标，钱就是风。风可来，也可以走。我要做一个好演员，一流的，你不要看不起我。名声，比你的钱实在，一生不缺知己。”

王仑担心地说：“露露，少喝一点。”

方露露非常优雅地倚靠着桌子，盯着王仑：“你说女人只要做两件事就够了：做爱和做饭。我做爱第一，做饭倒数第一。”她蹲下来，看着王仑，“你为我离婚了，证明你并不在意我的缺点。做饭洗衣一类的事，交给阿姨就行了。其实，你的女人观，太狗血，女人可以和男人做一样的事，甚至更好。”

“你不正在这么做吗？”

方露露拿起酒瓶，要给自己倒酒。

王仑从她手里夺过酒瓶。餐馆的音乐变了，是探戈。

“怎么样，跳一曲，如果你踩着我的脚，就还我瓶子？”

“嘿，你知道我的舞跳得如笨牛。”但他还是放下雪茄，站起身，挽起露露的手，向前走了几步，他甩掉上衣，两个人手握着手，面对面，专注地看着对方，跟着乐曲迈开舞步。

王仑精神集中，身体有点僵硬，小心地踩着音乐的节奏，左左右右，转圈。方露露却是举重若轻，变化着步伐，优雅地踩在乐点上，与他若即若离，后退半步。

“如果你寂寞，碰到一个人……”她的身体后倾，盯着他的眼睛，“我绝对闭上眼睛。”

王仑扳起她的身体：“到时，有一个醋坛子会把罗马，不，不，把意大利这个大靴子给淹掉。”

方露露贴着他的脸说：“你错了，不吃醋的男人这世上一个也没有，不吃醋的女人却有一个，那就是我。我们女人需要的不是你们男人的精子，而是你们对待男人的那份肝胆相照的义气。你有吧？你告诉我……”她一分神，踩了他的脚，音乐戛然而止。

他看着她，她眨了一下眼，说：“你赢了。”

两个人回到桌前坐下。

王仑喝了一大口酒，叹了口气。

“我俩都是孤儿，走到今天真不容易。哎，我答应你，我俩要好好在一起。”

“但是你不想给我生孩子。”他脱口而出。

方露露拿起桌上的酒杯喝了一口，说：“噢，你又来了。再隔几年吧，现在不行。”她放下酒杯，问他，“亲爱的，我是不是又喝多了？我真的很矛盾。我好像就是一个矛盾体，但我可能得解决这些矛盾。买把最精确的尺子量量我的心，我相信今天，明天，还是后天的后天，我会一清二楚的。对啦，我不想和你提叔叔，今天提了，是想说一件事，初中快毕业那年，我有一天在家里，翻箱倒柜，看到一个他压在床板上包了好几层牛皮纸的东西，知道是什么东西吗？我打开一看，是一张皱巴巴的纸，上面用铅笔工工整整地写着——”她手指举起来，然后放下，说，“给我的孩子：应去那没去过的地方，和陌生物种对看，才知自己是谁！就这么三句话。你说说，我那种叔叔，不是人的东西，藏这东西做什么？我想不明白。可我觉得这些话对我管用。我就要去那些陌生地方，罗马就是！在这儿，每天我都看见我是谁，从哪里来的。知道吗，我离开重庆时，就拿了那张纸，等有时间，我得翻找我的旧东西。找出来给你看。不喝了，绝对需要再喝一杯。”她说着醉话，把头倚靠在王仑肩膀上，“王仑，我们回家吧。”

深夜，鲁斯波利波拿巴酒店的空气里弥漫着以往宫殿party的余韵。虽年代久远，但那有磨痕的沙发，那璀璨的威尼斯吊灯，那厚重的百叶窗，从窗外涌入的阵阵夜风，绝对不像酒店。这儿除了矮小的侍者外，只有主人。现在他就是主人。他想要一杯奶昔，将芒果丁放入其中，一饮而尽，再舔舔杯沿，如孩子一样顽皮。宫殿令人迷醉，却没有奶昔，只有威尼斯吊灯。他开了房门，壁灯散发氤氲的暖意。桌子上，花瓶里的绣球花依然在盛开，新鲜如初。他把方露露放到床上，低头看着她喝醉酒熟睡的脸，俯下身轻抚开她脸上的头发，拉过一条被单盖在她的身上。王仑从镜子里看着房间里的壁画，那些画中人进到镜中，变成可怕的形象涌向他，他后退一步，垂下头来。

他的额头上有汗珠，长长地吐了一口气。耳边居然有流水声，父亲在小溪里捉鱼，他跟在父亲身后，父亲把一条小鱼儿放在他的小手掌上。这个时候想起父亲，无不赋予意义。露露，你不完美，这才是你。我也不完美，这才是我。都说命运造化，强者可以把控，可他不是。他听从内心，他对她有感情，也看得出来，她爱他，否则她不会说那么多自相矛盾的话。

他打开手机，看这一天他和燕燕的照片。不爱拍照的他，居然拍了几十张。看一张删一张，人脑可当复印机，记下有过的一切，但他不要如此。这些照片为何不能保存？他突然有种心痛：为什么他就不能像别的男人一样拈花惹草，何必要忠诚于一个人？不，这不是他。他必须删照片。

得留几张，至少一张，留作纪念。

不行，一张也不留。

他脱掉衣服，只留了CK内裤，开始在十六世纪古老的地砖上做俯卧撑，得比平日多一百个，算作对自己的处罚。这时，哥哥的形象，一张愤怒的脸浮现。这些年他花了好多时间和精力寻找哥哥，都没有任何消息。他不会放弃，在他内心，哥哥一直在那儿，他情愿相信哥哥活着，在一个他够不着的世界，悄悄地，忘记之前的一切活着。

山城最美之际是在黄昏时分，尤其雨过太阳乍现，天上会有一道弯弯的彩虹，衬得江上江岸像童话一样。她忘记做作业，盯着窗外彩虹发呆。

可以不做作业，却不可以不写日记。她从书包里取出一个绿本子来。不写便不可能喘气，不写她的孤独和苦闷就没有发泄口。她不敢写具体的，只能虚构，混合真实，虚虚实实，让人看不明白，弄不清楚，以此保护自己。一周前，她摔伤手臂，被母亲领着，夜半三更去敲响后街灵婆的家。灵婆就是虚虚实实的。

门一推就开了，她走进去，发现灵婆坐在一把藤椅上。桌上点着一盏煤油灯，她从身后抓起一根纱布搭在头上，不让她看脸。灵婆问清她的手受伤的过程，便取出一根火柴，往自个儿的鞋底一划，火苗蹿起，借着亮光看她的手。

“没伤骨头。”

灵婆说完，朝她的手臂吹了一口气，顿时，一股热气传遍全身，她不觉得痛了。灵婆又掏出一剂黑黑的膏药，往她手上一糊，之后把她的手往上一甩，听到一声响。灵婆长舒一口气，整个人累了似的瘫坐在椅上。灵婆盯着她好几秒不转眼，轻轻地摇了摇头。

母亲有点着急，你看到了什么？

她无大碍，遇人不淑，会有一女。

那怎么办？母亲问。

都是命，改不了。灵婆手一挥，说回去睡吧。

母亲要付钱。灵婆摆摆手。

那天母亲告诉她，灵婆好多年都被人挤着，打压，可是她对灵婆不一样，总悄悄塞吃的给她。

“吃是那样的重要，比钱还重要，在那种饥饿的年代。你年纪小，我护着你。”

她没饿过，是因为母亲，宁肯自己不吃，也要让她吃饱。有一次母亲回家晚了，她肚子饿了，没有吃的。有钱，但街上店也关门了。母亲仿佛知道她饿着肚子，带回三个肉包子。她边吃边说：“我懂了，吃的比钱重要。”

母亲看看她，笑了。

她开始识字是在上小学前，母亲教她识字，教她做数学。在班上，她识字最多，算术最好。事实上，上小学前，她已将五年级的课本学完。难怪，尽管上课心不在焉，但考试也门门优。她四年级时记日记，用一个厚厚的绿色笔记本，记喜欢的男同学，她的同桌，他的身高，他的样子，他握笔的左手。想他的右手能做什么？上厕所。她笑自己。她记他每天穿的衣服，鞋子，他说过的话，记完一本时，她发现自己爱上了他。如果这位男同学没来上课，她便不开心，如果三天见不到他，就感觉天地崩塌了。这让她害怕。这根本就是小说里说的爱情，却真的要命。

我爱上他，他不知道，如果有一天他知道了，他会怎么样？会吓得尿流屎滚——她用了这么难看的文字记下来。有一天她发现，那本日记不见了，她不敢相信。家里找遍了，没有。不像家里人干的，母亲从不翻她的书包。她做了记号，夹一根头发，或是折一下书包的角，都原样不动，母亲不是小人。那还会有谁？

三天后的下午，轮到上体育课，同座男同学叫她到边上，她跟他去了。两个人走到体操房，他从墙上的一块砖里掏出一本小小的绿笔记本来。她一把抢过来。没错，就是她掉了的那本日记。

"你写的是谁?"

她不说。

"我读了,觉得是我。"

"不是你。你这么恶劣,偷人家的东西。"

"真的不是我?"

她肯定地点点头。

男同学坐在地上委屈地哭了。她跑开了,真是丢脸。她没有回家,而是去了一座较高的山丘,在那儿可以望得很远。坐在一块岩石上,岩石边有一条小溪,流经好多地方,也流经灵婆的家,往下就流到江里,流入海里。她撕了本子里所有写他的地方,仿佛把那个想要人爱的自己撕成碎片。

当天夜里,她发高烧,说话。母亲一直守着她,给她湿毛巾,给她化了红糖水喝,帮她用白酒擦手臂和额头。

第二天她退烧了,去上学。两个人坐同一张课桌,他没有看她。黑板上的数字在跳来跳去。她盯着讲台上的老师,什么也听不进去,当天夜里,她躺在床上,感到恐惧,仅仅经过一夜,他已把她忘记。

那是她第一次对一个异性上心,却在很短的时间终结。真正的终结其实花了好一段时间。她与母亲冷战,母亲问她是因为一个人生病?

她说她喜欢那个人。

母亲追问,是一个什么人,你这么小的年龄。

她不再说。

两人冷战最惨时,母亲搬到大姨家住,而大姨搬到她家,来照顾她。大姨给她讲了好多母亲的事,母亲上过中专,因为家里成分不好,分到江北造船厂,最先在财务室工作,后来顶撞室领导,被调到厂伙食团当炊事员,遇到当工人的父亲,属于下嫁。她并非父亲亲生,而是私生女,父亲由此与母亲离婚,娶了别人。大姨说这不是你妈妈的错,你妈只有一夜情,居然有了你。你爸爸那个人,从来嫌弃你的母亲，他俩睡觉，你妈在床另一头，为什么呢？他说她身上有伙食团的馊味，后来你妈调到了厂里开水房工作，她还是睡他的脚那头。你妈与我换房时，才告诉我原因是什么。吓我一跳：他要她时，她不情愿，他夜里要那么多次，对她像牲口，她就像一根木头。大姨说完打自己的嘴，说不该告诉她这些。

父亲有了新家，完全忘记旧家。母亲一个人带大了她。她的生父也从未露面。

与母亲分开一周，她受不了，去接母亲回来。母亲在路上给她唱了好多歌，她最喜欢“小燕子”：

> *小燕子，穿花衣，年年春天来这里。*
> *我问燕子你为啥来？燕子说，这里的春天最美丽。*
> *小燕子，告诉你，今年这里更美丽。*
> *我们盖起了大工厂，装上了新机器，欢迎你长期住在这里。*

那位灵婆的话真灵，她日后真是只有一女，在去给母亲上坟时，她经常给女儿讲从前的事。

好多女人在江岸上，她们在击鼓跳舞，赤脚，甚至赤身。腰际、胸上披挂着布片，其中一个领舞者高声放歌，完全听不懂唱词，但歌声婉转悲凉，还间断发出像孔雀发情一般的叫唤。她听得心跳加快，喉咙有股热气上冲。歌者的脸涂得花花绿绿朝她转过来，露出诡异的笑容。她感觉歌者像那个灵婆，再看，灵婆披了一袭白袍，不再看她。江上飘浮着一层白雾，她们沿着陡峭的石阶边舞边唱，朝江边去，她们走到江水里，如履平地。白雾渐渐遮挡了她们的身影，而那鼓声余音袅袅，好几天都在耳边回响。

9. 第三天

位于郊外的罗马公墓，并不在燕燕罗列的罗马必访名单之中。她知道这个地方，是从一本手册上，说这儿极大，走慢了，半天都走不完。墓地分犹太公墓、天主教公墓和第一次世界大战的受难者墓三个部分，后者修建了纪念碑。整个墓区到处是古迹，天使与神兽的雕塑林立，树木高大葱郁，像公园一样，但肃穆典雅。

皮耶罗说，每年父亲的忌日他都会跟家人来，当他孤独时，也会来看父亲，和父亲交谈。

皮耶罗停好车，燕燕跟着他走下车，发现这儿真大。他们手里拿着白色鲜花，在天主教墓区里走了好久，才找到一个考究的大墓堂，整个皮耶罗家族的先祖们就在堂里面。铁栏杆门上挂着一把生锈的锁，皮耶罗遗憾地说，忘记带钥匙了。他指着里面一个男人的照片，对她说，那就是他的父亲。两人像极了，头发有点卷曲，照片下写着奥尔多 · 凯鲁比尼（1931—2006）。

皮耶罗把鲜花放在铁栏杆前，燕燕也把鲜花放上。

皮耶罗跪下，嘴里轻轻地说着什么，他站起来，脸上有泪。她是第一次看见他掉泪，急忙递上纸巾："你对你爸爸说了什么？"

皮耶罗擦干泪水，说："我问他，他在我梦里追赶我，是不是有话要对我说。我告诉他，我们明天要结婚了。"

"这么短？"

皮耶罗看了看燕燕，目光移向墓碑上父亲的照片："我爸爸从没得过什么病，他是死于心肌梗死，那天是他的生日，他特别高兴，我们全家人都喝醉了。”

“跟昨天一样醉了？”

“我们这样的日子，都是不醉不散。”

“跟中国人很像。”

“没错。”皮耶罗说，他拉着燕燕的手，“其实爸爸想当神父，但是他和我妈妈结了婚。爸爸也想让我当一个神父。”

“结果你不幸遇上了我？”她看着他。

皮耶罗的神情很难过，他没有说话。

燕燕神情也很难过：“可能并不是你妈妈，而是你不太想我住在你家里，和我同房亲热？”她把脖颈上的十字项链掏出来，“难怪我们分别时你会送我这个，你是个天主教徒？”

皮耶罗真诚地说：“我是天主教徒。但是遇上你，是我一生特别好的一件事！你的笑像天上的太阳。我们结婚后，可以天天亲热。”他张开双臂搂着她。

她伸手握着皮耶罗的手，神情放松下来。

燕燕回头看墓地，目光停留在一个男孩的照片上，感叹：“人生真短暂！”

“‘我遇到一个孩子，旁边是一匹死了的小马……我遇到一个年轻姑娘，她送我一道彩虹。’你记得吗？……《暴雨将至》……你纠正我的中文翻译，那是我们在学校的初识，真不敢相信，已过去了一年半。”

“每次听鲍勃·迪伦这首歌，我都会流泪。”

“燕燕，你是一个好姑娘！你值得，得到幸福。”

“可是你看上去并不快乐。”

皮耶罗吻了她的脸颊，问：“你是什么意思？明天我们结婚，我妈妈快乐，我叔叔婶婶快乐，你快乐，如果迪伦在这儿，他也会快乐的。你们都快乐，我也就快乐。”

他俩手握着手，阳光在他们脸上打出斑点，时间也静止一般，只有麻雀在树枝间飞来飞去，投下的影子，让那些斑点跃动起来。突然，手机响了一声，燕燕从她的手提包里取出来察看，是一条手机信息。她看了，脸色发白。

“燕燕，不要着急，给我看。”

她把手机给皮耶罗，他看后反问：“你觉得呢？要不要我陪你去？”

这个家有两间房，多少年了，没添置一件家具，屋子里黑黑旧旧的，房子外面生长了好多迎春花，有几根枝条爬进窗来。那天晚上，小小的她和他坐在桌前吃饭，眼睛都低垂着，只有咀嚼空心菜时难听的声响。

那时你还没有床高。他说，他们就出远门了，就再也没有回来。

她点点头，相信他的话，她是被亲生父母抛弃的人。

半夜，她像中了蛊，身体动弹不得，听到有人在唱折子戏《秋江》，一个当陈妙常，一个当艄翁。艄翁与追赶爱人的妙常调侃，他们唱得断断续续，走调的走调，但好听。她睡了过去，不知何时她听到一个女的在说："我不能离婚，和你做一家，我已有一家子了。"女人说完哭了。这时，屋子里扑通一声响。

"别这样跪着。"还是那女人的声音，"你另外找一个婆娘，安安生生过日子吧！"

她拼命摇头，想醒过来。那个女人的脸很像石溪路上杂货铺的姨，经常来家做饭、做清洁，照顾她。太阳升起时，那附于她身上的蛊突然消失，她起身出去，屋子里除了他坐在桌前吃稀饭，没有别人。他的眼睛肿肿的，头发长得像乱草。

轮渡前的跳板，像神秘的魔方，由着季节的不同，水位的不同，水手将其放在不同的位置。走在上面，尤其是没人的时候，追逐是最刺激的。她上跳板时，会在上面单腿跳着。男孩子会观看，她停下时，男孩子会追逐她，但都被她逃过了。

她不怕男孩子们。

她害怕江水会吞没嬢嬢[①]，她是家里一个远亲。嬢嬢不算美人，长相平平，可是非常有气质。嬢嬢有一个固定的男人，两人并没有扯结婚证。嬢嬢每回站在江边，都要说那个发豆芽的方叔的事。他发的豆芽又长又嫩，价钱也便宜，附近一带的人都要。他与她从小学就在一个班上。他背对的山坡上是始终关着门的白色城堡奥当兵营。

他不仅种豆芽，也热爱诗歌。有一阵子，整个山城，每个拐角的小巷子里都会冒出几个诗人，他们在长江珊瑚坝上搞万人诗歌朗诵会。那个地方在二十世纪四十年代很热闹，是毛泽东从延安到重庆与蒋介石谈判时，飞机降落的地方。夏天涨水时，坝子只露个头，冬日枯水期，整个小岛才露出来，是平平的坝子。民间诗人口口相传，拉帮结群来到这寒冷的坝上，点燃篝火，拿起高声喇叭，热情地朗诵诗稿。妈也参加了。人山人海，动静太大，警察也开着卡车来了，说聚众未经申报，要拘留领头人。大家跑起来，飞毛腿似的。

都说方叔是同志，总有一帮男人与他往来。父亲在他十二岁那年戴上尖尖帽游街，他和母亲躲在家里。母亲紧紧地抱着他，他没法动弹。父亲身心垮了，被放出来，却得写思想汇报，没多久，就走进江里了。死的地方，就是方叔种豆芽的地方。

都说方叔不是在种豆芽，而是在打捞父亲。有一天，父亲平反了，补了不少钱。方叔接下江边那幢白色城堡奥当兵营，与别人一起做了一个西餐馆。

嬢嬢在那段时间终于走出门，答应帮老同学做收账的。又旧又烂的奥当兵营被装饰得雅致，一时成为当地的景点。嬢嬢那段时间很快乐。

---

① 嬢嬢：重庆方言，阿姨。

嬢嬢的男人回家，找不到嬢嬢，打听到她在西餐馆，去了一看，便明白，那个男同学心里恋着他的女人。

一生唯一一次，嬢嬢有了别的男人喜欢。

他受不了。

嬢嬢没说之后发生什么。但是她知道，亲眼所见，他跟方叔说了几句话就动了手，他被赶出餐馆。没多久，那餐馆因为政府要收回，便关了门。都说他是告状者，说那儿是文物，不能经营餐馆。是真是假，都不重要，方叔破产后离开重庆去了海南。嬢嬢的男人吃她的醋。嬢嬢呢，失了工作，只有回家。嬢嬢没离开，百分之九十是因为与自个儿男人较劲，百分之十是因为他们的女儿还小，需要她照顾。

有一天，她在江边坐着，看江水。

嬢嬢来到她的身后，两个人站着，轮船都驶过了五艘，嬢嬢才开口说话，说想她的妈妈。嬢嬢说在她小时候，与她的妈妈一起脱了鞋，涉水爬到两江汇合处的呼归石上玩，扳螃蟹。一共三只，螃蟹小小的，她的妈妈陪着嬢嬢玩了一会儿，就说服嬢嬢，最后将三只螃蟹放生了。倒是摘了马兰花回家。

就是那天嬢嬢和她说了再见。嬢嬢要离开这座城市。嬢嬢没讲去哪里，她拉着嬢嬢的手，眼泪掉了下来，不仅是为嬢嬢，也是为自己：

江水呀一如既往地流淌，你是否可以告诉我，这样的生活，我最缺什么？

10. 还是同一天

燕燕决定一个人去，让皮耶罗回家，婚礼有那么多客人要来，有那么多事需要他在场。他想了想，同意了。她叫了一辆出租车，直接到酒店大门前。这儿一看就是修道院改建的酒店，有停车的庭院，也有种植着花草的花园。

她戴着一顶帽子。中午的阳光照耀下来，中国人经不起晒，她马上移到一个撑了一把大白布伞的大圆桌前。周边没有别的客人，服务生给她端来一杯水。坐了好一阵子，也不见父亲，她有些不安地张望。

这时，一个穿得花里胡哨的中国男人出现，五十来岁，五官有模有样，戴了副墨镜，欢喜地叫道："燕燕，我的宝贝女儿！你真来了！"他把燕燕结结实实地拥抱了一下，坐到燕燕的对面。他摘下墨镜，招呼侍者，指着手机的翻译软件叫了香槟、香肠和火腿。

父亲的做派时尚，他以前不拥抱她，也不喝香槟。"我们庆祝一下，对吧？我的女婿呢？"

燕燕说："你知道明天就是婚礼，他给你问好。"

"他不在，正好。我俩可以好好说中国话。"父亲说着，环视周遭，"这个地方不错吧？门前还有一个私人教堂，里面有很老的画。"

燕燕笑了："什么时候爸爸关心过很老的画？稀罕！"

"士别三日当刮目相看。我是老江湖了，走南闯北，外国的世面也见过一二呀。"

“爸爸一个人来的吗?”

父亲清清喉咙，他几乎想也不想，一口气把前后原因说了一下。然后睁着眼睛，看着燕燕，似乎在等着女儿的指责，样子真诚。

“所以，妈妈为了我的婚礼，同意和你离婚，你昨夜才乘飞机来这儿?”她的眼睛红了，但是忍着。

“哦，她了不起，有牺牲精神。燕燕，你知道，我一生都在爱女人，这回才是真的!”

“每回你都这样说。”

父亲没听她说，他的眼睛突然一亮。

燕燕顺着父亲的目光看过去，一个网红脸的年轻女人，穿戴得更花哨，戴了一顶大宽边帽子，踩着高跟鞋走过来。他还是坐着，却捉住那女人的手，放到燕燕的手里，介绍:“安莉。燕燕。”

两个女人的手握在一起，安莉的手很有劲。真是别扭，皮耶罗那晚也把她的手与堂妹卡拉的手握在一起，只能说明两个人不会握手，需要别人强行干预。

果然，两人握手后，安莉目光斜视，像没燕燕这个人似的，对着父亲甜甜地一笑。服务生端着香槟来，放下橄榄和花生，给三人分别倒了酒。安莉与燕燕的父亲耳语:“怎么又叫香槟，不要因为我爱喝就浪费钱。知道吗，我得给你省钱!有一个游轮在西西里岛，明天傍晚得上船。”

父亲举杯，停顿了一下说:“来，燕燕，为我们在罗马相见。”

他们三人举杯，安莉说:“燕燕，为你爸爸找到了真爱!”她喝了一大口，“真是好喝!”

燕燕举着杯子的手放下了。

安莉看到了，说:“你的心情我理解，爱情可以改变一个人，有我在，你爸爸眼里不会有别的女人。”

燕燕说："当然，你可能是个例外。"

父亲埋头查手机，皱着眉头，拍拍燕燕的肩："哎呀，燕燕，你的喜日子也是明天，怎么办？按礼节，我今天应该请亲家一家子吃个饭，见见面，可是他们说外国话，我搞不懂，会出洋相。婚礼前，人家忙着，我这么做只会给他们添乱。反正是一家人，不客套了。你说是不是。我答应你妈妈，把你带进教堂，可是我舍不得把你交给任何一个男人呀，如果不是有你这个女儿，我早离家出走，决不回去，你看，我说的是老实话。"

燕燕看着父亲，父亲老了一大截，好多花白的头发冒出来。她说："我会告诉妈妈，你来过罗马了。"

这话很出乎父亲的意料，他放松下来，笑嘻嘻地说："燕燕，你长大了。"他搂过那女人的腰，提议大家，"嘿，找一个中国餐馆，好好吃一顿，唱个卡拉OK，再好好看看罗马。"

"不必了，爸爸。你们好好看看罗马，今天我还有好多事要做。"她没有生气，甚至声音还是照常。她站了起来，便走。

父亲一愣，跑过来，说要送她。

她拒绝道："不要送，爸爸。"

父亲止步了，慢慢朝那张桌子走去，走了几步，突然走起猫步。那女人被逗乐，笑起来。

燕燕拐到酒店回廊前，目光正好触及花园里的这一幕。父亲可以那样开心，为什么不可以？他当然可以在罗马城找到一个唱卡拉OK的中国餐馆，他最喜欢唱崔健的《花房姑娘》：

> 你带我走进你的花房，我无法逃脱花的迷香，我不知不觉忘记了，噢……方向，你说我世上最坚强，我说你世上最善良，你不知不觉已和花儿，噢……一样——

她记得他唱得尽兴的脸，唱到情深处会忘我地闭着眼睛。她的脑海里同时浮现了另一幅早已淡却的景象：在山城江之南，小街上人们在热闹地庆祝，庆祝什么，与他们没有关系。

父亲打过电话，说是要回家来。不错，她记起来，那天是她的生日。母亲在厨房里忙碌，炖上一只鸡后，母亲在窗帘后面找到一个包裹着灰布的包，打开一看，是一把油纸伞，蓝蓝的，泛着光。燕燕不解地问："妈妈，为什么包得这么严？"

"要保护它。"

"坏了，另买一个？"

"那就没念想了。跟外婆没关系，跟我小时没关系。"

"那也跟我小时没关系？"

母亲笑了："你现在就是小时。"

"我马上十岁了，不小。"

"再过十岁，你才不小。"

母亲将蓝雨伞撑开，放在阳台上。父亲跟这把伞没有关系，他对此视而不见，那天晚上他没有出现。小街上的人们，还在热闹着，跟过节一样。燕燕对母亲说："我们去看看吧？"母亲看看桌上的饭菜，点点头。她俩手牵手下楼去，拐过一条巷子，进入小街，发现那儿是夜摊。好多人在吃烧烤和串串，摊主把音响放到震天响，都是流行歌曲。母亲说："我们坐下吃吧。"

燕燕给母亲递上一张长凳子，并在她的身边坐下。母亲点串串，摊主给她俩倒上老荫茶。来回放的歌曲，居然放到了《花房姑娘》：你要我留在这地方，你要我和它们一样，我看着你默默地说，噢……不能这样，我想要回到老地方，我想要走在老路上。

一切都像是昨天，酒店花园里有另一家子：一对英国夫妇和一个小女孩在亲热地喝着咖啡、吃着冰淇淋，说着话。她心里生出一股悲凉，无论是十岁，还是多一个十岁，再多一个十岁，父亲都与她的时间轨道错开，他是别人的父亲，她也是别人的女儿。

出门前，决定穿什么衣服，每个女人都会头疼，但是燕燕从来没有为之动过脑筋，她喜欢素打扮，喜欢青白二色，布衣休闲鞋。但是今天，她得让自己好看一点。打开箱子，里面没有多少选择的可能性，她带来罗马的衣服不多，正式的场合，只有白色婚服和一件中国旗袍改良过的紫色礼服。她取了紫衣，套上后，把头发梳在脑后，扎了一个马尾。穿上高跟鞋后，她对着镜子抹上口红，觉得有点浓，用手抹了一下，淡多了。她满意地看了看镜里的自己，她看上去气色不错。

接她的车子停在宫殿大门前，她走上台阶。像算准时间一样，王仑一身黑西服打着领带，精神焕发地从石阶上跑下来迎接她，说："很高兴你来。你的衣服真漂亮！"

"对不起，我没有穿你昨天送的工作服。"

王仑得意地微笑："不满意吗？"

"你太过分了！你债台高筑，让我负罪，无法睡觉，真混蛋！"

"以前的燕燕回来了。我犯贱，你指责我，我就会快乐！"

燕燕没想到，有点不快地说："我会穿上你这件衣服结婚的，你满意了吗？"

王仑故作高兴地说："我的荣幸。"

他让她挽着他的胳膊，两人朝门口走。门口有个牌子："全球五十强风云公司援助非洲儿童慈善活动。"

王仑的秘书安妮及随从在身后跟着，也有不少参会者用不同语言向王仑打招呼："晚上好，王总！"

燕燕突然醒悟过来，一下打掉王仑的手："你根本就不是什么记者，你就是那个房地产商！你就是那个方露露的男朋友，你是混蛋中的混蛋！难怪你他爷爷的有钱收藏到梦露的电影剧本原稿，是

《让我们相爱吧》呀，那是我最喜欢的！哼，都怪我粗心，都怪我在意大利不上网，做瞎眼狼。”她气得说不出话来，脸通红。

王仑解释：“我从来没说我是记者，你回忆一下。好了，消消气。”他拉过她的手，带着她往前走。碍着大庭广众之下，燕燕只好作罢。

廊柱外的罗马，沉浸在夕阳斜照中，浓艳的霞光一泻千里，倾洒到了廊柱上、殿堂里，映射在一幅幅十七世纪的壁画上。酒会来了不少人，有著名政界人物，总理、部长出席，还有意大利皇室成员，还有电影明星索菲娅·罗兰——导演费里尼的御用女一号，著名女演员桑德拉·米洛等，他们个个盛装华服，溢彩流光。

王仑把燕燕带到桑德拉·米洛的面前，介绍她们认识。

马可·瓦利走过来，用英文打招呼：“王先生，再次幸会！也许，你和我可以合作，我下一个电影，有一部分故事发生在中国。”

王仑假作迷惑：“一起合作？一起照顾方露露，还是投资电影？”

马可·瓦利大笑说：“电影，当然，每个人都知道，中国电影市场很大。”他朝燕燕伸出手来，很有礼貌地说，“你好！我是马可·瓦利。”

主席台上，王仑和五六个名流坐在一起，主持人戴了一副黑框眼镜，西服笔挺。他看了一下或坐或站的观众，清了清喉咙，做了简单的开场白之后，直接切入主题发问：“关于援助非洲是否正确？”他还未放下麦克风，下面一阵骚动，好几个人抢着发言。

场子里响起鸽子的啁啾，发言人停顿了一下，接着发问：“中国的经济与全球的经济发展有什么关联？”

王仑听着，眼睛紧张地四下打量，会不会是它呢？它会跟着他，他到哪儿，它到哪儿。

紧跟着，一只鸽子出现了，在屋顶盘旋鸣叫。另一只鸽子扑腾到地板上，在发言人与观众之间漠不关心地走着，胖胖的身体骄傲地左右摆动。那个著名的电影演员桑德拉·米洛忍不住哈哈大笑，引起了满堂哄笑。

王仑注意到，这两只鸽子虽然是灰鸽，但头顶都没有那丛黑毛，他放下心。一个保安冲进来，追鸽子，但扑腾一下摔倒，引来更多的哄笑声。他狼狈地抓住了那只鸽子，把它带走了。

主持人擦拭额头上的汗，努力恢复之前的正式氛围，他用手轻轻敲了敲麦克风，场子里安静下来，他用英语说："中国的经济与全球的经济发展有什么关联？好吧，现在，我请来自中国的贵宾、财富集团王董事长回答这个问题。"

王仑接过麦克风，稍微停顿了几秒，才说："如果私人企业向非洲提供援助，而没有适当控制，只会使穷人更穷，导致通货膨胀的大幅增加。事实上，没有监督的援助，会助长某些官员的腐败。我们过去常常给予非洲各种支持。目前中国商人正在采取更负责任的态度，根据受援国的具体情况和发展，调整我们的援助政策，否则只会是海市蜃楼。"

燕燕在观众席里倒数第二排坐着，没想到他这样讲，忍不住站起来插话：

"先生，你们自以为有智慧，却不知你们在那里做了什么！我的一个在非洲做志愿者的朋友告诉我，在非洲南部一个小镇，有个蚊帐制造商，他雇用十名工人做蚊帐，可供养一百五十名亲属。但是，一个国家无偿地提供了十万顶蚊帐，这导致了当地蚊帐商的破产，他的一百五十名亲属只能乞求食物。几年后，这些蚊帐被当破烂丢弃，人们死于疟疾。这是你的公司干的好事之一！"

她突然停顿，因生气脸红了，四下鸦雀无声。

王仑带着微笑说："我认为这位年轻的女士没听明白。之前一些糟糕的事在一些国家发生过。我代表中国商人发言，我们确保此类情况不再发生。"

殿堂里响起一阵雷鸣般的掌声。

燕燕的脸更红了，在她的椅子上坐下，没敢看王仑，他一定比她更生气。她索性站起身来，带着骄傲的神情离开。

她往石阶下走去，脚步声从身后传来。看到她，那辆送她的车马上打开车灯，滑行过来。

"等一等。"是王仑的声音。

车子开到她面前停下。她转过身来，对王仑说："对不起，我得走了。"

"你刚才的发言一针见血！"他喘着气。

燕燕从鼻子里哼出一声说："王仑，你根本听不懂。"

他笑了，举起双手，表示投降。

她的脸上露出笑容，故作轻松地说："我父亲不能来参加婚礼。你可以代表我父亲，明天下午陪我进教堂，把我交给新郎吗？"

他陡然收起笑容，慢慢地转过身，又突然跳起来，对着墙就是一脚。

"哼，我也会踢！"她边说边对着墙踢了一脚，踢痛了，抱着脚喘气。我是自找苦吃。

这一切王仑没看到。他转过来，对她厉声说："苏燕燕，知道吗？你这是惩罚，超出了我可承受的程度。"

"猜你会这样。"她站起来，"如果你不想，那就算了，再见。"她伸手拉车门，要上车。

他一把拉住她的手臂："没有你想的那样简单。"他扳过她的肩来，看到她一脸是泪，伸手替她抹去泪水，"我和方露露在一起好几年了，我想说……”

“说什么？”

“你马上就要当新娘了，皮耶罗又是那么好的一个人，你我之间……你我之间……”王仑艰难地说不下去。

燕燕一字一顿地说：“是在做梦，像个童话。”

王仑神色落寞，难以开口。

“所以呢，陪我走进教堂！拜托了！”燕燕扳开王仑的手。

王仑没说话。

燕燕拉开车门说：“忧苦之慰圣母堂，明天下午两点见！”

她坐进车里，关上车门，没看车外的王仑，让司机开路。司机发动车子，驶远。罗马的夜空，缀满大大小小的星星，她凝视它们。莫知的世界，未来的世界，其中最亮的一颗，是母亲小时哄她入睡时，许诺她，要为她摘下的。妈妈，你好吗？她想给母亲打电话，可是怎么给她说这儿发生的事呢？真是无从诉说，她叹了口气。

房子的墙壁很薄，一户人家发生的事，另一户人家几乎都知道，邻里间没有什么秘密。好几所房子围挤在一起，最末的房子那儿是个院墙，有条水沟，从山上流下的水经过，一直流进长江里。水沟上偶尔会搭一块木板，让两边本来不通的两条街连通起来。有时，那木板也会被取掉。是谁干的，她永远不知。她对那木板下的石块好奇，尤其是那儿有一座吊脚楼，据说穿过它，就可以直接经过仓库，仓库里有枣树和野枸杞树，年年都会结甜果。她爬下水沟，站在那溪水流淌的石头上，试探着往前走。刚跨出几步，身后有声响，一个穿花格子衬衣、短裤的男人也下到溪水里，凉鞋踩着水发出啪啪的响声。

她似乎见过他，像是住在对面街角，长得还斯文，头发也剪得整齐，看上去一副有教养的样子。

他眯着一只眼睛，看着溪水，对她说，你看这吊脚楼下水流得很急，要是没站稳，就会被冲走。他把手伸给她，让她抓着他的手走上来。

她照做了。他领着她，来到木板下的一块露出水的石头上。他的手没有直接松开，而是顺着手臂摸过来，像蛇一样滑到她小小的胸上，她吓坏了，一下子闪开，却浑身战栗。

“不怕，我喜欢你。”盯着她的脸，眼神非常真诚，“你这么勇敢，敢去这沟下面。”

她不知怎么办，想喊，可是怕丢人。这时，他抱住了她：“我真的喜欢你。你会喜欢的，你看我这儿有什么？”他把她的手放在他的两腿之间，那儿滚烫，发硬，正顶向她的脸。他太高个了，她恨自己太小个了，就连身高也让这个坏蛋占了便宜。

那天下午，这水沟附近都没有一个人。记不得如何从那儿回到家的。她没敢把这事告诉任何人。那个人有次在一个巷子里遇到她，还问她好，问她能不能和他去看一场电影。她涨红了脸，不敢看他。

当时他跟上来，她加快了步伐，正巧有个邻居在巷尾叫他，她才得以逃脱。他那样不是人的东西，最好顺着溪水流下江里喂鱼。

也因为发生这样的事，她在家里比较听话，有时父亲回家来，她不再跟他对着干。她甚至对他很好，趁他睡着，寻找他的白发。有时发现几根，就用剪子悄悄剪掉。相比那个穿格子衬衣的流氓，他其实就是一个君子。十岁那年，他送了她一把小小的牛骨梳子，因为她第二天要跟学校到杭州旅游。她真的好喜欢。

街上传来音乐，是三十年代的老唱片。机器旧了，放出的效果不好，听起来，有种唱不动的苍老感：

没有你，梦难寻，
拥有你，梦难绝……

小时她爱哭，哭的孩子讨嫌，没人喜欢。谁也不理她。哭够了，她只好自己想办法转移思路，爬在窗前看天，有好多乌云，像人的脸，不快乐的脸。渐渐长大一些，她学会不哭，也不再看天上的云，而改为看江水，看对岸码头。她发现心里那些已有的形象在消退。

开始叛逆是在初二时，她十四岁，要么背着家里写请假条，要么放学不归家。

有一天，她在马路上走着，人们在她身边奔来奔去。她打量着街上的人，突然绝望地想到：怎么很难集中思想？她走到一幢大楼的墙边，靠在那儿，继续盯着他们看。母亲是什么样的人？她对母亲一无所知，虽然也与她谈心，但都没有那隐秘的一面。她读了好多外国小说，她不满足母亲应付式的交心。母亲有张照片，烫了鬈发，系了根花发带，穿了一件黄毛衣，超短裙，很惹人，浑身上下洋溢着光彩。那是另一个母亲。不是现在的样子，短发，穿得像尼姑庵里的人。母亲很爱我，母亲的心不在了，丢在哪里？她朝后退了几步，阳光从旁边通过一墙面的亮光折射过来，我呢，似乎还不迟，我必须经历点什么才行。这个想法在她的内心得到呼应，阵阵潮水涌来，她很激动。那么，这样的心情下，才可能发生点什么。

她走到马路牙上站立，两条辫子搭在胸前，整个身体处于放松状态。那个傍晚，她看见他，虽是一个陌生人，但对她来说，有吸引力，身体有反应。

她喜欢这样的见面，他站在那儿，有些无措。他们各执一瓶啤酒，走到桥墩下面，两个人看两江风景，说着城里哪处变了，哪个地方的辣子鸡好吃。

“什么时候？”

“这儿不可以，那边有一个偏房。”

她喝着酒，突然手一扬，酒瓶飞向水泥柱石，爆成碎块。“不行，我得离开。”

“去哪儿？”

“我不想说。”

他听着，将手插入裤袋：“你的心得定下来。”

“为什么不早点儿？”

“早点儿什么？”

“你清楚。”

“不清楚。”她说，这才明白自己和其他人很相似。她是一个罪人，为了惩罚她所拥有的生活，这样自我斥责，比较痛快。

她回家了，难以入眠。从那夜起她成了一个失眠者。

也是那年夏天，发生了那件事：她坐在南山上的一幢烂尾楼里，看夕阳西斜。燃烧的天空，晚霞向大桥坠落，灰烬浮在整个城市高高矮矮的房子上。她的两腿间湿乎乎的，很痛，像书里说的那么痛。失去处女膜的她，不完整，不再是原来那个她。她内心慌乱，躲避，不得不学会从容不迫。

那年夏天，还发生了一件事，街上好些邻居到王家沱那儿的洄水沱看尸体。平日江边也有尸体，但没有这么大的阵势。她只是好奇，也跑去了。一到那尸体跟前，就听到了一个女人的号哭，她坐在尸体边上，眼泪是真的，可脸并不悲伤，似乎是一种解脱。男人身上的皮肤被水泡得发绿，肿胀如充气气球，白衬衣和灰短裤被绷烂。边上有邻居悄悄说："专搞小女孩，活该，得到了报应！""肯定是被人下了毒手，扔进去的。"

通常人淹死，七天才浮起。他的脸模糊难辨。人越挤越多，警察来了，有人扶起那个可怜的妻子，警察在对她做口录。

她从人堆里抽身出来，慢慢往山坡上的家走。天气闷热，汗水爬满周身，特别不舒服。

她不再喜欢这个城市的男人，以后离开那座城市，这个习惯也没改。那天，河水流淌的声音并不大，无法掩盖她不再是一个处女的真相，那个时刻的喊叫没有消音，真相太残忍，她只能拒绝承认。但从此，梦中家乡河水流淌的声音让她害怕。

算起来，那应是1997年，她是少女之烦恼，既不是失恋，也不是遭受命运重大挫折，而是觉得这样的生活，继续朝前，没有什么意思。她在长江大桥上走来走去，本打算从桥中心翻栏杆跳下，但天上一轮红月出现了。她看得浑身热血沸腾，变了主意——我都还没有好好活过，不行，得给自己的生命一个活的机会。她走到路的中间，身边全是呼啸而过的汽车，把她的一头长发吹得四散飞扬。她朝前走，喇叭声震天响，但是却绕开了她。

2008年5月，她参加了一个汶川地震救援队，跟随一辆卡车送捐助的物品和药，前往都江堰灾区。满目皆残垣断壁，到处是惊魂不安，寻找的人群络绎不绝，呼唤的声音此起彼伏……卡车经过一个救援中转站，这儿混乱不堪，帐篷和简易篷布房里的人在打电话，在登记，有大大小小的车辆，还有好多工作人员。有一个人正在埋头点数物品，用笔在本子上记录，他抬脸来擦汗，那神情跟多年前那个站在溪水中穿花格子衬衣的男人很像，眯着一只眼睛，只是老多了，头发灰白。他不该在此，大概跟她一样，是自发参加民间救援队的。

卡车下货后，她跟着车子走了。但愿是他，还活着。

11. 罗马正南，偏东

伴郎安吉洛小时与皮耶罗是邻居，后来又在同一所大学，皮耶罗是汉学专业，而他学的是考古。安吉洛在米兰工作，每回回家看父母，都要和皮耶罗见面。他从米兰坐火车来，与皮耶罗在火车站相遇。他个子高大，穿了一件格子衬衣和牛仔裤，看起来十分俊朗。皮耶罗提了他的行李，放在后备厢，待他坐好，系上安全带后，才发动车子，开到了位于纳伏纳广场边上的小街。皮耶罗停了车，两个人一前一后到达他们常去的一家酒馆。他们和老板是熟人，这儿虽不大，壁柜里全是酒，放着打击乐，有几个客人坐在外面。

他们坐下后，老板过来与他们寒暄，告诉皮耶罗，他们为婚礼准备了好酒，让他放心。

安吉洛要了一个比萨，皮耶罗要了一份沙拉，二人边吃边聊。

他们聊到以前的约定：若结婚，彼此当对方的伴郎；若生子，彼此当对方孩子的教父及负责洗礼。

“没想到，我先当伴郎。”安吉洛说。

“你不也求婚了？”

“求婚是求婚，结婚恐怕得等等。”

“怎么啦？”

“现在经济不景气，你在学校工作若能转成正式，也是不错的，有个生活保障。”

皮耶罗摇摇头。

“那你找份别的工作？”

“没有。你知道我并不想做这份工作。”

安吉洛看了一下进门的地方，直截了当地说：“你有心事。”

皮耶罗点点头。燕燕一个人去见父亲，他觉得她父亲不可能参加婚礼，心情不好。出门前，奶奶就掉泪了，他是她一手养大，舍不得他，他理解。

但这谈话被中止了，几个朋友推门而入，他们大都是他的大学同学。大家拥抱、握手，要了啤酒，两张桌子凑在一起，碰杯喝起来。他们谈了下婚礼要办的事，开了一阵皮耶罗的荤玩笑，说以前他喜欢一个女同学，大家都以为他和她会结婚，结果跟一个中国女孩结婚了。当时，那个女孩追他，给他写了不少情书。有一次，他和一帮朋友在一个酒吧，那女孩来了，向他表白，而旁边有个喜欢女孩的男同学，不知为什么，跟皮耶罗拉扯在一起，女孩居然一个酒瓶子扔在那家伙身上。她是真的喜欢皮耶罗啊，安吉洛说。另一个穿花衬衣的说，要以皮耶罗为榜样，到中国去留学，娶个中国女孩回意大利。

他们举杯祝贺他要结束单身生活。看到皮耶罗兴致不高，他们说起笑话，一个朋友说：“明天婚礼时，会把三亲六戚都叫去助威。”

另一个朋友说：“蹭吃蹭喝吧？！”

“对，对，跟好莱坞电影《婚礼傲客》一样，我们再编一段黑皮耶罗的笑话。安吉洛，你的伴郎演讲词准备好了吗？”

安吉洛点点头，伸出手，与对方掰手腕，边掰边说：“我从一个星期前就在想怎么说这新郎官，在火车上也在想。不需要问他细节，我全知道。”他大笑，把对方掰倒，把手伸向皮耶罗。

皮耶罗力气并不大，却掰倒了安吉洛。这让大家感到意外，轮着过来与他掰。差不多与每个人打个平手，皮耶罗自言自语：“你们让着我。”他喝了一口啤酒，与安吉洛碰杯，对方不喝。

“为什么?”

“这不明摆着，这儿完事了，我得把你和你的车开回去，不然你妈妈会找我麻烦。”

皮耶罗点头不语。大家在讨论时局问题，以及频频出现的恐怖分子袭击无辜平民的事件。一个朋友说：“看看吧，什么时候开始，我们伟大的罗马，尤其一些重要的街口，万圣殿前，都会站立着荷枪实弹的警察。”

“持枪自保，意大利应跟美国一样允许公民持枪……”

皮耶罗情绪变得焦躁，他打断对方的话：“持枪解决不了问题。经济危机并不是这个世界最大的问题，人类的信仰危机才是。”他点燃一根烟，又马上熄掉，“只有宗教，才能拯救人类。”

皮耶罗招手要再叫一杯金巴利苦味酒，被安吉洛阻止了，他找了一个理由说：“我还有点事要办，我们结束吧。”

“那我们晚上见吧?”一个朋友说。

“晚上看看皮耶罗安排吧，如果他困在家里，就明天婚礼上见。”安吉洛说。

朋友们都喝多了，都接着安吉洛的话说：“明天见，新郎!”

皮耶罗酒喝得并不是太多，但安吉洛的话，他听明白了，他把车钥匙扔给安吉洛。

两个人开车回到家已近七点，安吉洛停好车，把车钥匙还给他，拥抱他后，看着他进了楼里。

母亲闻到他身上有酒味，看他脸上有肿块，脸色不好看，摇摇头。他回房间，准备冲个澡，取衣服时看到新郎官的全部家当，站在柜前，他崩溃了。

家宴剩下不少啤酒，皮耶罗拿了两瓶去自己的房间。才喝半瓶，他的眼睛看东西就不清晰了，脑子也沉重起来。他找相册，可是找不到，找了好久，才在书架下端看到它们，厚厚的一叠。他坐在地上，一本一本地翻开。小时他像是父亲的尾巴，父亲在哪儿，他就跟在哪儿，他的眼里含满泪水。

父亲牵着他的手，跟着一队穿着中古时期服装的队伍走。那是父亲的家乡福祈，一个从罗马开车三个半小时路程的中世纪古镇。一到复活节，他们全家都会回去，在那儿、在圣保罗街上他们家有一所不大的度假房。他喜欢那些巧克力彩蛋。他们唱着圣歌，抬着圣像雕塑，举着牌子从广场上端走下坡来，绕过那个咖啡馆。咖啡馆有好些透明玻璃、墙上挂着硕大的球鞋，店主是一个老嬉皮，他有Chairman Mao的小红书。他们唱着歌曲，穿过整个镇子，乐队训练有素地奏乐，窗前都挂出彩旗绸带。他们唱着歌曲，一起祈祷。礼花漫天散开，礼炮隆隆响起。又像是火车行驶的声音，没错，是火车。他在等父亲回家来。等呀等呀，火车停了，父亲下来，一把抱起他。他高兴地叫："爸爸！"

一个女人的声音传来："皮耶罗。"他的回忆被打断，回过神来，那个喊他的声音，十有八九是卡拉。

他手拿啤酒瓶打开门，果然是堂妹。卡拉穿了一件蓝裙子，脸红红的，她看上去很焦虑："你不出去跟你的朋友们吃一顿饭？今晚是你最后自由的一夜。"

"你怎么知道我没跟他们在一起？真是！"皮耶罗说完，想把门关上，结果碰着头了，他叫了一声。

这一天上午方露露拍片，下午是街拍她个人的广告，几乎没有休息，中饭也只是一个三明治。终于收工了，她让李苹将明天需要拍的服装干脆带回来。她累坏了，心跳加速，头痛得厉害。回到酒店，李苹放下方露露的手提包，还有大包小包的衣服袋，两人在门口说再见，李苹朝外走，关上房门。

方露露倒在床上，睡了五分钟，才感觉喘过气来，她按亮了电视。意大利电视台在报道今年全球五十强公司风云榜慈善活动的新闻，镜头中，燕燕与王仑在一起，与意大利总理说着话，燕燕握着马可·瓦利的手。

方露露一下子跳到电视机前，但新闻已变成别的了。她生自己的气，把脚上的高跟鞋踢到了床上。她有种被他算计的感觉，他早有人了，才那样淡淡地邀请她，就知道她拍片不会去。

她走进卫生间，洗淋浴。我可以不愤怒，因为走到这一步，不会是一个人的错。好吧，不要怪他。淋浴可以让人纠正方向盘，她爱他，从看见他的第一眼，宴会里所有的人都在喝酒、吃精美的牛排，她这个跳舞的人，并没有觉得有什么意思，因为接下来会有一段苏格兰舞，人人都可以跳。当然，在一年一度的英国大诗人彭斯的盛会上，不跳舞、不吹风笛、不吃哈吉斯怎么成呢？她陪男朋友来，他有头有面，好些人跟他打招呼。她想要到外面透透气，上卫生间。回来时，发现有间房有一个男子在那儿抽烟，他的神情好忧伤。她走过去，问他要了一根烟，两个人抽完烟，他问她，你会跳苏格兰舞？她点点头。他说他会乱跳，他的样子很认真，不知为什么她想笑。她并不知道他是谁，他也不知道她是谁。之后他们见面，倒是他先来真的，他把手放在她的胸部，说他这几天都在想她，她不相信。她跟他并不是那么快上床，她不喜欢那么快就把整个程序走完，她喜欢与他玩游戏，但一开始，他就被她强烈吸引。男友给了她两个耳光，说只有我可以说分手，你们女人没有资格。这是个渣男，早就该分手！她让那个家伙滚。那天晚上，她与王仑在城中心最高的一家餐馆看北京夜景，听Lady Gaga的歌，一杯酒喝完，她对他说起自己的生活，尤其是在故乡重庆的生活，一瓶酒喝完，说她的身世，说到餐馆打烊，两人接着到一个酒店的酒吧继续说。这之后，他们决定在一起生活。什么时候，你会诉说你的从前，跟一个才认识的人，那么这便是上天的安排。原谅他吧？她关掉水。

她裹了条浴巾冲出来，便听到门开的声音，一分不差。她将手机里的音乐打开，是一首意大利老情歌。她的声音甜美，对王仑说："你看，我换了一首音乐。"

王仑看着床上的高跟鞋，淡淡地说："这个音乐好听。"

"我看了电视，你有了新秘书？"她不该说，可是她真忍不住了。以前他俩那么交心，无话不说，现在怎么啦？罗马让人变了，是她或是他？

王仑不接这话，他解下领带，放在椅子上："今天的慈善活动很成功，捐助了不少钱给非洲的儿童。"

方露露把床上的高跟鞋拾起来，放在地上。她走到酒柜前："我以后有钱，也捐给儿童。"然后话锋一转，"亲爱的，你这两天很神秘。"

"此话怎讲？"

方露露给自己冲了一杯杜松子姜汁酒，加了几块冰，转移话题说："别担心，我不会喝醉。"

"给我也来一杯吧！"

方露露给他冲了一杯，加了冰块，用心地搅拌，然后递给王仑。

王仑接过来，抿了一口说："酒太多了。"

"要不要给你加点姜汁？"她问。

王仑摇摇头，放下酒杯，走到窗前看着天空。天上星星闪烁，衬着紫蓝的夜空，他猛然记起什么，叫了起来。

"怎么啦？"方露露端着酒杯走近他。

"今天一睁开眼，我就提醒自己要做一件事，可是我居然忘掉了。"

方露露紧张地问："什么事？"

王仑叹了一口气说："今天是金星凌日，我一直梦想能看到太阳面上一个小黑点缓慢经过。我居然忘了。”

方露露松了一口气：“无聊。”

“你要对这种事感兴趣，罗马都要成为中国的首都了。”

方露露不屑地一笑：“星星多的是，这颗没有了，会有另一颗。”

“我只在乎这颗星星。我要再活一百二十八岁，才能与它相遇。”

“还有比星星更重要的东西呀，比如你的钱。”她看着他说，“是你开掉不听话的人，或是任他们踢你出局？”

他笑了起来，转过身，看着桌上酒杯里冒着的气泡说：“都不重要，相比金星，我的生命虚度了。”

方露露拉着王仑坐在床边，吻他：“其实我比一颗傻星星更有意思。或者说，你可以把我当成一颗比傻星星更傻的星星，就有兴趣了。”

王仑冷冷地回亲了她。

她知趣地起身，取了枕头，一边往外走一边说：“我把大床让给你睡。”这话说出，她立即后悔了，我是在做什么？我为什么要和他对着干？但话已说出，覆水难收。前天在哈利酒吧，她对着他干，是他挑战她，她当时当然站在马可一边。王仑扔下钱走后，她心里很难过，那天足足喝了三杯咖啡，马可一直转移她的注意力，后来，他说离拍片还有一些时间，建议去附近走走。他们走下坡路，没走多久，就到了西班牙台阶顶上，背靠双塔的圣三教堂，俯瞰热闹起来的广场，汽车、马车、游客和当地人鱼贯而出，台阶前是“破舟喷泉”，人最多，如过节一般。奥黛丽·赫本在电影《罗马假日》里是在这儿吃冰淇淋，和格利高里·派克谈情说爱，成为一道传世的爱情美梦。派克与马可长得并不像，但是性格像，细心而顽皮，内心像一个善良的大男孩。她觉得罗马好，一条路断了，命运又在另一条路上打开一条路来。她是从那天真正爱上罗马的。

她和马可从石阶上走下去，她数了一下，一百三十八级，每一级都是决心。王仑经常数他走过的石阶，现在轮到她了，生活就是这么不可思议！她抱着枕头，又从柜子里取了一条床单，走到沙发边。

王仑看着她把枕头放在沙发上，扯开被单铺上。他站起来，很想过去劝阻，可是他走了几步，便停住了，仿佛有股力量吸着他的鞋底。她明明难过，也可能后悔，但不表现出来。内心的骄傲是他们过不去的坎，两个人都硬撑着，他不过去拦下她，她继续往前走。他取了酒杯，喝了一大口酒，倒在床上，睡意马上袭来。

有意思，如此状态下还能睡着，真不是寻常之人！

说这话的不是他，蒙眬之中，他看到方露露的脸，是她在说，她居然走回来了，居然站在床前看着。她拿了床柜上的眼药水，走开了。那轻悄悄的脚步声，一步步远去，他闭上了眼睛。

与王仑那样分开，还不如不去他的宴会。她受不了他的欺骗，但回来的路上，她回忆，确实是她弄错了，人家压根儿就不是记者，是她脑子出错。一错再错，她居然险些爱上这个人。还好，他向她承认了，他和她不可能。

罗马城的路况好，没堵车，二十分钟不到，便回到皮耶罗家楼房大门前。燕燕准备按门铃，正巧有人出公寓大门，门开了，燕燕顺势走了进去。穿了一晚上的高跟鞋，脚趾有些痛，上楼时，她把高跟鞋脱了，提着鞋子走楼梯。

还好，走几十步楼梯，没一个人看见。到了他家所在的楼层，燕燕赶快穿上鞋，走到楼梯口，便听到门内有争吵声。皮耶罗的母亲哭诉着，奶奶的声音加入进来，堂妹卡拉也在说什么。听起来，皮耶罗像是在解释什么，声音压得很低。

皮耶罗的母亲高声说，语速很快。

燕燕虽是听不懂意大利语，但心里猜到是些什么问题，他母亲的话里夹有好多“No”，明显是反对。她不想听，又觉得不能再站下去，犹豫中，把手放在房门上，停顿了一下，敲了门。

皮耶罗打开门，一见她，有点不好意思，对她说：“燕燕，快进来。”

燕燕站在那儿，瞧见屋子里都是人，正想把皮耶罗拉到门外，卡拉一下子跳过来，将房门关上，对燕燕很不屑地叫喊了一句，满脸生气。

燕燕没理她，看到皮耶罗额头上的肿块，急忙问：“怎么啦？”

“没事，不小心碰了一下。”

卡拉本来站在门前，几步转到燕燕右侧，火气冲天说开了，说都是因为燕燕，家里长辈害怕皮耶罗结了婚去中国生活。“她们只有他，唯一的儿子、唯一的孙子呀！”她指着自己，“我也不愿意他离开。我们从小一起长大，我要看他，还要跑到什么鬼中国去，哼！”她的眼睛红肿得厉害。

皮耶罗生气地瞪了卡拉一眼。

卡拉说：“我不管，我就是要告诉她。”

他拉开卡拉，卡拉打掉他的手，赌气离开。

燕燕问皮耶罗：“那你一定会留在意大利？”

皮耶罗却对她说：“现在不早了，以后我们有的是时间商量。”

燕燕想说什么，却止住了。

他们往里走了几步，客厅里只有卡拉，其他人都回自己的房间里去了。客厅房间的玻璃窗上都是红色的中国喜鹊剪纸，还挂了几盏红灯笼。看得出来，她不在时，一家人都在为婚礼忙碌，她心里五味杂陈。

房间里的电话刺耳地响了起来，卡拉接的电话，听了一下，叫燕燕接电话。

燕燕接过电话便说："王仑吗？"

电话里是一个女人好听的声音："我是他的女朋友方露露。明天上午有空吗，我们喝个咖啡怎么样？"

燕燕没想到，心跳加快，马上转过脸去："喝咖啡？"她为难地说，"明天不行。"

"如果我到你家最近的咖啡馆见个面，十分钟？"

燕燕皱了一下眉，然后说："我为什么要见你？我们不必见面。"

"明天早上八点半我会在那里。晚安。"对方说完挂掉电话。

燕燕放回电话，抬头发现卡拉和皮耶罗看着她，她说："一个中国女朋友，明早来见我，喝个咖啡。"

燕燕看到卡拉盯着她看，她对皮耶罗说："我受不了，她的眼睛老盯着我看。"

皮耶罗说："我家里每一个人都是好心肠。"

燕燕看着沙发和卡拉，她想一个人待着。这个方露露，像根鱼刺在喉咙里，让她不舒服，她不知道该不该见，最好不见，没有任何意义。

皮耶罗看了看她，商量地说："今晚你睡我的房间吧？我睡沙发。"没等她说话，他走进自己的房间，将大灯关了，开了台灯，接着听到关窗的声音。

她站在那儿，心里有种说不出来的滋味，今晚他会不会给她一个亲吻或是拥抱？明天，明天她将举行的婚礼，他是她生命的另一半吗？他走出来了，拿着一个枕头和毯子。他对她说晚安，就直接朝沙发走去。她无语了。不管明天如何，今夜，我必须睡觉。她去厨房倒了一杯水，边往卧室走边在心里对自己说。

长江每隔几年涨一次大水，在她八岁这年，江两岸好多地方都被淹了。附近贫民窟的人在江里捡了好些东西，有吃的，也有用的，桌子、木盆，甚至床铺，他们说是天上掉下的横财。大水并不像以往那样来得快去得快，好多工厂都不上班，好多学校也是。可是她所在的学校却是正常的。正上小学一年级的她，入了队，戴上了鲜艳的红领巾。她每天都要经过一条有长长石阶的街道，一个邋遢的长白胡子老头，在那儿摆小人书摊。

一分钱看一本。

她有这钱，相比别的同学，她的家境稍好，经常放学不回家，在老头子那儿看。有一本小人书，说的是一群鸽子的故事。有只小鸽子在刮大风时，不小心与全家分散了，她很开心，从此以后，可以按着自个儿的性子生活。时间过得很快，小鸽子去了好多地方，岁数也大了好多。有一天，小鸽子在一座城墙上看见父母，飞过去，发现是它认错了。它开始想念他们，决定去寻找，可每回快到目的地，都有大风，很大的风，逆向吹着，它害怕，只能一次次放弃。为此，成天闷闷不乐，直到有天，另一只鸽子对它说，风有什么可怕？叶落归根，你走过千里万里，最后还是得归故里呀。它听进了，又往故里赶，大风刮起，风力比以前更大，这回它不怕了，咬着牙，继续向前飞。奇怪，不怕了，逆风就成顺风。没多久，小鸽子就到达了故里。可是它发现，这儿只有别人的父母和兄弟姐妹。不仅如此，一切全变了，它找不到家人，家人也找不到它，它伤心而亡。

她看得泪眼婆娑。长白胡子老头看见了，急忙递给她另一本书，并且不收她的钱。她打开一看，还是一个鸽子的故事。在长江一带，有一只鸽子一出生就具有超常的魔力，它会发出奇妙的叫声，让人死而复活。

所以，会有一些失去亲人的人来找它帮助。但理由不好，它不会帮。这天，一个脸上长了雀斑的小女孩来找，告诉它，因为爸爸对妈妈不好，有一天妈妈想不通，走入江里了。他们找遍所有的地方，都没有她的妈妈。小女孩泪水长流，鸽子同情她，叫她带路，它飞在她的头顶，一同来到江边。

鸽子飞在江面上，咕咕咕叫，又咕咕咕叫，声音像给挂钟上发条，不好听，但人听了，神经会绷直。没一会儿，小女孩的妈妈被一股大浪打回到沙滩上。小女孩急忙跑过去，妈妈闭着眼睛，被推醒后，看到自己的女儿，一把抱住，再也不愿松开。妈妈记不得跳江的事，但回到家里后，对丈夫像变了一个人，不仅不怕他，反而让他受气，他要动手，她比他先动手，他居然打不过她，反而规矩了。

小女孩看完这本小人书，问长白胡子老头，发现他早已收摊走了。

她问路边的人，老爷爷走了上山的路，还是下江边的路？

所有的人都摇头。

她只好回家，告诉妈。妈说，你说的事，跟我小时经历的一样，说着就去翻箱倒柜，找出一本小人书来。可不，跟她手里的书一样，封面上的鸽子，眼神清澈，在盯着她看。

这双眼睛想对她说什么呢？那天晚上，江对岸朝天门码头、解放碑和临江门、一号桥等地，焰火串线般炸开，炸得高高的，无边无际，漆黑可怕的夜空瞬间美如天堂。她记起来，那天正是共和国的国庆日。

12. 第四天

咖啡馆的柜台前有一个考究的玻璃花瓶，插了一束红百合花，环绕着四枝粉红帝王花。门口只有一个客人在吃早饭，他前面的桌子上摆着一杯卡布奇诺、一块面包和一份报纸。方露露一袭蓝色超长连衣裙，戴了一顶红色的齐耳短假发，为了不要人认出她来，还戴上了大墨镜，显得非常前卫。落座之后，她看了手表，差一分八点半。

门吱嘎一声被推开，燕燕走进来，是裤子外套了一件棉布紫花衫，脚上还是一双罗马平跟皮鞋。她张望了一下，没看到人，却先看到了百合花，花开得正艳。窗外的阳光照射进来，打在她的脸上。对面的镜子里的她个子显得小小的，眼睛里蒙着一层灰。她昨夜睡得出奇的好，居然是这样一个精神不振的状态。

方露露站了起来，向燕燕举举手，又坐下，像个老朋友一样微微一笑："怎么样，我已叫了两份卡布奇诺。"

燕燕没想到方露露是如此装扮，走过来，把手提包放在她和方露露之间的椅子上，没完全关上，边上是方露露的LV手提包。这时有人推门进来，直接坐到她们对面的桌前。

方露露站起来，走到里面一个位置，向燕燕招手："这儿安静。"她与燕燕坐下来，看着侍者端来咖啡。

燕燕直截了当地说："请问找我有什么事吗？"

方露露直勾勾地看着燕燕，上下打量着，淡淡地说："我们对彼此都有好奇心，所以才来了。"

"我并不想来……"

"不管怎样，你还是坐在这儿了。"

"每个女人，都是一个未知的星球。"

"你是年轻的星球，我对你充满敬畏。"

燕燕没想到她这么说，只得照实说："我不是挑衅你，那句话是费里尼说的。"

方露露一听费里尼，眉头皱了，口气淡淡地说："知道了，你就是靠几句费里尼老头子的台词搭上我的王仑的，他很吃这一套。那就直话直说，你们上床了吧？他花花事不断，最多两个月就会结束。你们在一起多久了？"

燕燕一下子火了："你脑子有病。"站起来要走。

方露露腾地一下站起："苏燕燕，你心里有鬼就走。"

燕燕一下子愣住，定在那儿。

方露露看了看燕燕，突然伸出右手来，像要打燕燕耳光的样子，燕燕偏开了脸。方露露一把抓住燕燕的胳膊，说："王仑说要来罗马，我以为他会向我求婚，昨晚我在他的衣服里找到这个。我好奇，想知道……"她松开燕燕，递给燕燕一个黑丝绒首饰盒子。

燕燕打开一看，是空的，一脸诧异地放回方露露的手上。

"他把里面的东西给你了？"

"没有。"

方露露看看燕燕，疑惑不解，不过两个人都坐下了。

方露露的目光移到燕燕的左手指上，中指那儿有一枚戒指，但不是钻石。她说："王仑才不会这么小气，他会给你一个大钻戒。"她任首饰盒滑落到桌上，眼泪突然掉下来。

燕燕的心一下子软了，从桌上拿出纸巾给方露露。

方露露接过纸巾，擦泪，说道，"我想起小时候了，那时好想有一个爱自己，自己又爱的人。"

“露露姐姐，你比照片上可爱多了。”燕燕严肃地说，“不瞒你说，今天我就当新娘，我请王仑代表我家人陪我去教堂。”

方露露大感意外，竟一时反应不过来。咖啡上的白色泡沫浇了一个心形，两个人都看着对方，方露露说：“哇，大喜日子！听你口音像是重庆的？”

燕燕点点头。

方露露的眼睛亮了：“这么巧！我也是重庆人，长在南岸，你呢？”

燕燕也一惊说：“上大学前我都住在重庆。”

她们可以谈重庆，谈那条流经她们生命的江水，可以谈上大半天。她们面前这个黑首饰盒，虽被有意忽视，可是有另一样东西，比这个盒子更能将她们连接起来，更被她们有意忽视，那就是重庆。她们看着，不敢靠近，却又想深入其中，最后还是放弃，任它化为乌有。最后，两个人都如释重负。

方露露微微一笑，意味深长地打破沉默：“生活呀，真是有意思。你的人生是男人，我的人生是我自己，我没有办法，从小就是这样长大的，连王仑有时也需要我来装饰他的面子。”她看看腕上的点缀着钻石的手表，喝了一口咖啡，站了起来，说：“正好十分钟，我告辞了。意大利的咖啡就是好喝！”她在桌上放下二十欧元。

燕燕也起身。方露露走到外面原来放手提包的那张桌上，发现她的助理李苹坐在那儿。

方露露回头对燕燕说：“男人靠不住，你好自为之吧，小老乡！”她挺直了腰杆离开，李苹跟在她的身后，快步走到前面，去给她开门。咖啡馆还是很安静，外面阳光很好，方露露看了一眼，停了脚步，微微侧身，口气轻柔地说：“燕燕，人跟人不同，我敢打赌，你是例外。你我如同不同的星球，此次相交，以后难有如此幸运。”她说完，摇了摇头，神秘地一笑，走出咖啡馆。

咖啡馆里太清静了，任何一种声音都听得见，虽然两个人离得并不近，但是方露露那一番话，前面的话，后面的话，一起扔过来，燕燕站在那儿，完全蒙了，眼睛盯着桌上的咖啡，心里堵得难受。她端起咖啡，又放下了，朝门口走去，走到门前，才发现自己忘记东西了，又走回来，看到手提包是敞开的，马上拉上拉链，从外侧的小袋里掏出一张纸条，那是母亲给她的纸条。她的眼睛盯着上面的字，飞快地读着，目光最后停在那把蓝雨伞上。

她重新拉开手提包的拉链，取出手机，想给母亲打一个电话。正在拨号码，手机响了，她接起来，吃惊地问："妈妈，你好吗？我正想和你说话。"

"我担心你，你马上要嫁人了，你爸爸到罗马了吗？"

燕燕的眼泪哗地一下涌出，她竭力控制自己，告诉母亲说，她见到父亲了，让母亲放心。她说会把婚礼的照片发过去的，她好想母亲。

比蜜还要甜，比梦还要咸
泪，哗啦啦掉下来
蓝雨伞顺风撑开
星星渐渐暗淡
睡吧，宝贝
一年又一年
妈妈日夜陪伴
……

她想唱，和母亲一起。那次大雨中，母亲急匆匆举伞沿着石梯而来，她站在学校大门前的一坡石阶上，抱着书包，正狼狈地窜到一户人家的屋檐下，冷得浑身发抖。母亲先脱下自己的衣服给她穿上，紧紧地拥抱她后，才牵着她的手往家走。

母亲在电话那一端说：“燕燕，四天前，你离开家时，请原谅我那样和你分开，我怕自己会哭，不吉利，结婚是大喜事。”

“我明白。我爱你，妈妈！”

妈妈说：“你的声音不太对，你在哭？”

“没有。妈妈，我很好。”

“我爱你，燕燕，妈妈最最爱你！我从今天开始，不穿黑衣了，我要沾沾你的喜气。”

她看见母亲，应该说是有记忆开始，母亲就穿深色衣服。后来父亲不回家，母亲直接穿黑色。从今天她的婚礼开始，她要脱下那黑色，这是多么了不起的事！她望望头顶的天，好灿烂呀！母亲遇见父亲之前，是怎样的生活，童年如何度过的，她一无所知。现在，她马上要步入婚礼殿堂，突然异常渴望知道这一切。但母亲这样，都是装给她这个女儿看的，她怎么可以和以往的痛苦和解呢？她早就是一个进入地狱深处的孤独灵魂。

从十一岁那年开始，她学着手绘花朵，到现在已十一年了。每年她不管多忙，都要抽出时间来再画一些，虽是不同时间所绘，花朵种类各异，但始终鲜艳妖媚，尤其是朱红色，有风暴那样的气势。每回画完后，便将画高高地搁在立柜上端。时间久了，会沾有灰。这地区气候潮湿，阴气重，画表面会浮出一股淡淡的霉味，那朱红轻了一些。

她看了看时间，从柜子上取下画，坐在一张矮木凳上，用湿布轻轻地揩上面的灰和霉点，再用干布擦一遍，以免画布破裂。她的眉低垂，睫毛黑黑的，嘴唇苍白，整张脸很安详，却是那么美。

做完这一切，她关上窗，尽管外面一派阳光灿烂。

她穿上黑蕾丝连身内衣和皮靴，戴上一顶黑礼帽，对镜抹了口红。在暗黑中，她把最喜欢的那幅梅花的画铺在地上，盘膝坐在上面。

一个黑衣男人推门走进来，将门掩上后，看了看她，掏出一支烟和火柴，点上后递给她。他走到房中央一只顶灯前，开始说话。

她坐着，男人的脸一半在阴影中、一半在光亮里，显得阴森莫测。男人讲了一个男人虐待女人和不忠的故事。不，慢慢地，故事变了，男人不仅玩弄女人，也玩弄男人，最后把这些人折磨虐待后杀害。这是本著名小说，被一个著名的导演拍成电影。电影上演前，他被人杀死了，而那部电影在很多国家遭到禁映。

她手一摆，男人停止，咳嗽了一声。她伸直背，盘上腿。她朝男人点点头，男人说起一个残酷青春的故事。两个女孩与同一个男同学的性冒险，他们犯下的错误，在一连串的冲动下，因为年轻，因为出卖了灵魂而遭到背叛。男人说：“卓别林说，人生近看是悲剧，远看是喜剧，关键是你怎么看。那么，当一个从来不说真话的男人，来到一个曾被他抛弃的女人面前，女人要他脱下裤子。男人胆怯地脱下裤子，下面发生了什么？”

男人抬头看天花板，那儿有一只蜘蛛在爬。他望着。

女人问：“怎么啦？”

男人不语。

“君子之言。”

“可以让他穿上裤子？”

“如果他肯洗女人的内裤。”

男人不明白，望着她：“洗女人内裤？”

“或是倒痰盂？”

男人皱眉头。

“做这种活，你们男人就认为不吉利，还不如去杀一个人，变性生孩子，对吧？”

男人不言语。

女人冷笑，然后说：“接着讲吧！”

男人说：“这个男人知道，黑暗中，有很多可以惩罚他的方式，他非常痛苦，他没有时间思考，但他决定穿上裤子，不管这代价是什么。”

“故事讲完了？”

男人点点头。

女人吸了一口烟，看了看他。他在原先站的位置的正北方，移动了一步，转了三十度。那头顶灯射下光来，投下奇怪的影子，像他长了一根尾巴。

她笑了。

男人不自然地看了女人一眼，走过去，给女人打开窗子。外面和屋里一样黑，只是天边有一线白光。不知不觉，时间就这么迅速地过去了十二个小时，两个人都不吃不喝。

女人说："一个人不能两次涉入同一条河流，因为河和人都与之前不同。这是伟大的赫拉克利特说的……"

男人叹了一口气。

女人停止说话，房间里空气迟重，仿佛划根火柴就可引爆。男人突然跪下说："我在这儿了，你要做什么都可以。从前，那是从前，我承认那一切。"

他说着从上衣袋里掏出一把尖利的刀。"你要我自己切，我便切。"他看着她，可怜巴巴。

女人没想到，喉咙里直冒酸气，她没有看他，说道："你走吧，不必再来。"

男人闭了一下眼睛，站了起来，迅速穿上裤子，走到门前，跨出去，将门很响的一声碰上。

女人盯着门，熄了烟头，动了动身体，查看那被自己坐过的画。画上的折皱，是她的身体涌出的汁液，点点梅花，不再是浓重的朱红，反倒像初潮之血，如此的青春，正在凶猛地盛开。

女人也叹了一口气，站起来，披了一件蓝色衣袍，把口红擦净，走进里面一个房间。那儿三面是书柜，一面是床，很小的床。床边是一个木雕男人，脸上蒙了一层纱布。她走到小床上躺下，轻声说："明天可以把你烧了，父亲，我不再需要你。"

那个木雕男人自个儿倒在地上。一分钟不到，竖起来另一个木雕男人。她看了一眼，挥挥手，"明天也把你烧了，管你是谁。我可以一个人在这个房子活下去。"

第一次莽撞写下一个故事，便写成这样，以后会写什么？青春年少，心已近沧桑！这样的书写，对她并不是一件有趣的事。好玩，辛苦才可行；不好玩，便无意义。还不如去看别人的书写。她合上本子，放下笔。趁早打住。女人向男人算账与女人睁眼看清男人，哪一种好？

13. 还是同一天

走到街口就遇到了卡拉，燕燕不由得怀疑，自己与方露露见面，是否被她跟踪。卡拉穿了一件花衬衣、破洞牛仔裤，脸上还挂了一副墨镜，显得狂放不羁，但身体语言是晦涩的。她注视了燕燕几秒，掉头朝前走，走得很慢。也许是发现她真跟一个中国女人见面，便放心了。西方人一般不这样行事，除非卡拉别有用心，直到现在她才感觉到，这个堂妹喜欢皮耶罗的心思过了。燕燕加快步子，与卡拉一同回家，路上卡拉问燕燕，是否需要她帮忙准备梳妆打扮。

燕燕想了一下，点点头。相信人善，比相信人恶好，那样你的心不累。

可是回到皮耶罗的房间，她却是没了主意。打开箱子，将衣服抓到床上，穿王仑赠的婚服，还是从北京带来的那件白色绣花旗袍？让她头痛。

皮耶罗敲门后进来，还是穿着便装，关切地问："你父亲还是要去西西里岛？"

燕燕难过地点点头。她看着他，指指床上的衣服。

"我觉得你还是穿那件好。"

她顺着他的眼光，当然知道他说的是哪一件。王仑送的婚服更适合她的气质，从这个方面来看，他是个善良人，不嫉妒。

"我父亲那样，我也没想到。"

他叹了一口气。

“不过，不要担心，我昨天请了王仑带我进教堂。”她不得不告诉皮耶罗。

“王仑？”皮耶罗不太高兴地说，“为什么是他？”

“在整个罗马，我只有他这么一个中国人朋友。”

皮耶罗勉强地点点头。

“没准他下午不来的。”

皮耶罗沉默一会儿说：“那样的话，我找一个叔叔代替。”

教堂的主礼拜堂布置得很讲究，吊灯和壁灯点亮，殿台前点了很多蜡烛，中间道两侧椅子背上系了白色的绸带和紫色、蓝色的鲜花，显得喜气。椅子坐满了家人和朋友，男士西装革履，女士衣装华丽，不少人戴着礼帽。还有一些位子空着。站在殿台上的皮耶罗看手表：下午两点。

他穿了一身黑色燕尾服，打了一根漂亮的黄丝绸暗花领带，胸前别着鲜花。胡子刮了，整个人看上去很精神，昨日的阴霾一扫而空。神殿上，神父白衣白袍，系了红带，也在朝外张望。

伴郎安吉洛头发修剪齐整，穿了一身黑色燕尾服，淡绿色领带，与皮耶罗很搭。他从外面门口走到神父的身边，和他道对不起，说坡下面正在拍电影，还有一些重要的客人没到，需要再等一些时间。神父叹了一口气，点了点头。

卡拉穿着蓝色小礼服，跟别的伴娘一样，头发上插了一朵白玫瑰，显得年轻、利索，也漂亮。她现在跑上跑下的，倒是尽心尽力，不过看燕燕的眼神，还是跟之前一样复杂，仿佛在说，不是不喜欢燕燕，而在于燕燕是一个不合时宜的闯入者，把她的家庭弄翻了天。如果燕燕不结婚，想必她会欢天喜地。

燕燕摇摇头，为什么我会这样想？卡拉今天中午给她化妆时，很仔细，把她变得比以往任何一个时候都美。看到燕燕照镜子时高兴的样子，卡拉才说，自己本来就是一名化妆师。皮耶罗都没告诉她，也许说了，但她没有记住。

卡拉的头又伸在教堂门口，看外面的情况。很多衣冠楚楚的客人踏上石阶，往教堂走。

燕燕穿着费里尼电影里那件乳白色手工钉珠丝绸婚服，头戴皮耶罗母亲的古典手工绣纱，手握龙胆和白色康乃馨组成的花束，姿容清秀，楚楚动人。谁是新娘，上天必把所有的光倾洒在她的身上，让她在这一天成为世界上最美的人。母亲带着七岁的燕燕，去庙里点吉祥灯时，正巧有结婚的队伍经过，母女俩盯着一身红衣的新娘说过这话。今天，燕燕当然是罗马城里最美丽的新娘。三个伴娘、两个花童都身穿蓝色小礼服，他们手举鲜花束，在燕燕身后站着。没过多久，燕燕着急起来，王仑完全可以不来，他没有欠她的。她看手表：两点半了。

卡拉站在教堂的小门前，着急地朝燕燕摊开双手，意思是问谁带她进教堂。燕燕对她说："等等！"

说出口她才知道，自己说中文，卡拉哪能懂。不过这种十万火急的时刻口型发出的意思便能准确表达，果然身边的另外两个伴娘跟卡拉喊话。

卡拉点点头，转回教堂里去了。

时间又过去了十五分钟，教堂的钟声敲响，气势恢宏。

忧苦之慰圣母堂前的坡度并不高，但是大太阳下，一路走上来，就不轻松。王仑一身是汗出现在教堂前，一身黑色中山服，衬得他的脸色发白，不像是参加婚礼的，整个人毫无喜气。但是看到他，燕燕松了一口气，对教堂小门探出脑袋的卡拉比画，她指着王仑，向卡拉点点头，卡拉也松了一口气，她又跑进教堂里去了。

王仑走近，喘着气对燕燕说："对不起，堵车，我爬坡来的。你好吗？"

燕燕点点头，一脸严肃。卡拉跑到伴娘队伍中，燕燕把自己的手提包递给她，她给教堂里的人打电话。

王仑把手臂递给燕燕，让她挽着他的手。他拍拍燕燕的手说："新娘子，开心一点，笑一笑。"

燕燕勉强地笑了，教堂的大门突然打开。

王仑马上皱起眉头，神情严肃。昨夜很难入睡，躺在床上看夜空，他想到了贝托鲁奇的电影《梦想家》，少年马修独自一人来到巴黎，他热爱电影和音乐，与一对同龄双胞胎经历了一段如梦的时光。这部电影溢满青春和情色之美。马修的内心有点像他，如果他的人生往艺术这边靠，会快乐得多。从没有一个人像燕燕昨天那样与他畅快地谈电影、谈从前那么多。多少年了，他的生活与艺术背道而驰。旧时代会打破，新时代必来临。记得刚决定下海从商时，他坐地铁到西直门外大街的北京天文馆看星空，看得脖子酸痛，索性坐在地上看。他出生的金牛座，在星盘上是六合冥王星，思想即是一切，意志力引导想象力。这种人会调和自己的物质现实与精神生活，会把生活中纠缠不清的结解开。他以为他解开了，他以为他做得不错，但现在来看，未必如此。

他从天文馆出来，整个北京下着雪。

那是一个下雪的北京。他的眼睛慢慢合上，是的，他会去那个婚礼，把他一生最看重的一个朋友、他的知己带进教堂。

没错，他必须带领她朝前走。他神情严肃，这是他从未经历过的一个考验，他完全失去了主心骨。

这一夜，她与他在床上，两个人静静躺着，没有说话。草草做完那事后，他马上入睡。她望着黑暗中的天花板，全是向日葵，还有牡丹，碗那么大。她难以呼吸，透不出气，想推醒他，却又不敢。她轻手轻脚打开窗，大口大口呼吸新鲜空气，才缓过劲儿来。看着床上那个男人，她和他的生活真相在这个夜展现出来，一张床上躺两个人，还不如一个人、甚至自慰快乐。

黑暗变得如此狰狞，她再也无法入睡。第二天清早，她的眼睛红肿，与他一起吃早餐。她说，我们不能这样下去了。

他有些惊讶，不过马上点头同意。

她要他的照片作纪念，他把皮夹里一张登记照给她。然后送她回她的酒店。走到街口，一棵老树，掉了一地花瓣，新花苞却依然在怒放。她看着，他拉过她的手握着，抬头凝视片刻。

两个人牵着手走到她的酒店前，他松开了她的手，她忍不住大哭。他居然没走远，听到了，没有回头，而是扔回一句话：会打电话给你！

他走了。

那是五月，在一个有运河的地方。他是一个画家，祖籍在重庆。他天生是个不快乐的人，曾有几度差点在酒中毙命。

她跟他相识，纯属巧合。她无意间走入一个画展，那天正是开幕式，当时他也刚送人出来，在门口遇到她。因为他的样子像从前的某个人，当他与她搭讪时，她没有走开，反而与他交谈起来。

一来二去，两个人成为无话不说的朋友，她才知道，这个男人小时在重庆南岸弹子石住过相当长一段时间。她被他吸引，渐渐生情，没多久她和他上床了。两个月后，她发现月经没来，去医院检查，她有了身孕。关于孩子，是个大问题，她决定做掉。犹豫了一个月，她变了主意，想把孩子生下来。有了孩子后，她倒是见过他，以后不见，是因为他有了别的情人。他死在圣诞节，不是酒精，而是中风。一口气没接上，就闭了眼。她不知道。过了一年，她接到一封电邮，是他的妹妹发出的，告诉她这件事。

因为她曾迷失，孤独得要命，以为有他便能活下去。得不到他，有他的孩子，她也能活下去。真的，她是靠他的孩子活着，她几乎每天都给孩子拍照片，洗好，放入相册。基本上是黑白的，她在照片边上批注时间、地点，担心有一天自己失忆，担忧孩子长大了，对经过的岁月一无所知，那才是一个灾难。

当孩子入睡时，她总和他说话，说得最多的是过去。有好几个星期，她都在说一个小学同学。小学同学生得很秀气，眼睛有着海水的蓝。她俩是新年级重新编班才到同一个班的，然后就一下子成为朋友。她们彼此住得不远，早上一起上学，放学后一起玩耍，形影不离。有一次在江边玩水，女同学的哥哥来了。他在读高中，成绩很好，都说他是北大、清华的料。他教她俩游泳。结果哥哥教她时，女同学游到了深水区，一个浪吞没了女同学。女同学被哥哥救起来，哥哥给她做了人工呼吸，倒出好多江水，可是没用，妹妹仍旧闭着眼。哥哥生气地将妹妹扔回江里。

他们的父母及亲朋来了，反问哥哥，如果小妹没死，你怎么可以把她扔回江里？后来在江里和下游都找过，没有尸体。

她带孩子去那个出事的地方，指着江水告诉孩子，江水是什么？它可以将你的命和魂吞没。她那天失去的不是一个女同学，而是两个朋友，她重新回到孤独的黑暗里。女同学出事后，她再也没有见过她的哥哥。有人说在成都见过他开居酒屋，有人说在重庆歌乐山疯人院见过他，一见到女孩就嘻嘻笑个不停。

当然他不知道这一切，包括他的孩子的存在，他没有资格。

她站在那个酒店房间的窗前，一直看到他经过桥上，到他消失为止。她的脸上挂着泪珠。

他也不知道，女人的狠心，是跟内心燃烧的爱情相关。

我想你，我像是在宇宙那边。我不想你了，因为我已从宇宙那边回到你的身边来了。

恨，已渐渐淡却，记忆封印在讲述结束时。

故事结束，别人的生命体验，如此怪怪的男女之情，恐怕只有她这样的人才会喜欢，并摘抄下来，放在豆瓣个人小站上。

几天下来，豆友留言增多，说她在写自己。也有人建议，希望她为之写一个结局。

结局都是老天定好的，凡人改不了。

她回了一次重庆，站在两江汇合处，从华灯初放时，看到星星们怒放。这真是一个好天，在家乡能看到这么多星星。如果星星没有爱情，是不会在黑夜里闪烁的。她朝山坡走去，缆车没有了，穿过好些小街巷子，一抬头，发现那幼儿园半圆形的石墙没有了，当年小小的她，好不容易从音乐课里溜出，用力搬来一个高凳子，借助凳子，爬到墙上。刚在墙上小心地踮着脚走几步，对着高高的院墙下灰压压的一片房子高兴地喊，我要当妈妈，我要有三个，不，五个孩子！这时她捂着嘴，在她左边，隔着十几步的距离，站立着一个白袍人，他那么高大，吃十个大肉包子也不会饱的家伙。他走近几步，对她轻声地说，即便身后有手风琴和歌声，也一样清晰。她听了，摇了摇头，但马上露出洁白的牙齿笑了起来。

14. 婚礼

忧苦之慰圣母堂的石阶干净得可以穿白裙坐在上面，也不会有灰尘。唱诗班的孩子们身着白衣，站在上面，个个如油画中的天使。他们列队进入教堂，分别站在殿堂两侧。

燕燕挽着王仑的手，互相对视，给对方鼓励。如果不是这样，如果不是紧紧拉着他的手，她不知道自己是否能继续往前走。正在这时，普契尼的歌剧《贾尼·斯基基》片段“我亲爱的爸爸”响起，这无疑是救了她。她吸了口气，望向王仑，王仑也正在看她。她点了点头，徐徐步入教堂。

卡拉牵着燕燕的婚纱，另外两个伴娘跟着，再后面是皮耶罗亲戚家的两个八九岁的小花童，一身白裙，头戴白花、紫花装饰的头冠。

所有人起身，向新娘燕燕注视。

一行人走上神殿，伴娘们退去，王仑握着燕燕的手，紧紧地，生怕她会跑似的，她的嘴角动了动。他希望婚礼早点结束。燕燕是可恨的，给他的这个角色是对他的折磨，真是的！恐怕他是上辈子欠她，这辈子才来还，不然，怎么解释他正在做的一切？他松开手，慢慢把燕燕的婚纱揭开，礼节性地，在她的左右脸颊上各亲了一下。注视她片刻，他的眼睛湿了。不行，得控制住情绪！仅仅几秒，他做到了，把内心的火焰熄灭，然后给了她一个拥抱，然后把她的手慢慢地放在皮耶罗的手里，退后一步站立。

皮耶罗看着燕燕，脸上什么表情也没有。他不知道这时的他是不是他。主啊，帮帮我吧，我该往下进行吗？

音乐结束。

神父清清喉咙，用意大利语叫了皮耶罗的全名：“皮耶罗 · 凯鲁比尼。”停顿了一下，再次说着他的名字，说了一串意大利语。

为了让燕燕听懂，王仑在她耳边译成中文：“你是否愿与这名女子缔结婚姻关系，共同生活？”皮耶罗看了看燕燕，燕燕也看着他，他又看看神父，隔了一会儿，用意大利语说：“Sì, lo voglio.（我愿意。）”

神父的目光转向燕燕，说着意大利语，王仑替燕燕翻译成中文：“苏燕燕，你是否愿与这名男子缔结婚姻关系，共同生活？”

燕燕看着神父，张嘴半晌说不出话。

王仑担心她没听懂，用中文重复了一遍：“苏燕燕，你是否愿与这名男子缔结婚姻关系，共同生活？”

燕燕还是盯着神父不回答，全场空气紧张。

王仑在一边急了，轻声说：“说YES。”

燕燕闻声，朝王仑看去，王仑说：“说YES。”

跟电影似的，为什么轮到自己？她的眼睛湿了，不，一定不要这样，不要再看王仑。可是，她没办法移开视线，这个才认识五天不到的男人，她与他萍水相逢，为什么却像认识了一辈子一样？这时，神父咳了一声，她的目光转向皮耶罗，他仰望着十字架，手在画十字，神情黯然。

她掉转脸来，闭上眼睛，然后睁开眼睛，对神父说：“NO！”

皮耶罗身边的伴郎安吉洛误以为是王仑之错，他让新娘说不，气炸了肺，一拳打倒了王仑。动作太大，燕燕也跟着王仑倒在地上。

王仑弹起来，反手一击。

整个场子一片混乱，更多的人加入进来。燕燕抬起头，正好与神父的眼光相遇，神父眼光转向教堂门口，盯着那儿，什么表情也没有。

燕燕明白了，别无出路！她把手花扔给皮耶罗的堂妹卡拉，卡拉一愣，条件反射地把手提包扔给燕燕，她接住了，拉起王仑的手就往教堂门口跑。

教堂外的游客们，看稀奇似的瞧着这对男女，以为他们是新娘新郎，全都在拍手欢迎。

燕燕和王仑狂奔下长长的石阶，皮耶罗的亲友们也冲出教堂。好些人不知道发生了什么，跟着别人跑。

石阶下，广告片《我爱你罗马》正在拍摄，摄制组一班人马各就各位，正在紧张忙碌。有一辆蓝色摩托车停着，明显是二十世纪六十年代式样，精致小巧，超酷。身着白色拖地婚服的方露露，正在与马可·瓦利站在石阶前深情相拥，他们扮演的是一对爱侣，已举行完婚礼，正在互诉衷肠，摄影师在移动机器，想用中景拍摄。旁边是单行线，有警察维持交通，游客基本不让进出。

皮耶罗一个人冲在前面，不停地大叫："燕燕，停下！"

前面两个人跑得更快了。

经过那辆蓝色摩托车，燕燕稍一迟疑，随即跳了上去，一下子发动起来。她骑得歪歪扭扭，险些掉进沟里。王仑也来不及多想，跟着跳了上去，在她身后，握着车把，试图帮她调整方向。摩托车横冲直撞，众人闪开一条通道。

摄像机对准他们。

方露露一回头看见了，扔掉马可，朝摄影师吼道："我才是新娘！"

王仑踩油门，摩托车载着他们往坡下驶去，路面不平，他们没经验，像在骑马一样颠簸。他们没有说话，来不及说话，只想赶快驶出这块地，离开这儿。

方露露朝坡下追，马可往坡下追，一大帮意大利亲友跟了上来，所有围观的游客都以为这一切是在拍电影，惊喜地看着他们。

王仑与燕燕在摩托车上相视而笑，一下子放松。摩托车正拐弯，她看见追来的人群，边笑边把头上的纱冠取下，扔给跑在前面的卡拉，卡拉捡到，扔掉，方露露捡到，不知是什么，传给皮耶罗，皮耶罗又传给下一个人，但马上回过神来，重新抢回来。突然，一只狗挣脱一个意大利女人，也朝那摩托跑去。“费里尼？”皮耶罗看到，嘴里嘀咕了一声，跑上去。

方露露看着渐渐远去的蓝色摩托车，停了下来，连连说：“怎么啦？光天化日之下！”她揉揉自己的眼睛，不相信所看到的一切。

她的助理李苹托着她婚纱的拖尾，跟着一路跑来，喘着气说：“露露，我们得教训这个小贱人。累死我了。”

马可跑得比她俩更快，站在她们的面前，叫她停：“露露，最亲爱的，不要伤心，你有我。”

“真的？”方露露不敢相信地问。

马可点点头，方露露眼泪哗地下来。摄像机转向他俩，方露露马上破涕为笑，对马可说中文：“这下，我自由了。”

“什么？”

“我在教你说中文。”

马可严肃地说：“那再说一遍。”

“亲爱的，没有结束，也没有开始，只有生命无限的激情！费里尼说的。”她的样子很陶醉。

马可的眼神无限迷醉，伸手揽过了她的腰。露露顺势把头靠在他的肩膀上，从这里可以看到助理李苹，在激动地对着电话说着什么。

大胡子导演对着喇叭用英语生气地喊：“马可，露露，马上回到石阶前来！重拍！”

方露露挽着马可的手，走过去。她说：“我们是在拍一个婚礼广告片，但是应该带一些喜剧风格。”她说完，身体一歪，带着马可的身体倒下去，马可心领神会，与她往相反方向转动身体，带着她，双双倒在地上。摄影师靠近了，两个人你拉我、我拉你扯在一起。

他真的走了，再见，王仑！她眼泪掉下来，同时又笑了起来。导演说：“好极了。”

天突然堆满了云团，燕燕和王仑骑着摩托车，沿着河边的小道飞速前行。前面拉着黄线，路封了，他们只能停下来，但是没有站稳，跟着摩托车倒在地上。他们没急于爬起来，而是把头转向了对方。

“你一定后悔了。”王仑深情地看着燕燕说。

“绝对如此！”燕燕很严肃。

这时河边停靠的船上传来音乐。

王仑向她伸出手：“我敢打赌，在罗马，不管什么人，听见这音乐就想跳舞。”

燕燕把手交给他，说：“哈，原来在罗马做梦，是这般的美！”

她的头靠在他的肩上，沉醉地闭上眼睛，两人跟着音乐移动着舞步。他们越抱越紧，丘比特的箭射出，两个人的呼吸越来越急，互相寻找对方的嘴唇，他们亲吻在一起，感觉整个身体在燃烧，天地在战栗，闪着光亮，仿佛整个罗马旋转起来，台伯河两岸的天使朝他们转过身来，弹奏起竖琴，为他们歌唱：

这条路上我走了多少遍，都没有看见一个神。

今天波浪打断了雷鸣，你乘船离开。呵，你的眼睛清晰而坚定，呵，岸边的勇士都知道，终有一天你会回头，回到我身边。

这时，从他们身后驶来几辆摩托车，几个意大利警察走了下来。领头的警察摆手，让部下等等，可是王仑和燕燕还在亲吻，没有要停下来的意思，他俩变得好轻好轻，渴望融合在一起，成为一体。领头的警察只好走到两人面前："有人报告你们偷了摩托车，给我你的护照。"

这不带任何感情的声音，一下子让王仑和燕燕在极度快乐的时刻定格。他们回到现实，看到面前的警察，松开身体。警察看着他们，重复了一遍刚才的话。

王仑从衣袋里取出护照，递上去。

燕燕捡起摩托车边的手提包，但是没找到护照。她急得把包里所有的东西都倒在地上，全部翻找一遍，也没有找到护照，这太不可能了。警察用英文说："你是非法进入意大利。"马上要带走燕燕。

"你们弄错了吧。我是合法进入意大利的。"

王仑给警察说："我证明她与我坐同一班飞机来意大利的。"

这时皮耶罗坐出租车追来，他激动地对警察解释，说得语句都颠倒了，但是意思很明确：他不要燕燕被抓走。与此同时，警察也说着什么，还在不断地摇头。

后来，警察取出手铐，要铐燕燕，燕燕抓起自己的手提包砸过去。另外几个警察全部扑上来，王仑和皮耶罗用身体挡住。这时几辆出租车到达，卡拉和叔叔等人赶到了，他们加入拦着警察，把警察推开撞倒。有一个被击倒的警察吹响了哨子，十多个警察如临大敌，迅速围拢在一起，事态显然是升级了。但是他们哪是警察的对手，王仑和皮耶罗相继被打倒在地，燕燕也被抓住。警察马上控制了场面。

燕燕对皮耶罗的叔叔说："你们该恨我才是，可是你们却什么都不顾地来救我。"

他们朝她摇头，又点头，卡拉朝她竖起大拇指。

燕燕对皮耶罗说："我得跟他们走。"

王仑说："我跟你去。"

燕燕看着他，马上决定了："不，我不要你和皮耶罗的亲友为我受到牵连，我一个人去。"

警察头子用手点着燕燕和皮耶罗，两人被带到警车前。

这个早上燕燕醒来时，怎么也没想到，自己的罗马婚礼会是这个局面。山河拱手，为君一笑，她呢，为自己一笑，决不后悔。警车鸣笛行驶在罗马街上，下午时分，罗马的热闹才刚开始，很多游客不明就里，站在两边看这阵仗。可不，这排场可真大，警车鸣笛开路，身后是十多辆摩托车列队跟随。警车里，燕燕往后看，边看边说："皮耶罗，现在，你看我像《罗马假日》里的公主一样，有警车护送。"

皮耶罗也往后看，感叹道："美国的总统来罗马，嘿，也一样。"

燕燕掉回头来，笑了："皮耶罗，我第一回发现，你还很幽默。你的中文突然上了一层楼。"

皮耶罗突然不好意思了起来。

燕燕轻轻抓过他的手："皮耶罗，我非常抱歉！原谅我，我不能嫁给你。你看你的家人对我那样好，我欠你！"

"不不，不要这样想。我得到了解脱。"

"你真的这么想？"她很意外。

“你知道的，我想当神父，我的奶奶、妈妈和卡拉，她们都不愿意我离开意大利。这下，她们都高兴了。用你们中文说，叫作‘两全其美’。”

燕燕摸着脖颈上的十字项链：“皮耶罗，你是我见过的最好最好的人！”

皮耶罗的脸红红的，真诚地说：“我们在中国，你和我——睡觉了。”

“你觉得和我睡觉了，就应该和我结婚？”

皮耶罗点点头，然后说：“我也爱你，我必须对你负责。”

“我答应了你的求婚，因为喜欢你，真的喜欢你！而且你住在罗马，费里尼的罗马。”

他们哈哈大笑起来。

前面的几个警察回头看了一眼，不住地摇头，仿佛看到两个疯子。

现在似乎有些想起来，那小小的照片上的男人是谁。他跟那个照片上的人有点像，穿一件西服，还打了根领带，经常开车去城外一个朋友空着的房子度周末。她喜欢看电影，她在路边摊上选电影盗版碟时不止一次遇到了他。两人关于电影，交谈了一下，他有好多碟，都是她期待观看的。他请她跟他去看碟，她可以带走它们。

她犹豫，看着他走远。他突然停下来，朝她偏偏头。她想了想，便朝他的方向走去，靠近他时，她停下，但只是几秒钟的犹豫，没一会儿就与他并肩而行，交谈起来。

到他的这个地方，还是第一次。

他头发乱乱的，个子在这个城市里的男人中间算是高的，也并不年轻，戴了一副眼镜。她梳了一条辫子，身上的白裙皱巴巴的，里面有条打底裤，还有几处小洞，手腕上系了一根黑色橡皮绳，整个人干干净净的。他和她走在树林中那条似有似无的小径上，空气很清新。他说，一个人活着没劲儿，很高兴有她做伴看碟。然后他转移了话题："你会爱上我的，我可以四个小时不停。"

"什么意思？"

"我不想浪费时间，你不是对我的碟有兴趣，而是对我。"

"好自信。"她没看他。

"不信，我们可以打赌？"他补了一句，"生命或是金钱？"

"生命是上天定的，金钱都是假的。"

"难道你不想交一个男朋友，你不想结婚？"

“结婚绝对属于封建时代，结婚前男人对女人好，结婚后女人讨好男人，弄得自己什么也不是。”

他听了，加快脚步，把她丢得远远的。当他们进入那座房子后，她看了一眼满墙放着的碟片，发现屋里没有家具，木地板上只有几个叠在一起的靠垫和一台超大的电视。他问：“看碟或是——”

她拉着他的手，在木地板上坐了下来。

她说：“这个房间在我的梦里出现过，我记得有音乐，是在潮湿阴冷的雨天，有一张温暖的床。”

可不，的确有音乐，从远处传来。也有床，按墙上的键，一张隐在墙上的床放了下来，白色的床盖上有软软的枕头。天突然暗下来，闪电频频闪现，雷闷声闷气。几匹枣红色的马，穿过成片的树林而来。她一步步走向他。她脱掉他的衣服，把他推倒在地板上，说：“我等待这一天已经十年了。”

他拒绝与她亲吻，一把抓着她的脖颈说：“你必须告诉我，你是谁？”

她不说。

他发火了，把她推倒，看着她，还从地上跳了起来。

看到他在屋子里像头雄狮，走到门口，又折到她面前，完全失控，她说：“好吧，我告诉你，我是从电影里偷来的台词。你不觉得刚才我那么说，比我说喜欢上你，还酷吗？”

他不信，说：“可是你说了十年？”

“十年只是强调感情的深度，与一天没有本质的不同。一天喜欢上一个人，真正喜欢，完全可能会为之付出一切，包括生命。我说的是大实话。因为至今为止，我还从未有过一个正式的男朋友。我所有谈情说爱的本领都是从书本和电影里学来的。”

男人看着她，还是不信，以为她要逗弄他。他要她讲讲，口气比刚才柔和多了。

火车轰隆隆的声音是那么好听，她在去丹东的火车上。从丹东可以去管辖严格的朝鲜。朝鲜不是一般人可去的。那晚软卧包厢里只有她和一个中年男子，他长得平平淡淡，但穿着一件灰色高领毛衣，一双咖啡色半高皮靴。他一直没有理她，盯着窗外发呆，眼睛里似乎有泪沁出来。她一直在看一本米兰·昆德拉的小说。音乐响了，很快乐的有节奏的音乐，那个人站起来，突然转过身，向她伸出手，邀她跳舞。她接受了邀请，他们在软卧车厢里跳舞，一曲又一曲。后半夜，两个人都挤在窄小的床上。服务员每隔一段时间来查包厢，故意与他俩为难。天亮火车进站，分手时，那个人要了她的电话，说要打电话给她，说非她不娶。那个人第二天死在丹东的酒店里，报纸上有他的照片。

“他不是你，但有些像你，因为你俩说话的口气一模一样。”

这是她走出那座房子最后说的话。雨水停了，不时有微风吹过脸庞，冷冷的，她打了个喷嚏。

走了许久的路，才到大路上，好歹搭上一辆车，车子向前行驶，她回望身后：天边现出红霞，像一枝枝花朵，醒目地怒放。这时，被时间埋葬的一段记忆清晰地浮现出来，那帧小小照片上的男人，他在她喜爱的一部电影《杀死一只知更鸟》里。没错，那是格利高里·派克扮演的一名律师、一个好父亲芬奇。对人无害的知更鸟，只知为人唱歌，遭到杀害，好心帮助人的人，却被冤枉致死。芬奇对他的孩子说，这世上的有些事远比想象的复杂，如果可能，我希望你们一辈子都不用知道，但是，那是不可能的。芬奇宽大的西服好比一座山可依靠，透过那镜片，他可以看到你的心，安慰你。那是她心里父亲的样子。

当年，她好不容易找到他的照片，印制下来，每次看电影，他，作为照片人的他，就被她放在身边的位置上。

15. 这样的结果，是命定的

王仑在套房里收拾行李。他取出黑色行李箱时，无意刮倒了方露露的LV手提包，里面的梳子、地图和口红掉了出来。他将它们放回去时，发现了燕燕的护照。

他打方露露的电话："露露，你马上给我回到酒店来。"

"现在不行。"

"你让马可听电话或是我直接打电话给他？"

那边没有声音了。

王仑搁了手机，取了一根雪茄，夹掉头，含在嘴里，点上火。

他打开手机，点击网址，点击电影，屏幕上出现费里尼的《八又二分之一》的电影封面。但是他不需要看。

透过雪茄缭缭绕绕的白烟，他看到自己在一个喷泉里，在雕像间穿梭。他浑身湿漉漉地走在广场上，呆立在清晨一个人也没有的西班牙台阶上。那只头顶有黑毛的灰鸽子出现了，像一个人一样在石阶上踱步，转头目光犀利地盯着他看。突然，一排枪在朝它射击，但无一射中。那只鸽子只是傲气地昂了昂头。他一挥手，一支枪出现在他手里，他向它瞄准，他的父亲出现了，挡在他的面前。

"你怎么可以？"

"每个人都必须这样做。"他说。

"你出生时，它也出生，在我们屋顶上。那是在四川农村，有民兵拿着猎枪，鸽子母亲不舍得飞走，用身体护着小宝宝们。它们都死了，只有那只命大，是你母亲将它救活。"

他听过这只鸽子的故事，但不曾知道父母救下的那只鸽子头顶是否有黑毛——这和他有什么关系，一个人和一只鸽子同一天出生。

“爸爸，你想说什么？”

父亲笑了，说：“让它走。”

他问：“你以为我会怎么样？”

“我以为你想要它结束。”

“不，”他说，“爸爸，你不了解我。”

“最了解你的人并不是你自己，你知道吗？我们的世界，如果不是梦境，那便是罪恶。如果成为梦境，那现实就会抢先一步，将我们的心腐蚀，吃掉。忏悔不难，但人都不会做。”

父亲说着，手里突然出现了一把猎枪，他对准自己，枪响了。父亲成碎片散开，鸽子飞上天空，飞得很高，飞过台阶上面的教堂，直到他再也看不到它。突然，天上有数不清的鸽子收起翅膀，垂直掉在他面前的石阶上，扑棱棱的一片，都没了性命。动物这样自杀的行为，他没看见过，倒是听方露露说过。她小时，看到过受伤或饥饿的猫往江里或池塘里跳。他蹲下去，看它们的尸体，突然发现，流血最多的一只，睁着绝望的眼睛盯着他，头顶有丛黑毛。

他醒了，发现自己从椅子上倒了下去，手上燃着的雪茄已快到头。他走进卫生间，看见镜子里的他，脸上全是汗珠。他用清水浇在脸上，然后像要把刚才梦到的一切扔掉一样，拼命再把那些水珠甩下去。

房门响了，方露露穿了一件缀满亮片的套装和高跟凉鞋走进来，气宇轩昂。她看见地上的行李，神情轻松了一些，过来搭讪说：“亲爱的，原来是你要走，怎么不早说？”

王仑从裤袋里拿出燕燕的护照，扔在她面前的桌子上。桌子上有水杯，插着的粉紫色相间的绣球花已开始枯萎。

方露露抱歉地说："对不起，我早上去见她了。"

"真丢人！"

"的确如此！当时我好绝望，是为了你才去的。"她的目光移到桌上的护照，"是我的助理干的，我让她把护照给我，可以交给你。"

"我会相信你的鬼话？！警察带走了她，现在你高兴了吧？"

这的确令方露露深感意外，她不相信地摇摇头："被抓了？这怎么可能？我的助理告诉我，拍摄公司已撤销对偷摩托车的指控了。"

王仑生气地说："你们知道偷了摩托车，又没有护照，警察查到是什么结果？太过分了！"他一拳捶在桌上。

方露露一下子爆发了，把桌子上的东西全部掀到地上，花瓶碎了，地上一片狼藉。她像一只泄了气的皮球，后退一步，蹲下来，捡起一朵半衰的绣球，握在手里，伤心地说："你才过分！你从来不这样！你一向低调，这回得上全球头条了！"随后，她马上调整了语气，站起来后问，"王仑，看着我的眼睛，回答我，你是不是爱上燕燕了？！"

王仑把地上的护照拾起，放入裤袋，看着她说："露露，我俩没办法……"

方露露打断他："对的，我们没办法继续了，那么我们以另一种方式继续——看看有什么办法可挽回我们彼此的面子？"

"我让燕燕当我的小情人，可是不要公开？行得通吗？"

方露露看着他，摇摇头说："你总是低估我！你知道我不是这个意思！"她突然生气地奔到窗前，打开窗子，跨上窗台，站在那儿，气愤地叫道，"我要死！死给人看！"她看窗下，修剪整齐的花园很安静，她的声音平缓地说："哎呀，一个人也没有。"

"所以我没必要叫当地媒体？"

方露露跳下窗台，说："好吧，你这时还在幽默。"

他指指屋顶说："就算是天塌下来了，我们还是需要幽默，对吧？"

"你说得太正确了！"方露露回答道。地板上都是花瓶碎片，还有水，她毫不顾忌地走过来，差一点踩在碎玻璃上，王仑有点担心。果然，一小片水让她打了一个踉跄，他急忙伸出手，想去扶她，她摆摆手，狼狈地自嘲："我该惩罚自己，这下你该高兴了吧？"

"我不想你受伤。"

"我相信你的话。"方露露难过起来，"王仑，你听好了，你爱我时，你说了算，你不爱我时，我说了算！"

她走到门前，打开房门，侧身站在门前，冷冷地说："有人许诺过我，婚礼的预算。"

王仑拉着行李经过她时，停顿了一下。他双眼潮红，声音僵硬："我欠你的都会给你。"

方露露没有看他："王仑，早上我见燕燕，心里感觉，她会使你快乐！"现在她才明白，自己为何破天荒地要去见燕燕，是心中有鬼，她已感到和他不会有未来。她爱他，爱是什么，这么让人辛苦？马可走入她的生活后，她不知道如何安放面前这个男人。她看见她与燕燕之间的那个黑盒，她害怕它的存在，却是它，让她在那一刻感觉到燕燕的全部生活——她是个可以让王仑信赖一生的女人。而这个男人，此时正在她面前走过。

王仑没有想到她会这么说，他的肩膀抖了一下，鼻子发酸，但没有停步。

方露露听着他的脚步声远去，站在门前，像小时一样，咬着嘴唇，握紧拳头。过了一秒钟，她轻声说："我不要哭。"她长长地吸气，然后把门安静地关上。罗马拍片结束后，也许她该返回重庆去看看生病的叔叔。街上的人都说，她的亲生父亲是跳重庆长江大桥自杀的。1980年大桥建好。之前，施工时即有人失去生命，之后也有不少人命丧于此。她对父亲没有记忆，叔叔甚至一张照片也没有给她看过。她倒想问叔叔，那是不是她的亲生父亲的遗书。在那张牛皮纸包着的纸上，写下影响她一生的三句话。母亲在她心里更是空白，虽然她凭想象编织母亲的形象，希望母亲还活着，说不定，有一天会愿意被她找着或来找她。算起来，离开那个家，已整整二十年。她在江边跳舞，五岁开始，还是更早。江上轮船移动，陪衬她的舞蹈，她信心十足。她可以原地旋转，十个，十五个，甚至更多。那时她那么瘦，一阵风就可以将她刮倒。她倒下了，又爬起来。二十年前那天黄昏，她离开重庆南岸，坐了一艘大轮船顺江而下。

她五岁时，亲眼看见一个女人，穿着牛仔裤和黄色高跟鞋，外套一件红风衣，站在江边岩石上，往江里撕纸。风把纸片吹卷过来，她捡了一片，看到上面写了好多字，全是肉麻话，是女人写给男人的情书。

字写在纸上，说的却是人心，大都是秘密。如果不想保留秘密，就把它们扔了。扔到江里，它们会去另一个世界。

江对面残存的低矮的房子和吊脚楼都不复存在了，取而代之的是摩天大厦、大桥，还有歌剧院。她离开这座城的时候，拿着一叠写得密密麻麻的小本子，来到江边。这些记录，全是雁过留声。她不知道，是否该像当年那个红风衣女人那样，往江里撕纸，让纸片顺江流走。那个穿红风衣的女人十八岁就堕胎，离家出走，跳集体贴面舞，男友最多，在重庆城内城外是出了名的坏。她的母亲坏，新中国成立前嫁袍哥头子，新中国成立后敢生私生子；姐姐也坏，生了三个孩子，每次都是跟人私奔，把自己和男人弄到无路可走的地步，她们家就没一个好人。可是，她们的邻居是一个孤老头，在1968年8月9日那天，放了一把火，把自己的房子烧了。

消防队赶到，那水使火更大。那火扑不灭，烧了一天才熄。他们抬出孤老头，发现他周身上下如腊肉般发出肉香。他的双手合十字放在胸前，没有被烧，他心脏的地方也没被烧。他家隔壁，就是红风衣女人的家，也没被烧。孤老头一向邪门，他对生活绝望了，却没有毁掉邻居。

那个红风衣女人写了好多书，她读那些书，让她更知道自己要什么。

命运就是如此之巧，十一岁，她居然在红风衣女人的野猫溪小学读五年级。她没有比别的孩子少一个鼻子或多一个耳朵，但老师就是不喜欢她，因为她总说真话，挑战老师。她不合群，个性孤僻，但考试永远第一。当然，他们也看家庭，她不幸的家庭永远往她的身上投下一道阴影，让他们另眼相看。学校表演节目，每次都不可能有她，她只能在台下观看，虽然他们都知道她的歌唱得好，舞也跳得不错。有一回大合唱表演，与别的学校比赛，她加入了合唱队，最后还是被老师当众挑出来，不让她参加，不说原因。在学校，她没有一个朋友，也没有一个同学喜欢她。

如果以后，她有孩子，最好是一个女儿，很想她的生活与自己完全不同。如果能做到，她此生便无须遗憾。

她将从前捡到那个红风衣女人的纸片，扔进江中。眨眼间，纸片漂远。犹豫再三，觉得手里这些小本子，应该留下，起码可让未来的女儿看，她曾经是如何在长江边长大：有一头怪兽存在她的内心。那个红风衣女人、那个在江边跳舞的女孩，内心都有一头怪兽，于此，才能与过去背道而驰。

她从来不是一个有决断意志的人，只是跟着直觉走。她的生活是怎样的，幸或是不幸，真的重要吗？一个人的生命是如此的短暂，短暂到你无法回望和重建。

虚构是为了不敢正视的真实，每次靠近这真实是为了再次虚构，重获梦境。在非真实的世界里，他是她，她也是他；他也是你，你也是另一个她。你认识与不认识，了解与不了解，都不是问题的核心，而是面对你自己。在镜子前脱下衣服，时间已经在你的身体上写满字。当生命离开这个身体前，交合另一个人的身体，存在才有了延续，记忆才属于他者。

二十世纪七十年代，重庆南岸名噪一时的花痴，短短的头发，大大的眼睛，脸上总带着微笑，每到春天肚子会鼓起来，每到夏天孩子会自然流产。胎儿顽强的，坚持到冬天会钻出肚子，但统统被花痴高高兴兴地送入江里，一起一伏漂浮在江面，生死由天选择。男人们酒足饭饱后，会对孩子们说起，花痴还不是花痴时的美貌，她的眼神勾人，天生是个肉弹！甚至吹牛说，她曾对自己有意。也有人说，哪怕自己找不到婆娘，也不会去睡她，一个神经有病的女人，碰了，带霉运。

她小时，花痴老了，还是有更老更病的男人要睡她，只是她的肚子再也不会鼓起来。在小石桥上，在江边，花痴赤身裸体地走来，背也伸不直，脸、脖颈和肚皮都是皱纹，乳房像个缩水的小丝瓜袋子吊着，干瘦得不行，可脸上从来没有一点儿悲伤，在阳光下总是笑吟吟的。她可以拉着任何一个男人在沙滩上躺下来。躺下来，人就有力量，看这个世界的角度更宽，不信，你试一试。

16. 第五天

史彬对王仑说，他有预感，没有听到王仑订婚之事，接了一个瑞士的案子，事情办完后，他便订了张机票来罗马。当王仑打电话给他时，他说他的飞机“半个小时后起飞”。

王仑听了顿时松了一口气。算算，他俩认识十年了，知根知底，作为国内知名律师，史彬外语极佳，又熟悉国际法，有他在罗马，再合适不过了。他问了史彬的航班，就对他说，他有事脱不开身，让秘书安妮去机场接他。

安妮穿了件领口系带的连衣长裙和高跟皮鞋，提着一个棕色皮包，到机场接到史彬。他个头不高，推着一个四轮小旅行箱，人显得疲惫，头发却整整齐齐，穿了一身西服。安妮向他简单地介绍了燕燕被警察带走的情况。

罗马城中心，每隔几条街就有一个报亭，也售观光客地图以及一些罗马旅游小纪念品。车子在一个报亭前停下，安妮与史彬走下来。他们走到亭前，购了一叠报纸，急切地打开，那些标题，有意大利语，有英文，写着：

罗马上演中国新娘逃婚滑稽剧

配有身着婚服的燕燕与黑色中山装的王仑跑出教堂的照片。

中国地产大亨与情人在罗马偷车被警察抓走

配有警车及河边打斗的大照片。

史彬大致看了看，说，问题比他想的严重。

“所以，我们王总才要请你亲自出马。”安妮说。

史彬抬头看了一眼街上说：“边上有个咖啡馆，我们进去喝点东西。”

司机把车子停下，他们下车后，走进咖啡馆。史彬要了鲜榨橙汁，安妮要了柠檬汽水。所有报纸摊在桌上，史彬仔细地看，所有的报道都未超出他的预料，也未超出王仑的预料。安妮小心地用手机拍报纸，给王仑发过去。她喝了口水，查看手机，看到中国网络上一片嘈杂：

好多王仑和燕燕的照片，尤其是他俩在罗马街头飙车的照片，顿时成了网红情侣。

安妮的手指拂动网页：

王仑被抓

王仑被他的董事会踢出局

王仑所在的财富集团股票下滑

王仑的情人被警察抓走，将在意大利坐牢

名模方露露在罗马拍片，拒接记者的电话

每看一条，她都转发给王仑和史彬。史彬打了一个电话，给意大利的合伙人，说一会儿见。

两人喝完饮料，又分别叫了一杯咖啡。

安妮看了看窗外蔚蓝的天空，对史彬说：“史律师，我到罗马这几天，永远是这好天气。”

他看着窗外，感慨地说：“真羡慕生活在这儿的人！希望我有机会在罗马过一个夏天。”

“我也这么想。”安妮高兴地笑了。

两人正说着话，这时，一个西服革履的意大利男人走进来，朝史彬微微一点头，史彬和安妮马上站起来。秘书小姐双手飞快地给王仑发微信：“王总，我们马上就到。”

燕燕被关在移民局的小房间里，待了一夜。奇怪，这回她非常镇静，被关前也没给母亲打电话。母亲没等到她的婚礼照，肯定会来电话问她的。没准母亲早和皮耶罗通过电话了，已知道发生的事。父亲会打电话到皮耶罗家，也会问母亲，也可能西西里岛的美景让他暂且忘记了她这个女儿，他此时要么与情人在游艇里，要么在海水中畅游呢。父亲这回说不定遇到了真爱，不知为什么，她为之释然。蹲移民局小房间这件事，不必做任何努力，是怎么样，就该怎么样，她等着命运给她的结果。移民局让皮耶罗把她的行李送来，带来罗马的礼物占了一口箱子，礼物送出了，只剩她的衣服和鞋子，她便大箱子套小箱子，成了一个行李箱。他们没能见面，只是通了个电话。他在电话里安慰她，没事，不必着急，也不必请律师。因为护照神秘失踪，她想不起来，是在哪里丢的。皮耶罗在家里找了一遍，没有。床下？夹在给家人的礼物里？所有的地方都找过了。她相信，这个护照，导致她非法在意大利滞留的最大罪状是上天给的。

“我看见费里尼。”皮耶罗说。在警车上，他对她说：“就是你的小狗。”

“在哪里？”

“我看见费里尼在追，追你们的摩托车。”

“这么巧。谢谢你告诉我。”

她没往下问，费里尼一定是被主人抱走了。

皮耶罗知道说什么会让她心情改变，从这点讲，她当初选择和他结婚是对的。虽然一切都过去了，但她想念他。幸亏她的箱子里有好多书，她找出一本艾米莉·勃朗特的诗集，随便翻一页：“睡眠不能带给我力量，我只是在一个更狂暴的海中航行，滑入更黑暗的浪涛。”

睡眠像浪涛袭来。

女人不结婚会早死。放屁，女人不嫁人，会更快乐。快乐与长寿哪一样重要？你找死呀，这傻子都懂的理，你与我争什么？两只老鼠在吵架，它们占据她的梦。从未这么近看老鼠的胡须，跟猫一样，她伸手去摸，却没有力气，她困呀，困得双腿蜷曲。

她睡得香极了，早上换了一件棉质蓝花连衣裙。中午，门突然被打开，移民官员向燕燕招手。移民官递给她一本中国护照和飞机票。燕燕满脸疑惑，接过来一看，是她的护照，不是新补的，就是她的老护照，最后一页有她的签字和留有她母亲的名字和电话。她本想问这是怎么一回事，但她忍住了，记忆挤开一道缝，当然是老护照！除非，是在皮耶罗家之外的地方！这个念头，比护照掉在他家要强烈得多，而且头脑也变得轻一点。这个思路是有迹可循的。

移民官用手指着大门方向。燕燕知道自己自由了，可以离开这儿了。她拖着黑色行李箱，背着包，拿着手提包走出来。以为来接她的是皮耶罗，没想到是王仑，她心里明白了，是他把自己弄了出来。她对他说的第一句话："我的护照找到了。"

王仑说："你不认识我，你的护照就不会丢。"

燕燕苦笑。对了，她记起今天早上去咖啡馆见了这个男人的女友。不，她不是这种人。

王仑看出她的心思，说："侦探小说看得不多，对吧？"

"看多了，才会糊。"

谁拿了她的护照，现在已不重要了，她之前想弄清楚，现在却觉得没有意义。

他们往门口走，走到外面。他没有告诉燕燕史彬和意大利律师如何进入法院，如何与法官依法力争，包括律师递上燕燕的中国护照，法官查询了签证真假以及他们等在门外的过程。他让安妮陪史彬看看罗马，两个人分开道再见时，他对史彬说："我要好好谢谢你。”史彬调侃他：“还记得我在广州给你打的电话，高僧是如何说的？”

他记得，婚嫁可冲掉他身上的晦气。他摇了摇头。

“走神在想什么呢？”燕燕问。

他清了清喉咙，回过身去看着移民局，然后说：“罗马真是奇怪，想让我们记得它的每一个地方，连移民局也不放过。”

“没错。”燕燕笑了，充满感激地说，“我以为我会坐牢。”

“律师与法庭交涉，虽然取消了几项指控，但你打警察还是有罪，你本来是三个月签证，现在必须马上离开意大利，以此方式代替坐牢，最短一年后才可返回。总之，一切都结束了。”

燕燕点点头，眼里一片茫然，和他往前走，走到一幅罗马斗兽场景色的大广告前。

王仑帮她推行李：“行李很轻了。”

燕燕点点头：“带来罗马的礼物都送掉了，行李当然轻。”她站在机舱行李舱前，她请他将重重的行李箱放上去。

那是他们相识最初的一幕。时间是个风火轮，把人飞速转向，那时他们在那儿，怎么会想到今天会在这儿，他们眼前一片茫然，彼此都不明白该如何进行下去。这回王仑说话了：“你饿了吗？要不要找个地方吃点东西？”

燕燕摇摇头。

“燕燕，想好下一步怎么办了吗？”

燕燕摇摇头。

“让我来照顾你，或让我——”他向来强势，突然语塞，想用一个她可以接受的形式表达。

燕燕不接茬，直接打断他：“王仑，我必须谢谢你，因为你做了两件好事：第一，你让我自由了；第二，你让我看清我自己。”她叹了一口气，“但是你和我不可能在一起。”

王仑抓着她的手，急切地问："为什么？因为方露露吗？"他难过地说，"我和她，分开了。"

燕燕显得很意外，问："是因为我？"

"我和她一直有些问题。"他看着燕燕，"知道吗，现在我自由了。"

"我也自由了。"她说的是事实。

"现在……苏燕燕，我心里有个地方，真的没有让别人进来过，连我自己也不敢。现在，我想请你与我一起进去，可以……吗？"

"我要爱情，真实的爱情，像长江水长流，天荒地老终不悔。"

王仑拿起燕燕的手，放在他的胸膛，看着她的眼睛说："真实的爱情，虚幻的爱情，长江水，不悔药，我这儿都有。"

燕燕抽回自己的手："我想要一个家，过实实在在普通人的生活。"

"我可以给你一个家，我可以给你很多的孩子和小猫、很多的费里尼。这都是因为罗马。"

"什么意思？"

"罗马，五又二分之一的罗马，改变了我。"

"五天半，怎么可能？"

"傻瓜，我爱上你了！我以为我不会爱上人的。"他看着她的眼睛，"山河拱手，为君一笑。"

燕燕笑了起来，把王仑笑蒙了，她止住笑说："我最近老说这句话，没想到你也说。"

"如果你说，我当然会说。我早感觉到，你和我有好多共性，苏燕燕小姐，答应我……"

"可我还没确定是不是爱你。"燕燕取出衣袋里的母亲的纸条，给他看了一眼，收起来说，"我妈妈一生受婚姻的苦，她找男人找错了。我刚错了，不想再错。而且你是王仑呀！你不是一个完人，我也不是，我们生活在不同的世界里，你会有圆露露、尖露露的，你的气场太强，我怕丢失我自己。”她想到与方露露的见面，虽然受气和委屈，但是现在想来，方露露很独立，很要强，她说什么，她的人生是自己，燕燕的人生是男人。她必须冷静，“我需要一个人……”她指指自己的头，意思是要好好想想，“对不起，王仑，我得离开。”

王仑敲敲自己的脑袋：“上帝，怎么回事，我净遇见钢铁般意志的重庆姑娘！我需要做什么，才能让你改变心意？”

燕燕摇摇头，悲伤地看着他：“你不能，你是王仑。”她铁了心拒绝他，否则会有一个不能接受的结局来临：她将陷入与他的感情旋涡里，不能自拔，她会把自己淹死，也会把他淹死。

“哎呀，燕燕小姐，不必伤心。”王仑调整了方式，想说服她，“我敢保证，如果你我相遇是一部电影，在飞机上，大半的观众在那时都能猜到结局。”

燕燕没想到，王仑会这样调侃地说事，她笑了，说：“所以，我们更不能让他们猜到结局。”

“其实观众也分好多种：一种是不动脑子，想当然，认为一对男女相遇，结局就必然在一起；一种认为不相爱的人总能在一起，相爱的，反而难在一起；一种呢，压根儿就认为男女相遇如浮萍，命将他们这两粒微尘刮在一起，随时也能分开他们。电影里的爱情故事都一样，其实命能决定，相爱的人更能决定在一起，还是不在一起。”

“说得好，不过，我喜欢第一种观众，也想那样；我也喜欢第二种观众，觉得有道理；我也不反对第三种观众，但谁能扭过命？”

“你的意思是？”

“尽管天下爱情电影是同一个故事，但我觉得你我是个例外。”

她显得轻松地说，“王仑，我们不是那种可以按照别人的模子生活的人，你得对你自己负责，我也得对自己负责。”

“我们得对自己负责。”王仑皱着眉头，边想边说。

“对不起，我得走了。”她抱歉地看着他说，拖着行李离开。

王仑注视着她，自言自语：“当我对世事有兴趣时，我就不会想起你，不会想起你在这个世界的某个地方生活着，存在着，我就不会觉得很安心，就不愿意忍受一切。”

燕燕停下，低头说了一句：“如果不反着说，就是电影《美国往事》的著名台词。”

王仑一惊，这时听到她说：“每个人都有自己的选择，我们都是如此，放弃一些特别重要的，换取一些不太重要的，值与不值，不足为外人道。”

“电影《美丽人生》台词，你颠倒了它们的重要性，佩服。停步吧，燕燕！”

燕燕听到王仑的话，脚步停了一下，她想回头，但还是努力控制住了，咬咬嘴唇，朝前走。

皮耶罗站在一个角落看着，他不放心燕燕。今天打过电话，要给燕燕请律师，可是移民局告诉他，燕燕有律师，而且今天会来。他大致猜到是怎么一回事，赶来时，看到燕燕出来。虽然离得远，但从她和王仑的形体语言，已猜到发生了什么事。想了想，他决定走过去。

两个男人相互打量，王仑西服革履，整个人的面貌却潦倒不堪。皮耶罗更是瘦了一圈。面对这个中国男人，皮耶罗说：“从一开始，我就感觉燕燕心里有你，她要请你代替她父亲进教堂，我就知道她爱上了你。”

王仑一愣，说：“抱歉，皮耶罗。”他的态度奇怪，就是说抱歉，并没有达到那地步，口是心非。

“哼，抱歉什么?”皮耶罗气愤地朝王仑当胸一拳，王仑呆住了，用手掩护自己的头，并不还击，等着挨第二拳。

“还击呀!”皮耶罗叫道。

王仑不相信地退后一步，对方朝他挥出第二拳。他本能地用头和整个身体撞向皮耶罗，趁他踉跄之际，对着他的脸上就是一拳。皮耶罗痛得动了动嘴，一股血淌出来，他用手抹了一下，借势又挥出一拳，却被王仑的脚起势一钩，钩倒在地上。王仑也被带倒在地上，但并未就此停手。二人继续扭打。王仑掐着皮耶罗的喉，皮耶罗抓他的脸，很用力，但突然双方都松开了手。皮耶罗弹起身，举起双手，淡淡地说：“现在我俩两清了。”

王仑从地上爬起来，看不懂皮耶罗，对方一派认真地看着自己，两个人都鼻青脸肿、嘴角流血。王仑突然明白了，伸出手来，一把握住了皮耶罗的手。

皮耶罗与他分道扬镳，两个人的神经都从刚才那场搏击中得到舒缓。男人搏击得到的快感与性交相比，完全不同，都是释放，但这个更本能。

现在王仑明白为什么燕燕会到罗马来与他结婚。这女孩眼光没有错，人只能深入挖掘，才知他是什么人。如同罗马，你在梦里看过它，一次次将这影像重叠，重新抹上色彩，把你知道的关于它的历史放入，都不如你脚踩在它的街道上，手摸着它无处不在的古老砖石，注视一座座巴洛克的雕塑，仰望一片片精心镶嵌的马赛克壁画，那文艺复兴璀璨的穹顶，当你完全和这不可复制的城市一同呼吸时，你才会知道它的奥妙和神奇，它的不可替代和丰腴绝美。那个四河喷泉，中国至少有一半的女人不会知道，也很少有人真正懂得巴洛克艺术，所以，那天假装说未弄清哪个神代表哪条河，的确是想看燕燕知道与否。燕燕还真知道贝尔尼尼那个家伙，他一直是他的所爱，是他的双手创造出那种气度：每条河通向每个神，每个神通向每条河。奇怪，他的脑子里马上出现了那些圣灵鸽子、石头百合花和四河喷泉前人们的欢声笑语，远距离凝视纳伏纳广场，人间一个个最美的瞬间被定格，他的心突然安静下来。

燕燕在机场，刷信用卡，给母亲挂了一个电话。母亲像等在电话边一样，电话响了一声，就听到母亲的声音。果然，她从皮耶罗那儿知道了所发生的一切。她告诉母亲，她马上要上飞机回中国。母亲没说燕燕不对或是让她感到压力，也没像以前那样三句话不离就绕到父亲身上，唠叨他的不是。母亲只是耐心地听着燕燕说话，待她停时，才问她："是不是想我做的麻辣手撕鸡块和泡菜？"

燕燕的眼泪顿时哗啦哗啦流了下来，她哽咽地说："妈妈，我真的好想你做的饭，我想吃中国饭，米饭，鸡汤，鸡块，泡姜，泡辣椒，泡豇豆炒牛肉丝。"

"哭啥呀，快笑。"

燕燕止着眼泪，想笑，反而泪水奔涌得更厉害了。

"妈妈现在看清了，也放下了好些东西，人也轻松了。"

"妈妈，你真的这样想？"

"真的。"电话那边，母亲高兴的声音在说，"燕燕，我的好女儿，我的宝贝，我心里还真舍不得嫁了你，真舍不得你不在我身边。不说了，我会在家里等你，祝你一路平安！"

机场广播在催飞北京的乘客，赶快到68号登机口登机。燕燕搁了电话。母亲在电话里让她快笑，只字未提父亲，真是少见，母亲变了。

大行李箱托运了，手边只有一个提包，看看手表，还有些时间。便轻松地朝登机口走去。

进机舱时她顺手取了一份中国报纸，走入机舱，空姐让她进右手边。她边朝前走，边找座位。飞机里人并不多。走了二十多步，她对一对登机牌，在一个靠过道的位置坐了下来。她放下提包，手里拿着报纸，伤心地望了一眼窗外，罗马的天空飘浮着朵朵白云，深蓝得透彻。她掉转头来，无精打采地打开报纸。报纸遮挡了她的脸，这时她听到一个男人的声音说：“劳驾！”

男子穿便装，戴着一顶巴拿马白礼帽，站在她面前，要进去。

燕燕没看他，站起身来，待男子进去坐好后，她才坐下。

“太幸运了，因为晚了，值机时没有我订好的头等舱座位，补偿我一个最好的经济舱座位。”他问边上的燕燕，“你也是一样的吧？”

燕燕看着报纸，没有说话，只是抬了一下头。

男子坐下后，看看周围，乘客都已坐好，空姐在检查安全带系好没有。他搓搓手，又来搭讪：“嘿，我看你有点面熟，你是不是清华大学毕业的？”

燕燕点点头，脸上还是没有表情。

男子高兴地说：“我也是清华大学的。认识一下，我叫王仑。”他向她伸出手来。

燕燕不得不伸出手，说：“苏燕燕。”她与他握完手，继续看报纸，并把报纸抖了抖。

“嘿，告诉你吧，五天前我也坐这家航空公司的飞机，从北京飞罗马。在飞机上，有个女孩跟我说话，我告诉她，我不喜欢和陌生人说话。你猜她怎么回答我，她说，人和人不同，从小她就不怕和陌生人说话。她说得对呀，人需要和人说话，人需要信任人，是不是？”

燕燕拿着报纸的双手，动了动，以示回答。

“老校友，即便在美丽的罗马，也并非是完美世界，有时是悲伤的，有时甚至是危险的，可它充满神奇，没有什么事不可以发生！离开罗马，我心里好难受。我会再回来的，你呢？”

燕燕把面前的报纸放下来，她的眼睛含着泪花。绝不要理他，一切都翻篇了，可是她控制不了自己的心，脱口而出：“深有同感，老校友。罗马，是一个可以做梦的地方！我也会再回来的。”她把脸轻轻地一偏，看王仑，王仑也正好转过脸来，看着她，肩膀轻轻地朝椅子一靠。

她手里的报纸滑落下来，正是财经一页，上面有王仑的照片，还有几行字：

昨天财富集团创办人兼董事长王仑力挽狂澜，并购重组，股票上涨1.46%，却突然辞职，原因不明。

那是什么？她不想弄明白。她与他已经在进行下一章了。

飞机驶入跑道，越来越快，他们两个人不看对方，目光盯着前面，肩并肩，突然笑了起来。舷窗外，有只鸽子在飞，开始并未真正注意到。它的速度与飞机的速度成正比，并行冲上天空，化为一片白影。突然，他心里咔嚓一下，在它消失之前，他看到它头顶的一撮黑毛。

从北京飞罗马是十一个小时二十分，回程呢，会是十个小时三十分，相差近一个小时。她抚了抚头发，尽量让身体放松，这一次，她不必祷告，“老天，拜托，不要让飞机掉下去，不要掉下去，因为留下我，可以让别人不开心，可以让自己开心！”她看见那个她把双手放在胸前，她当时是自嘲，现在呢，她觉得她怎么如此可笑也可爱。飞机在爬高，爬高，气压上升，摇摇晃晃如同宇宙飞船在跳舞一般，正在进入一个魔法的气流。整个天空在颤抖，整个耳朵在炸裂般轰响疼痛。放心，放心，睡吧，飞机向地球另一边而去，她对自己说，十个小时三十分钟后，你会在飞机落地的那一刻醒来。

算作后记

1

那是四年前发生的事了，当你读到这本书时，该又加了一年。

一切都跟罗马有关，她这么说。一切都凝结为很多一瞬间的美丽。

皮耶罗发来电邮，他已成为神学院的一名学生，偶尔也会寄一两张罗马的照片来，说春天的罗马与秋天不同，冬天的罗马与夏天不同。他发来一张下雪的罗马，哈德良神庙前堆了一个雪人，系了一条红围巾。

真是非常美。她盯着电脑喃喃地说。

但她没有再返回罗马。如果生命在今天结束，她不需要回去，因为她睁开眼便能看见皮耶罗拉着他的母亲的手，和亲友们在家宴中跳动物咕咕叫的舞；美丽的台伯河，闪着光在流淌；那只名叫伊万卡的黑猫，在银塔广场四座神庙遗址里独自迈步，像一个思想者；她的那只叫费里尼的小狗，蹲在一个乐队前，陶醉在乐曲之中。而大师费里尼呢，从他的家里走出来，打了一把雨伞，撑开，走在马古塔街迷人的细雨里，朝她折过身来，微微一笑。罗马偏西的西班牙石阶上品尝的冰淇淋美味堪称世上之最，甜蜜难忘如母亲的乳汁。她的手机屏幕用了一张在罗马的自拍照：侧身而立，默默地注视道路，冷峻不凡，阴霾的背景里飞舞着成群的萤火虫。

2

方露露吃早餐时打开报纸，看到她的照片，还有王仑的照片，说这个著名演员方露露前男友在欧洲某大学做访问学者。她喝了一口咖啡，这个主意不错。她继续读，报道谈到她捐了五千万元巨款给罗马病残流浪猫中心。

网上、微信上全在讨论她这一举动的动机，弄不明白为何不把钱捐给中国的动物收养中心。有赞她的，也有骂她的："捐给猫？""那孤儿院呢？""听说她也捐给家乡贫穷地区的学校……"

她用英文Google了下自己的名字，不仅亚洲，美国，整个欧洲都在谈这件事。哼，你们看扁了我，我才不要他的钱。她看着网上一张照片——她和意大利明星马可·瓦利相拥沉默着。她所演的喜剧电影《罗马情人》入围奥斯卡最佳女演员奖。边上有键，一按，正是她在电影里演唱的一首歌：

我只在乎那颗星星，那颗小小的、寂寞的星星。
它在黑暗中一闪一闪，无所畏惧地发着光芒。
这个世界早已分崩离析，你在何处，你遭遇了什么，
难再和我相遇，对你的记忆被时间击毁，皆成碎片。
当我仰望那颗星星，我的内心获得镇静。

她看着屏幕，眉头挑了挑说，嗨，知道吗？是罗马，打开一道道本来朝她关闭的命运之门，最难得的是，她不再随波逐流！从她的脚踏入罗马的那一刻，她便被它强大的磁场所左右，不断地回到过去：她站在江边，站在那些腐烂的野花边，江上成群的鸽子在飞舞，像光点，一闪一闪，驱赶着她内心的黑暗和孤独。

另一张照片，是她大着肚子，一副幸福的孕相，身边环绕着三只小狗，分别叫费里尼、黛安娜公主和詹姆斯·邦德。双胞胎，还有一个月就要出生了，日子过得真快。

天空瞬间变成夜晚，星月满天。她转过脸来，指着自己的相片，像说着另一个人一样：她是方露露，五年后，她演了六部电影和一部电视连续剧，二十五年后，孩子们结婚，而她有可能与马可分手，各自有了新人。这并不是他们的错，而是生命到了每一个阶段，都有不同的使命。她爱王仑，但与他如同行驶在不同轨道的行星，难再交会。

一切都是因为罗马。

在罗马，那天分手时，其实时间还在他们之间稍稍停留了几分钟，他们都知道缘分尽了。

当时方露露轻声问："你到底喜欢燕燕什么？"

王仑想了一下，才回答："自由，她像一阵风卷走了我。"

方露露听了，脸色变得很苍白，更没想到的是王仑会问："你呢，那个马可，你看中他什么？"

方露露也想了一下，才回答："他和我在一起是闪电暴雨，如长江水涓涓不息。"

王仑的反应她看不到，因为她把房门关上了。

3

她的眼睛看到的地方全结冰了，江面、轮船和岸上山坡，像一个巨大的立体变形镜子，反射着各式各样的人，还有高大的马、矮小的乌龟和更小的螃蟹，在结冰的江上相互看着，不知所措，做梦一样。有人拿来各种木器和铁器，在冰上玩，也有人在掘冰，想捞鱼。

一个瘦瘦小小的黄毛小女孩，穿了一件白衣，戴了一顶遮耳帽，在朝她看。那是幼年时的她。

天穹暗黑无边，如同末日，人们惊骇不已。突然巨大的光束，从黑暗深处射下来，人们尚未反应过来，急忙遮挡自己的脸。

她望着光束，突然拍了一下自己的脑袋，记起来什么，从裤袋里掏出一个阿拉伯数字缠在一起的青色小盒子。她抚摸盒子，然后弯下身，把盒子放在地面的光束中心，退后站着。周围的人看到这个光束中的小盒子，弄不懂是什么，既观望光束，也观望盒子。光束渐变成金色，如万箭齐发，浮起人影和动物、发出金属的回声。有老人的咳嗽、有婴儿在牙牙学语，数不清的鸽子飞来。那些人，有的她认识，有的她不认识，他们绕着光束顺时针走着，循环往复。

披黑纱的女人说，如果真遇到麻烦，想知道你生命中什么最重要时，才打开它。

她分开人群，走近光束，弯腰取走小盒子。她握着盒子，没错，现在我想知道。她打开盒子一看，仅仅一秒钟，她抬起惊奇万分的脸来。那个小女孩把手放在她的手上，一起握着盒子，一股电流传遍彼此身体，小女孩露出一丝匪夷所思的笑容，后退着。

那个披着黑纱的女人慢慢走来，不对，是那个巫婆，她的衣服好鲜艳。她不是一个人，而是好几个，从江北走过来。小女孩后退，走得并不稳，但经过之处，恢复正常，冰化掉，是江水，在静静流淌。

当然，那只是错觉，四下全是冰，一片冰的世界。

小女孩对她说，白天他们不能伤我，夜里他们也不能害我。因为她希望自己既是石头，也是无形无色之水。

2018年9月28日改定

重庆常见的石阶路

重庆的吊脚楼

嘉陵江边

嘉陵江

江边

江上索道

沟通南北岸的桥

复原后的南岸区弹子石老街

下浩老街的历史文物建筑

罗马六章：往事随风飘来

Rome VI: Past Comes with Wind

1. 中世纪小镇福祈

一切得从威廉姆斯先生在福祈的房子说起。他从小的梦想是成为一个小说家，很小就出版了一本薄薄的幻想小说，也格外用功地考上牛津大学英文系。毕业后，他做过几年记者、周游列国的水手、军火商，后来作为英国怡和公司的首席代表在中国做了几十年生意，有一天猛然回首，再不写作，恐怕梦想就是空想，他利用周末和假期，辛苦写了家族四代人与中国紧密相关的长篇小说“中国三部曲”，当时以其梗概拿到一笔高达七位数的预付金，轰动英国出版界，之后他的小说在英国成为畅销书。因为一直着迷意大利，他想用这笔钱在那儿购一幢房子写作。

他在米兰做新书宣传，顺便看了一下周遭城市的房子，发现威尼斯水城是世上房价之最，寸土寸金。返回中国后，一次到上海，遇到英国老朋友本，一起去了一家印度餐馆吃饭，席间说起不久前在意大利购房的事。

本的妻子卡拉，在意大利北方长大，说一口流利的汉语，父亲过世后分到一笔遗产，就在位于意大利中东部马尔凯省的福祈购了一幢位于山顶面朝大海的粉色房子。房子不是她找的，是本。本是个宠妻狂魔，细心周道，他的足迹踏遍意大利这只靴子，被一座中世纪小城福祈的奇美风光迷住，福祈位于锡比利尼山脉，周遭山顶终年积雪，白云和星星硕大，处于地中海气候，冬暖夏凉，在锡比利尼山脉国家公园边上，打开自来水管，从山顶流淌下来的水就是畅销世界的圣碧涛（San Benedetto）蓝瓶气泡水；这儿还盛产火腿、黑松露，有大大小小的葡萄酒庄，漫山遍野的橄榄林、向日葵，红土加上多雨阳光，水果蔬菜新鲜丰富，牛羊肉全无膻味，各种奶酪，令人目不暇接，又临近大海，驾车三十多分钟，就是一个个由石头自然堆积而成的天然游泳池，深蓝的海水之上，只只白鸥轻轻掠过，整个海岸线海水清澈，沙质舒适，海鲜肉质细腻，尤其是灯塔餐馆的迷迭香、洋葱粒、柠檬汁、自酿的白葡萄酒焖海虹，令人流连忘返，家家餐馆闭着眼睛点菜便是美味，这儿尚未像法国南部和意大利北部被有钱的英国人、俄国贵族新富们盯中，房价朴实，被意大利人叫作“秘密花园”，到处皆是原汁原味的中世纪古迹、每个小镇都有大大小小的教堂，珍藏着古老绘画，如好莱坞大片《英国病人》里印度籍的拆弹手基普带护士汉娜夜晚去的教堂，挂吊绳点火把看的壁画，甚至午夜，广场都是喝酒听音乐聊天的大人，小孩子们在踢足球。每年夏天，整个七月，全意大利人不工作，享受艺术和美食，到处是歌剧节、各种宗教节、美食节。作为意大利女婿的本，当然对此并不陌生，他问了粉色房子的价格，恰好够那笔遗产，马上购了房。他没有多余时间，得回上海工作，便把房钥匙交给了一面之交的同街邻居退休工程师菲力普、罗阿米夫妇，请他们帮忙找装修的人。

威廉姆斯先生听到这儿，对福祈兴趣浓厚。巧的是他又有去意大利的机会，办完事，便直接开车去福祈。福祈不大，市中心，就是一个小镇，这儿果然如本所言，是他心中向往的意大利。看了好多房子，都不满意。他打电话给本，本让他找菲力普、罗阿米夫妇。他敲了这对夫妇的门，他们热情地接待了他，听完他对房子的要求后说，有一幢房子，就在同一条街上，可能他会喜欢。于是联系了中介，中介说，对不起，那房子有人要了。

威廉姆斯先生没办法，准备第二天上午就离开。

第二天一早，他还没醒，手机响了，是中介，告诉他，那幢房子现在可售，因为那个购房人有了问题。

当天他被带进房子里，房子有主楼侧楼，有四层，带花园和露台，在山顶上，面朝大海方向，虽然这么大的房子，却一直只有十六世纪建房时的一个卫生间和浴室，房子屋顶和壁画是十七世纪的，侧楼是晚一点时间建造的，属于这个地区一个贵族家庭，在十八世纪，斯巴赖吉家族买下了它，并在楼上大厅里竖起了以狮子为标志的家族盾形纹章，那也是威廉姆斯的母亲家族崇尚的狮鹫。威廉姆斯先生到地下室里，发现那儿堆了好多胶带及剪辑电影的机器，便好奇地问。菲力普告诉他，住在此的最后一个斯巴赖吉，在罗马做医药生意，二十世纪九十年代初去世前，把大量的资金花在电影制作上，把这幢度假房的地下室变成了电影剪接室。他预感生命快结束时，赶三个多小时的车程回来，可惜还没进入房子，就落气了。之后房子空了好一段时间，直到出售。他们一席人回到房子的大厅，威廉姆斯先生知道这幢房子需要维护，也需要大改造，他注视着古老的大理石楼梯，对中介点了头。因为他喜欢的房子是有宽绰的台阶，他的女神玛丽莲·梦露好从那儿穿着长裙走下来。

尘埃落定，威廉姆斯先生开始张罗装修。他记得那是福祈的一个特殊日子，玛利亚·雅松达·巴劳达土生土长在此，从小信主，做了修女，1900年竟然去了中国山西，当时山西有瘟疫，她在那儿做善事、帮助病人，不幸染上伤寒，死在太原洞儿沟，还不到二十七岁。

梵蒂冈花了一百年的时间来确认玛利亚·雅颂达·巴劳达充满奇迹的一生，封她仅次于圣人的真福（Beata）称号，这对福祈是一件大事，开大派对庆祝。

一个来自山西的中国修女，住在玛利亚·雅松达·巴劳达从前在福祈的房子里（这儿成了一个女修道院）。她代表教会当街出售彩票，开一辆菲亚特熊猫车。街道上各种手工艺者设置的小摊、有啤酒帐篷、食物帐篷、儿童游乐场，酒店边上是这儿的中心广场，设置了一个大舞台，供乐队表演。其中一个乐队是海盗伊·皮拉蒂，他们扮成海盗，弹着吉他，唱的都是二十世纪六十年代著名的摇滚歌曲*Johnny Be Good*和*Rolling Stone*等。之后是一场穿着带有大羽毛比基尼的巴西异装癖者的歌舞表演。市长是个共产党党员，在颁发彩票中奖者之前发表了精彩幽默的简短讲话，说罗马天主教对促进意大利的旅游业贡献巨大。

整个小镇沉浸在节日般的喜庆中，狂欢到凌晨。可是第二天，一个参加了大派对很受欢迎的年轻人突然死在了他的床上。整个小镇充满了悲伤，在前一天举行盛大庆祝活动的地方，全镇人又聚在一起参加葬礼。

在大派对前一天下午，威廉姆斯先生在还没有装修的房子的花园里为自己办了一个生日聚会，邀请了建筑工人、油漆匠、建筑师、电工、水管工和所有将为房子工作的人以及其他意大利朋友。人太多，他不得不从市政厅借椅子，市长也被邀请了，他的风衣披在肩上，像个军章，所有的建筑工人都聚集在这个重要人物的周围，食物是由邻镇一家出了名好吃的餐馆的老板帕培提供的。他们唱了很多歌，喝了好多酒，聊了好多有趣的话题。

从那天起，他就感到自己被接纳，成为福祈的一部分。

这一天是2004年7月10日。

我还不认识威廉姆斯先生。※

※ 亚当·威廉姆斯（Adam Williams），作家虹影的丈夫，小说家，商人，旅行探险家。出身香港洋行大班、香港赛马会会长之家，少年时期长在日本，后来回英国，自牛津大学英国文学毕业，在香港、台湾学修中文。曾在有一百八十年远东历史的英国怡和洋行中国有限公司任首席代表。二十八年来在北京工作生活，为家族中第四代在中国生活的人。中英商会会长，获英女王颁大英帝国骑士勋章（OBE）。

已出版的小说有：以中国历史为背景的三部曲《天乐院》《帝王骨》《龙之尾》及《炼金术士之书》。其作品被译成世界上十五种主要语言出版。《乾隆的骨头》于2013年5月在中国大陆出版。

2. 亲爱的，你去过罗马吗？

时间是2005年6月中旬。我在北京家中，接到意大利出版社Garzanti总编辑的电子邮件，祝贺我的长篇小说《K. L'arte Dell' Amore》（K-英国情人）进入六年一次的罗马文学奖短名单，虽不能确定是否获奖，出版社当成大事，要给我订机票和酒店，到罗马去。

那时我的个人生活一团糟，有五年时间我一个人住在北京，我的脑子停止思想，决定放弃写作，举目看去皆是石壁，对去罗马，甚至任何一个地方，哪怕有可能得奖，没有感觉，我在坑里越陷越深，不能自拔。

我如僵尸，在6月30日飞到罗马，罗马文学奖的组委会成员的儿子来接机，他在大学当研究生，因为他的妻子是一个中国人，他们在机场出口热情地接着我。飞机上没睡好，在车上我便昏昏入睡，感觉没多久就到达我的酒店，酒店在罗马城偏西临海的地方，这儿有个著名的古老斗兽场，通常演歌剧或话剧，而罗马文学奖颁奖仪式第二天晚上也将在这儿举行。

两口子与我道别时，周道地问我：亲爱的，你去过罗马吗？

罗马？我重复着，我知道，他们是指罗马城。我摇摇头。的确，在意大利我出书多种多年，前后有好几次免费游罗马的机会，因叠合别的出行而推掉。

两口子对我说，那我们明天一早带你去。

第二天一早我们三人开车出发，二十分钟不到就进入了罗马城中心。有地道的罗马人领着，还有一个懂意大利语的中国姑娘，像急行军似的，我们去了罗马斗兽场、真理之口、威尼斯广场、万神殿、许愿池、西班牙广场和台阶顶上的教堂，去了纳沃纳广场、圣天使堡，记得是在沃纳沃广场吃的中饭。每个地方停留不长，前后左右看看，拍个照片，真正的走马观花。

傍晚回到酒店，我的意大利出版人到了，西装革履，叮嘱我要穿漂亮一些。我没带礼服，就穿了一件绿丝绸改良旗袍充当。这个晚上，整个斗兽场隆重而神圣，台下各种媒体电视台，参加者多半是出版界文化界名流，黑压压一片，台上坐了一排赫赫有名的评委，评委会主席是意大利前总理。罗马文学奖，有“意大利的文化奥斯卡奖”之称，以六年为期，涉及领域包括文化、政治、文学、历史、医学等，影响力覆盖全欧洲。这界获奖短名单上，除了意大利本国卓有建树的文化人士，只有我和这年四月刚刚谢世的教皇保罗二世是外国人。

晚上九点半颁奖会开始，有军乐队奏乐。教皇保罗二世获得终身成就奖。当电视台的女主持人念到小说奖是我的名字和小说时，我愣了，我的出版人高兴地跳起来，带着我上台去领奖，并临时充当我的翻译，从意大利译成英语。评委会认为“虹影作品撞击人心，具有不畏世俗的勇敢精神和高超的艺术手法”。领奖时主持人问我：“你对中西方的看法？你作品中的情爱描写，尤其是房中术的秘密是什么？”我记得一些回答，“如果研究道家房中术，就会发现，西方人谈论的女性中心主义在中国由来已久，不是西方的新近产物……”

主持人还问了一些问题。我用英语回答，我的出版人译成意大利语。每个评委起立来给我握手祝贺，奖品除了奖金，还有一个古罗马花瓶，美轮美奂。出版人比我还高兴。他两次重复对我强调：

“虹影，你是和教皇保罗二世一起得奖的唯一女性！”他帮我抱着花瓶，“这是1750年的花瓶，它的价值超过奖金，好好放着。”他的话，让我至今也不敢把花瓶放出来，只好雪藏。突然一阵风把主持人手里的稿子吹在台下台上，众人帮着捡，大家一起笑。这是意大利，他们随随便便。

也是在那次认识德国歌德学院住罗马的院长、译了张洁等作家的小说的著名汉学家米歇尔·阿克曼，他也在台下，结束时他跟太太过来向我祝贺。

晚宴是在意大利王室的一个别墅花园进行，一个大派对。我一直晕头转向，帅气又不老的王子拉我到边上聊了好久，关于中国文化和中国女人。他最后夸我的衣服，夸我的长相，那时我四十三岁，真的显得很年轻，外貌跟三十岁无异，他说对穿旗袍的女人情有独钟。意大利的男人，对你说什么样的话，你都不必完全当真，除非你也想浪漫一番。我眼里放光，整张脸娇媚动人，可哪怕喝再多的香槟也没用，我内心的浪漫指数是零。凌晨三点多宴会还没结束，我请人送我回酒店，倒在床上就睡着了。

第二天的意大利大小报纸，报道了这次文学奖，我与教皇保罗二世的照片最大。

一个傻姑娘，撞运气撞上了。我的写作，我以后的生活，会是怎么样的，我没有想过。

飞机脱离跑道，升高后，回望那越来越远的罗马、蔚蓝的海浪像花边一样绕着这个地中海中的亚平宁半岛，我往许愿池，还有西班牙广场石舟都扔了硬币许了愿，可还是没有奇迹发生？没一个人真正爱我。罗马你的迷人就是人人都相信虚构的奇迹。我明知，还是要去许愿扔硬币的。

我闭上眼睛，飞机突然遇到强大气流，广播和空姐要乘客系好安全带。边上的乘客都害怕，整个身体在不停地颤抖，我这种置生死如粪土的人，同样也感到害怕。

自己的左手紧紧抓着右手，突然想到了一段已忘怀的往事：

好久之前，有个喜欢我的男人，每次给我写信，都要提到罗马，不是要去罗马，就是在罗马，或是去过罗马。他的信写得很短，很有诗意，很有男子气，很有故事，记得他说，罗马城有一种旧旧的棕黄色，将整个身心沉浸其中，我整个人都放松了，我会站在这儿，与你相遇。

我迷上他的信，因为我喜欢情书里有罗马，罗马是什么？罗马是比爱情本身强大十倍的绝美、永恒的存在，是足以让我这么一颗敏感又理性的心，感受到一种神秘的力量。罗马，这儿会有一个懂得爱的男人，还会有一个天天期待得到爱情的女人，会有一段多么催人心肺的爱情，一个全世界最性感的城市，最妩媚又浪漫的城市，谁靠近它，谁就会上瘾。

爱屋及乌，我若爱罗马，我也会爱他。

可我不爱他，因为我的心一次次梦游罗马，并没有相遇他。

虽然没有相遇他，可我仍旧爱罗马，这是命定的，我的手伸入真理之口，我就是那个在西班牙台阶前吃冰淇淋的姑娘，走向万神殿，一扬头，注视头顶光芒耀眼，我要一段又一段惊世骇俗的爱情，良辰美酒，不怕最后酿成悲剧，我要俯视整个罗马城，我要掀起那天上美丽的蓝来，给那沉沉驶去的马车一鞭快意情仇。

我刚刚去了罗马，一共三天。我真的去了罗马，这不是做梦。

我看见长江边成片的吊脚楼下，一个五岁的小女孩，在细雨中奔跑，去寻找自己在船厂做苦力的母亲，救自己被缆车压伤腿的五哥。她摔倒了，又爬起来，一直沿着江岸跑，直到把母亲找到。

她就是我，我居然站在那个斗兽场的中心，沉睡了几千年的历史正呼啸而来，好多被时间抹去的身影和脸在废墟四周显现！我的小说在罗马得到它应得到的认可，罗马的星星纷纷朝我身上坠落下来，我整个人在光亮之中。我的痛苦，我的悲伤，我的失败，我的男人，滚蛋吧！我不需要去相信奇迹，我自己在创造奇迹。

回到北京家中，我拿起我的笔来，我必须写作，我必须像那些斗兽场的角斗士一样坚强，将罗马的力量和精神输入我的身体和写作。罗马，如同那个会写信的男人，他用这个城市之名组合他的情书，向我表达情感，他只有表达，却未赋予行动。所以，我们不会有好结局。

2005年之后，又过了十四年，有一天我坐在罗马的一家咖啡馆，正对着古老的斗兽场，那个当时可装下五万人的圆形建筑怪物，这个城市的象征，正在穿越我的生命历程：儿时受到的伤害、一次又一次逃离家的决心、消失的青春激情、受损害的爱情和成长中不可预测之难。

我想用文字记录这次穿越。

我写了两个女人，为了爱，在罗马相遇。我再一次看到曾经的我如何一步步爬出坑来，站在我的面前，说起那些遗落在记忆深处的故事，那些发生在重庆、北京、伦敦的故事，当然还有我最爱的罗马的故事。

罗马对我意味着什么？

让我来回答你，罗马对我意味着一切。

3. 罗马，令我最爱的是什么？

那是个夏天。

整个罗马城都是雪，我穿着短裙从火车站里出来，没走多远，见好多人抬着圣母塑像唱着圣歌经过我，我不由自主尾随他们。雪越来越大，队伍走进圣母玛利亚大教堂，人更多了，有红衣主教、有佩剑的卫兵、唱诗班清一色的男孩，罗马教皇出现，做大弥撒，空中飞舞着白玫瑰花瓣。

他们注视我，目光好神秘。我小心地走上前去，扑通一声跪下，画十字，感恩主，领吃圣饼，薄薄如纸的饼融化在嘴里，顿时一股暖流传遍周身。

我梦见进入圣母殿，至少三次，而在现实里，我一个人穿着长裙背着背包独自在罗马小街上闲走，被远处洪亮的钟声吸引，循声而去，近了，被唱诗班的歌吸引，推门进入，大殿人山人海，教皇正在做大弥撒，许多红衣主教伫立边上，殿顶射下来好多灿烂的光，一切宛若梦中。

那是2006年夏天。

这座圣母大殿，传说是圣母托梦给教皇利伯略，让他在下雪之处建立一座修道院，显示主的荣耀，结果第二天早晨埃斯奎利诺山丘下了雪。由此，教皇下令建圣母殿，它仅次于圣彼得大教堂，千百年来历经多次改造，有闪闪发光的马赛克镶嵌画，后来建筑师费迪南多·福加又专门设计了巴洛克风格的立体面，之后又建了罗马最高的钟楼，可以俯瞰全城。大殿祭坛上方的华盖有精致的镀金小天使守护，放着圣马太（St Matthew）和其他殉道者的遗骸。祭坛右边那块饰板下是贝尔尼尼和父亲彼得罗的安息处。这儿还有一间安放圣物的告解室，有一尊教皇皮乌斯九世的跪像，面前是一个圣物匣，匣里是耶稣诞生马槽的一块碎片。

我曾在耶路撒冷，也见到如此的圣物。而这一次，是现实重叠梦境。

我的生命充满奇异，不时会发生不可思议之事，也许在于我从来就是一个虔诚的信者，在主的面前我信，在佛的面前，我信，在别的神面前，我信。

罗马九百多座教堂，隔一条街便有一座，座座不同，我喜欢信步走入，有的令我惊叹，有的令我喜悦，有的令我静穆、深思。有的让我一进再进，看不够，仅仅注视着，心境便宽敞无比，回回到罗马，都想进去，进去后，出来便是一个新我。

但都不如那天在圣母殿的奇遇，记得当时，听着教皇的布道声，我躁动不安的心几乎毫无察觉地平静下来，人海中一个小女孩的身影模模糊糊。为了看得更清，我努力地在空隙里向前走了好些步，她似乎也有感觉，向我侧过身来，我不认识她。又隔了一会儿，我再看小女孩时，觉得她一瞬间长大，她的脸是那样的清晰，分明就是我的母亲，尤其是那双亮亮的眼睛。再看她时，她已不在了，可一分钟不到，她的声音响在我耳旁："孩子，想着好的，坏的就会远去。"

母亲叮嘱我，像我小时一样。

母亲是在这一年的秋天走的。

从未有过孩子的我，在这之后不到一年有了一个女儿。谢谢主的恩典。

从罗马到福祈，需要开车三个多小时，福祈那幢在山顶看海的房子，成了我的第二个家。女儿一个月后，带她去那儿。她的名字西比尔来自希腊、罗马神话，是一个几万年，甚至更久的预言家，以各种面貌、情节出现在传说中的人物。她烧掉自己几卷预言，预言总是成真。在意大利的传说中，她就在福祈周围的山峰间，偶尔才得一见。她站在那儿说话。

没人信她的话，但我信。是否如此，她才走近我？

从那时开始到今天，有十二年时间，每到夏天有近三个月住在福祈，以此为中心，足迹遍及意大利每个角落，有时从中国飞威尼斯，有时也直接从英国飞到安科纳，但都没有比从罗马飞让我高兴。条条大路通罗马，有人一出生就在罗马，而我这个生长在重庆的人，却要走很多路，绕很多圈，才能到达罗马，虽然一直心向往之，真正走近它，则需要几十年时间。

真正认识它，还需要更长的时间。罗马的奇特，你已把它熟稔在心，还会发现它的新。

有一次我住在西班牙台阶上面的酒店，要去看一个住在万神殿边上的朋友，我看看地图，不是太远，走路可能需要三十多分钟，我决定走路。

这路程不会觉得无聊，沿途全是景点，走偏会遇到挂红色旗子英国诗人济慈的故居，走歪了，会遇上法国作家司汤达、巴尔扎克、匈牙利作曲家李斯特、英国诗人勃朗宁夫人，甚至德国作曲家瓦格纳的故居或是常去的咖啡馆，走对了路，恰好会走在《罗马假日》电影拍摄过的石阶上，一个个巴洛克的雕塑会让你喘不过气来，停下仰望片刻。

我一路走着，中间还到路边小店喝了一杯柠檬苏打水、吃了一个冰淇淋。古老的罗马，下午的阳光投在脸上，是那么让你周身上下懒洋洋的，舒舒服服，投在房子和街上，是如此明媚耀眼。

这一路上，总有手揽红玫瑰的男人经过，总有拉手风琴的艺人的曲子挽留我的脚步。这一天总遇到摄影师给新娘新郎拍照，中国新娘新郎居多，在台阶上或是爬上古石墙、在废墟上拍新婚照。罗马恐怕最受欢迎的职业就是马车夫，加上摄影师。

巴贝里尼广场上的特里同喷泉依然美如往昔。在贝尔尼尼酒店的边上，那三只蜜蜂是贝尔尼尼家族的标志。好多个世纪这广场就是摆放无名尸体的地方，让人们来辨认。如果新婚照片在此，是否会带上几个鬼魂？想想都令我害怕。中国新娘新郎喜欢在古老的斗兽场拍照，那么多沉睡在此不安的灵魂，因你们的欢叫而苏醒，残酷的血如一道光溅起，会不会沾上几滴？果真有一次我在酒店读报，看到一个新娘子因为拍照从那儿跌下丢了性命。

扯远了，拉入正题，我那天像一个贪心的孩子，玩心大发，本该走三十多分钟的路，却走了双倍多，一个小时还没到目的地。朋友打来电话。我说不是迷路了，而是被下午的罗马迷住了。她放心地搁了电话。

虽然朋友没催我，可我不好意思了，加快脚步。可是经过一个广场，我就止步了，广场里有一个乐队，就在万神殿前的方尖碑旁，正在吹小号，乐队演奏意大利作曲家埃尼奥·莫里康内（Ennio Morricone）的电影音乐《黄金三镖客》，我随手拍了一个视频，正要走，又来了好几辆马车，马车里的人不是游客，而是扮成戏子的男男女女，可能就是戏子。

整个广场上，百分之九十九的都是外来人。

事实上没有哪一个欧洲城市，甚至巴黎、伦敦，有罗马这么多外来人。两千年前罗马便有一百万人，大多是非罗马人。想想这是什么概念。那时罗马就是世界中心。到过罗马的破罐山，你就知道，破碎的陶瓷罐子堆积成山，那时罗马不会有橄榄油，意大利也没有橄榄树，而是从北非、西班牙海运到台伯河，用双耳大罐子装着橄榄油，用来吃，用来洗头擦身体，用来点灯，同时为了这么多人的生存，还需要进口大量的粮食和生活所需。那时罗马到处是建筑工地，建的都是几层楼高的房子和气势宏伟的宫殿，就像咱们中国的二三线城市一样，大修土木。然后对于一个外来者来说，当你融入这座城市，虽然文化背景和信仰都不同，但要不了多久，你所有的观念都得重组，罗马的多元，并不是宽容的，外来人的恐惧和担忧，会加重，但罗马可重塑自我，你从哪里来不重要，重要的是你的生命可以在这儿重新开始。

我在一块碑石上读到这样几行字："陌生的旅行者，不管你从哪里来，请停下，请你注意到碑石下安葬着我。我是一个好人、仁慈而宽容，在罗马，我从不后悔。请你千万小心，不要弄坏我的墓。"

这个死者是一个首饰商人。

我朝朋友的家走去。她曾送了一本写罗马的纪实小书《随乡入俗》给我，想让我知道，在罗马，真正的罗马人怎么生活。那本书是美国人艾伦·爱普斯坦写的，我读了，没留下多深的印象。这一路走来，之前读的文字，一点一滴重新在我的脑子里激荡。好像有些懂得罗马和生活在此的罗马人，做生意那么精明算计；做艺术家，那么唯美、充满诗意；做哲学家，那么智慧善辩；做作家那么会讲故事，不可一世；做朋友时，是亲人；做敌人时，就是黑手党，要你的命。罗马人好像重庆人，尽管重庆人的艺术感觉差点，却不缺诗意。

拐入右边小街，再向前走几米，已可看到朋友那幢棕黄色宫殿一样的房子。

按门铃前，我脑子里钻出一个问题，寒暄后，我想问问她，当初从意大利中东部搬来罗马，住在此二十年，罗马令她最爱的是什么？

如果她反问我，罗马，令你最爱是什么？

我得想一想。

这个问题看似简单，实则难回答。赫本的痛苦是失去一个真心爱的人，于电影或电影外，她历经的城市最难忘的是罗马，她告诉我们："无疑是罗马，我会珍惜在这里的记忆，直到永远！"我呢，母亲是对的，想着好的，坏的就会远去。我是一个永远信的人，负面的东西难在身体内生存，罗马之美，滋养正能量，让我心情愉悦。这最是我所爱。真的，罗马就像一面神奇的镜子，让我迷失后总能找到自己，它传递给我的信息是，有一天我会在这儿住很久很久，久过我的生命。

4. 以心相印：罗马神秘双心

关于罗马古城的创建，有很多传说，其中一种说罗马国王努米托雷被其胞弟阿姆利奥篡位驱逐，其子被杀死，女儿西尔维娅与战神马尔斯结合，生下孪生兄弟罗慕洛斯和雷莫斯，被抛入台伯河，却被一只母狼叼上岸来奶大。两兄弟长大后杀死了阿姆利奥，在七座山丘之地建都。罗慕洛斯杀死了弟弟，以自己的名字命名都城为罗马，这一天是公元前753年4月21日，并将“母狼乳婴”图案定为罗马城徽。

好了，现在，请你闭上眼睛一秒，再睁开。

让我来学学我的偶像，俄国作家纳博科夫，描写他的性感尤物洛丽塔名字的好玩，说罗马吧，注意，舌尖得由上颚向下移动三次，到第三次再轻轻贴在牙齿上，不仅如此，眼睛还得明亮地注视前方，还得穿一双好走路的运动鞋，最好是白色的，女生穿白裙，长短皆好，男生一身舒服衣服，背一个轻便的随身小包，朝太阳升起的方向站立，来，与我一起说：罗马（Rome），是的，这么一个热情、浪漫、充满爱的名字，仿佛来自久远的过去，甚至从广袤的宇宙边缘，带着一股从斗兽场里冲出的英雄气概。

说出它，你心里才可装下它。现在我给你一张地图：

这是一个神秘双心。一天可草草走完，但两天走完，仔细，深入，涉及周遭，会让你更有收获，就像一个真正的旅行者，独自一人，或与人结伴而行，她/他可是朋友、情人和家人。

不管你从哪一颗心开始行走，最好先做做功课，了解每个相关

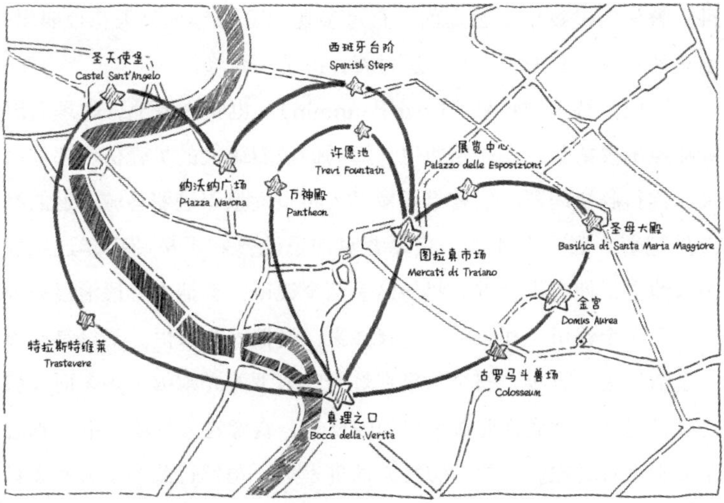

地点的来历和背景，这样到达每一处，以心做印记。

比如俄彼安丘的金宫（Domus Aurea），是罗马皇帝尼禄为自己建造的，他十七岁执政后废除了血腥的斗兽场竞技，深得人心。他把自己和别人的生命当成一本本精彩的恐怖小说写，灭掉亲哥亲妈，酷爱音乐和戏剧，亲自上台演主角，让奴隶扮演死囚，并统统杀死。他觉得人生无趣，命人烧了罗马城，当时罗马城有十四个区，烧了十个区，尼禄不叫救火，而是兴致浓厚地站在皇宫最高处观赏火焰中的罗马城，还诗兴大发，咏唱特洛伊毁灭诗篇。公元68年，这个不到三十一岁的皇帝玩行为艺术，命人拿刀刺进自己的咽喉，扔下一句“一个伟大的艺术家就要死了”，走下地狱。当时这座金宫尚未完工。之后无人续建，图拉真皇帝建造公共浴场时，仅仅用了这个金宫的墙壁和拱顶，作为浴场的地基。直到1480年左右，这个宫殿才被发现，除了有金碧辉煌的天花板、华丽壁画，还有长长的柱廊，一大片公园和人工湖。有些墙壁、拱顶天花板用微量黄金覆盖，其中一个八边形房间里，艺术品琳琅满目，奢侈到极致！金宫之前一直可参观，2010年部分天花板崩塌，不对外开放。我去年去时，还封着，说是在维修。

比如，特莱维喷泉（Trevi Fountain），也叫许愿池，大理石海神雕像不仅精美，还栩栩如生，海马们拉着硕大的贝壳仿佛朝你而来，你得赶快闪开。它曾是古罗马人将贞女泉引进罗马城水道的终点。记着，丢一个钱币，只要背对许愿池，右手拿硬币越过左肩抛入池中，便有机会重回罗马；丢两个钱币，会遇上一段浪漫的爱情；丢三个钱币，和意中人一起许愿，爱情就会永恒。最好是夜深或是清晨去，人少，整个喷泉在灯光映射下波光粼粼，古老而气势磅礴，尤其是池底许愿钱币在闪闪反光，真像进入梦境之中。别忘了去附近看看电影《罗马假日》的理发店，虽然已改为意大利皮具店。街边有人搭炉售卖意大利板栗，看上去香甜可口，可我还是购了一个蛋卷冰淇淋。平日我不会吃冰淇淋，但在罗马，我每天至少吃一次，当然也爱比萨，火腿肉、芝士、香肠、脆饼，周围的餐馆和小酒馆，大都百年老店，好厨师遍地都是，菜做得恰到好处，在那片餐馆吃，从来没失望过，哪怕叫一个最普通的马苏里拉奶酪（mozzarella caprese）西红柿沙拉，上面有片片绿绿的罗勒，一吃到嘴，马上想再叫一盘。

比如，在斗兽场之南的卡拉卡拉浴场，你得了解古罗马人是多么爱洗澡，浴场建得跟宫殿一样讲究，用大理石铺地，有气派的圆拱门、壁画和雕像，金碧辉煌；两座大喷泉，飞舞着鸽子，还有超大的健身房。整个场子占地六英亩，能容下一千六百人，设有冷热水蒸气，各占一所澡堂子。想想我的成长背景，在二十世纪六七十年代，重庆南岸贫民窟，是靠江洗澡，夏天可以，冬天只能在家烧一盆热水，抹澡。而古罗马人不仅如此懂得身体的享受，同时也是把澡堂子当作社交场地，边洗澡边聊天，边商量买卖、边和解讼事和婚宴丧事。我有一次无意间看了日本导演武内英树的《罗马浴室》，这穿越的喜剧，非常日本，非常现代，也很罗马，我即刻便记着阿部宽这个演技一流的演员。有时间，你不妨看一看，俊气的阿部宽的身体一览无遗。

比如，你去天使城堡时，再走一会儿，就是梵蒂冈，世界上最小的“国中之国”，仅0.44平方公里，相当于北京故宫五分之三大，事实上那儿半天看不完，因为圣彼得堂大得离谱，人们习惯说那儿“天使像巨人，鸽子像老鹰”。因为游客太多，若想登顶圣彼得大教堂请起个早，大教堂内外宏伟巨大，幽深，有雕塑大师贝尔尼尼设计的纪念碑和巴洛克式华盖。教皇祭坛往上一百一十九米高处的中央圆顶，则是米开朗琪罗的设计。登高看远，俯瞰钥匙形的圣彼得广场和罗马全城，最好和心上人一起，记住你们在此如此相爱。大教堂圆场外有一道弯弯的白石线，便是梵蒂冈与意大利的分界。教皇每年复活节站在圣彼得堂的露台上为人民祝福。

比如当你走入万神殿前，你要知道这是两千多年前，是罗马帝国首任皇帝屋大维的女婿阿格里帕建造，以供奉奥林匹亚山上诸神。万神殿是古罗马精湛建筑技术的典范，一个宽度与高度相等的巨大圆柱体，上面覆盖着半圆形的屋顶。拉斐尔等许多著名艺术家就葬在这里，葬在这里的还有意大利国王翁贝托一世和他之后的十几位皇帝。

每次到罗马，我的胃都异常饥饿，用嗅觉灵敏的鼻子嗅周围，到处是美味，到处是诱惑，去哪儿？不着急，我辨别着空气中的各种味道，决定先去哈利酒吧（Harry's Bar）喝一杯贝里尼。

1931年朱塞佩·齐普拉尼在威尼斯圣马可广场边上开了第一家，很快便门庭若市，大文豪海明威，打猎后经常来此喝上一杯。他常常喝醉，醉后照常写小说，难怪他的《穿过丛林的河流》会差他别的小说一大截，大概是酒精含量太大所致。

而开在罗马的哈利酒吧，位置更好，就在著名的威尼托大道上，背靠罗马老城墙，以诱人的鸡尾酒和美食引来意大利国内外的豪门和好莱坞明星、文豪、艺术家们，像奥黛丽·赫本，奥森·威尔斯，田纳西·威廉姆斯和可可·香奈儿和导演费里尼等，成为当时他们最爱之地。

费尼里的电影《甜蜜的生活》（La Dolce Vita）取景威尼托大道，改编自Marcello Rubini原著，以记者马切罗的生活，展现一代意大利人精神苦闷、迷失自我的故事。这部电影在1960年的戛纳电影节上荣膺金棕榈奖，也斩获了同年奥斯卡最佳化妆与发型设计奖。

在这条街上有Doney餐厅，大厨James Foglieni的地中海菜肴充满诱惑，大都配合本地时令原材烹制。这家美味还有牛肉鞑靼、烟熏茄子鱼子酱和黑松露菌、迷迭香烤牛排，在离它几百米外，心便怦怦直跳，真丢脸，我完全抵不住它的诱惑。

Casuccio e Scalera有精美的意大利传统鞋店，它家的鞋，穿上既舒服又有格调。

威尼托大道另一端通向罗马古城门（Porta Pinciana）和花园群（Villa Borghese）。这些十七世纪的遗址仍是世界上最美丽的花园，在那儿拍照，最好低头沉思，做出一个哲学家或是诗人的样子留影。人能嘲讽自己，便容易快乐。当然你可以跳起来，按快门。

如果把圣天使堡当成双心图的最后一个地点，你会发现已是台伯河西岸，你可顺路去越台伯河区（Trastevere），那儿全是古色古香的中世纪小巷、工匠作坊，比如可做马赛克拼图，我最喜欢那儿的一座由修道院改建的酒店，好几年到罗马，都在那儿住。酒店里还有一座玲珑可爱的老教堂。

顺着那条街往下走，就是美国导演伍迪·艾伦的《爱在罗马》

的外景取景点。他最早的电影《安妮·霍尔》深得我喜爱。2012年，已是七十七岁的他，怀着对罗马之爱，拍了《爱在罗马》，讲了来自不同国家的人在罗马经历的四个故事。相比他的《午夜巴黎》和《午夜巴塞罗那》，我很难不喜欢这部表现罗马的电影的轻松气质、幽默对话。但是意大利人并不高兴，认为伍迪·艾伦是一个不懂罗马、不懂意大利的美国佬，意大利人怎么会只有洗澡时才能唱歌剧的咏叹调呢，让吉安卡罗登上久负盛名的史卡拉歌剧院的舞台一展歌喉，居然得洗澡，真是侮辱意大利人！我们意大利人绝不这样，我们任何时候都能唱，喝高了、做爱高潮时，唱得更好。

Osteria der Belli（地址：Piazza di Sant'Apollonia，11号）是撒丁岛风味，有新鲜的意面和海鲜菜肴，侍者很周道，烤的面包松软有筋道。家庭经营的Da Enzo al 29（地址：Via dei Vascellari，29号）和Viale di Trastevere餐馆，都是地道的罗马菜，如环形香肠，选用猪后腿碎肉填入肠衣，制成环形状，烟熏呈朱红色后，稍加煎烤，用雉鸡红酒汤汁调味，撒上一点小茴香。平常不喜带生的米饭，但那道墨鱼汁饭，混合美滋滋的墨鱼汁和野山菌，真是满口快意，吃这道菜，最好叫一个炸洋蓟，香的脆的，酥酥软软。事实上越台伯河区的餐馆，没有哪一家不是母亲的味道，甚至是厨艺大师的作品，想到那装饰着新鲜的柠檬块、薄荷叶、极品鱼子的地中海生蚝，我便不能自拔，生蚝一向是法国品种美味，但意大利的生蚝也丝毫不差。那儿有好多罗马甚至欧洲小众设计师的衣服店、家居饰物，都物美价格合适。我女儿每次都要在方块小石块铺就的小街中溜达，她喜欢一家小古董店，淘美丽的琉璃珠子和玉石，用来做项链和手环。

在越台伯河区，吃饱了，喝足了，千万别错过多里亚·潘菲利别墅。这儿最初是潘菲利家族的，1760年该家族绝嗣，1763年教皇克雷芒十三世将这座园林授予多里亚亲王，也由此叫多里亚·潘菲利别墅。这是罗马最大的风景园林，有一个美丽的巨大喷泉，别墅气派似王宫，河边甚至爬着晒太阳的海龟。一直往山丘上走去，有块区域是东方园林：有修剪整齐的松树，和铺有白石子、有一片竹林和假石山的庭园，非常日本、非常中国。一路风尘，走遍了罗马双心图后，面对这一角宛若故土的美景，无疑令我惊喜万分。

5. 罗马人鹿易吉·塞拉菲尼

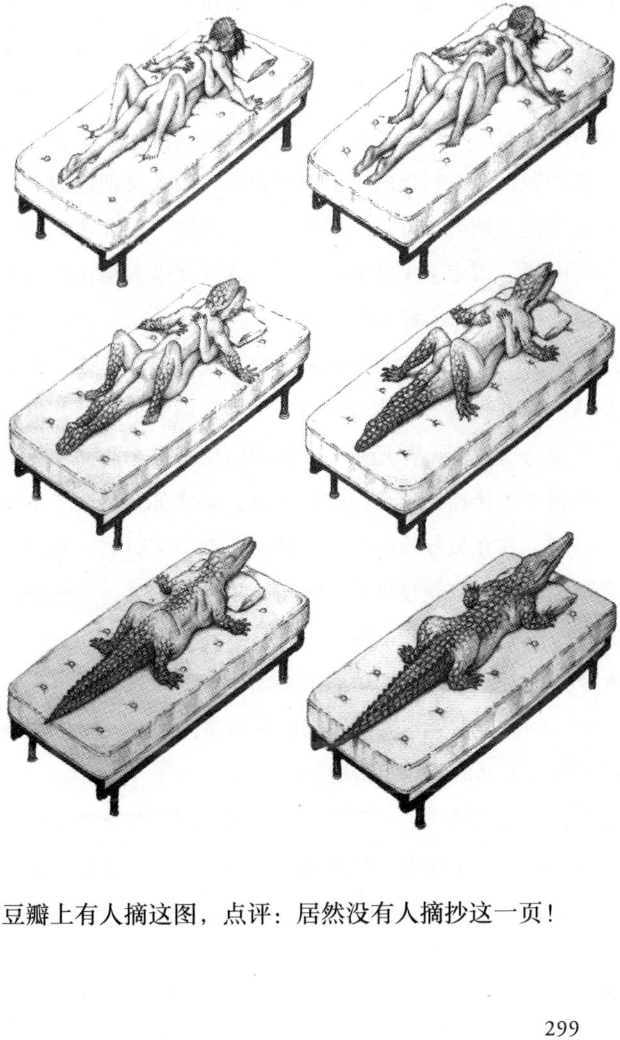

豆瓣上有人摘这图，点评：居然没有人摘抄这一页！

今年网上扒出好几个国内艺术家抄国外艺术家的丑闻。难怪豆瓣网的豆友会如此讽刺。当然没人抄袭鹿易吉·塞拉菲尼，因为他自1981年出版《塞拉菲尼抄本》天书后，一炮而红，在欧洲搞艺术的，没人不知道这位大艺术家，你抄他，不是自掘坟墓吗？

鹿易吉·塞拉菲尼在中国未出这本天书之前，一个夏天的午后，他提了一瓶马尔凯省自产的红葡萄酒，来到我在意大利福祈的家，直接进了花园。他的头发长长的，乱乱的，穿了一身舒服的休闲装，整张脸很喜庆。很睿智，像达·芬奇时代的怪人，这是他给我的第一印象。

介绍他的人，是离家半个小时车程佩达索海边灯塔餐馆的老板赛门，他把我在意大利出的书给鹿易吉看，改天又把他的天书给我看。而且他把我俩的电邮和电话做了一个交换。没隔多久，我收到鹿易吉的电邮，商定了见面时间，我们这天便坐在福祈的阳光下吃午饭。就是那天他拿出好多中文名字，我帮他敲定了“鹿易吉”。

这个生于二十世纪四十年代末的罗马人，整个童年，大半时光他都在马尔凯省佩达索海边叔叔的一个特大别墅里，那儿距离利玛窦的出生地马切拉塔只有几公里，叔叔的房子有一间面朝花园的图书馆，得朝下走楼梯，那儿四壁皆是书。他在那儿阅读了不少关于中国的书籍，并在叔叔的图书馆里翻到一本中文旧书，看到一幅鞑靼的食草羔羊图。叔叔过世后，他得到了这张古画，一直挂在他在罗马万神殿边上的古老房子里。

九岁打球时，他摔倒在玻璃上，割伤了手，就此决定画画，他的第一幅油画是佩达索叔叔的花园，画面里出现了大海。这幅画也一直挂在他在罗马的工作室厨房里。

鹿易吉的父亲是一个工程师，在电视机尚未普及的年代，就在家里捣鼓出了一台电视机，后来又在家里造出了一艘潜水艇。其父如此，其子便更上一层楼，改造和重构现实。

他的祖母跟鸟对话，祖母去世后，他一直幻想着她有一天化身为一只鸟。在他罗马的工作室里，一直摆放着一把祖母的椅子，时不时会有一只鸟飞到这椅子上。我日后有幸坐在那椅子上，感觉他祖母的超能力：鸟儿把各种神秘的事源源不断地讲出。

少年时鹿易吉的家族还出了一件奇事，他和罗马市市长一起去他的姑妈家。那是卢多维西区台伯河岸，姑妈家出了一个宇航员，是指令舱驾驶员。如今那栋房子挂了名人牌子并有文字说明："就在这所房子里诞生了迈克尔·柯林斯（Michael Collins），勇敢的阿波罗11号飞船的宇航员，登上月球的第一人。"

二十七岁这一年，在一堂以裸体半机械人为对象的写生课上，鹿易吉用彩色铅笔画画，几具人体皆有钳子、自行车轱辘和自来水笔形的肢体。他发现要完成这幅图还得配上一些文字，创造一套全新的字母表成了他的当务之急，于是他想到要发明一种喜欢的文字。一天下午，大学同学乔治打电话问他要不要一起出去玩、找些乐子，打发这漫漫长夜。鹿易吉告诉乔治，他不要出去，因为他正在捣鼓一本百科全书。说完这话，他茅塞顿开，对呀，他是要做一本百科全书。

还是这一年，他把自己关在一间房子里，决定写完这本书。整整用了三年时间。记得有一年，我与他闲逛罗马时，走过西班牙广场后，拐入几条小街，站在圣安德列德拉弗雷特街上，突然他停住脚步，指着30号五层楼上的阁楼，对我说到件事，他说到有一天他在街上捡到一只流浪白猫。他通常坐在两扇窗之间的桌子前绘制书稿，这时候白猫就爬到他的肩膀上，蜷在那儿呼呼入睡，他说，是白猫给他灵感，创造了那本天书。他有那样的祖母，当然就会有这样的奇遇，并相信这奇遇。

孤独的青年艺术家和一只找到家的流浪白猫、充满魔力的白猫，在罗马城中心的一间阁楼里，不管天寒地冻，不管酷热难忍，他们相依为伴，一日三餐他去莱昂奇诺路上的比萨店，他喜欢那儿的番茄奶酪比萨饼、卡普里乔萨沙拉和煮鸡蛋。

我问他之后去过阁楼没有。他摇摇头。

他告诉我，不远处是圣安德列教堂的回廊，种有柏树和橘树。院中央有一个大池子，里面养了些肥硕的红色鱼儿，几乎总是一动不动；还有一座假山也矗立在院中央，上面覆满了苔藓和铁线蕨，不断有水滴从中渗出。在梅赛德路和普罗帕甘达路交叉处是贝尔尼尼的住所，大门附近就是贝尔尼尼优雅的大理石半身雕像。而就在几米开外，贝尔尼尼永远的对手——博罗米尼的两件杰作也耸立在那里，令他无法回避。

这本天书出版很艰难，没出版人懂得此书的价值，出版这样一本玄奥难懂却又颇为昂贵的书，会让出版社陷入岌岌可危的境地。一直到弗朗哥 · 马里亚 · 里奇的出现，而且他是利玛窦家族的后裔，他坚持认为这本天书是这世界上不计其数的壮举和幻想之一，后来的事实证明了他的判断。该书后来被评为“世界十大神秘天书”之首。意大利著名作家卡尔维诺生前曾为这本书写下长篇推荐序，他写道：塞拉菲尼的语言被赋予了一种权力，它将要唤醒的是一个其内在语法完全颠覆的世界。书中的图像就像奥维德和他的《变形记》一样，在所有存在的事物之间，都存在着一种相互渗透的关联性。而卡尔维诺最爱的图像，就是本文开端那幅图，人们看到一个男人和一个女人做爱的连续阶段，目睹他们如何慢慢地融合变成一条鳄鱼，一个形体向另一个形体转化的段落中，这是鹿易吉最绝妙的视觉创造之一。

2015年这本书在中国出版，受到著名艺术家徐冰、熊亮、戏剧导演孟京辉等人及媒体的追捧。也是那一年，我在北京，又和他见面了。我身边的朋友都成了他的粉丝，他们喜爱他，超过我的想象。

鹿易吉是个天才，天文地理、哲学文学神学，什么都懂，关于罗马，他给我讲了好多，从远古到现代，到他骑的《罗马假日》里的摩托车。我记得他一说到罗马，会提到一个形象——“三叉戟罗马”。那是古罗马神话里罗马守护者海神尼普顿手中的武器，也是他的天书里重要的元素。

从十七世纪开始，欧洲富贵人家子弟纷纷到各文化名城求学，罗马因其文化遗产丰富而成为他们主要的目的地，鹿易吉说到这些故事，如数家珍。我们聊得更多的是电影，他对意大利二十世纪六七十年代新现实主义的代表人物导演德西卡的电影《偷自行车的小偷》非常喜欢，那是二战后意大利的现实写照，人们生活困苦，大量工人失业。里面的演员便是素人，我因为鹿易吉说到这电影，又去看了一遍，觉得德西卡真了不起。谈论这个国家的电影，会谈论《绝美之城》的导演保罗·索伦蒂诺，他的才气逼人，也不会错过帕索里尼，他的电影《索多玛120天》公映前，他却在罗马郊区一个沙滩上遭人痛殴，头部被汽车碾过，死状恐怖，只有五十三岁。他的死震惊电影界。鹿易吉认为这是政治迫害，因为帕索里尼生前一向不惮于表达自己的立场。帕索里尼生前的好友、电影导演塞尔吉奥·奇蒂曾宣称，谋害帕索里尼的凶手其实有五个人。

我们每次都会谈到电影导演费里尼，第一次是鹿易吉带我去费里尼的故居，可是费里尼的后人早把房子出租了。我们遇到的情况正如我的小说《燕燕的罗马婚礼》里王仑和燕燕遇到的一样。他清楚地记得费里尼两手插在裤兜里，在夜色中走回马古塔街110号的家的身影。

鹿易吉小费里尼二十九岁，属于当年费里尼年轻的朋友，他们曾天天在一起，坐在咖啡馆，或在马古塔街110号顶层，谈论艺术和人生。费里尼最后一部电影《月吟》，也是喜剧片，改编自卡瓦佐尼小说《月亮之诗》，该片由罗贝托·贝尼尼主演。鹿易吉给了这部电影很多美术思想，电影里的一个景，蓝色夜空中，一个人抛绳吊着一轮美丽的月亮，是他专门为之而作的。

我们随便走到哪里，他指给我看的一幢房子便堆满历史和故事。吃饭时，他说你看这个人是一个记者，他采访过谁，引起轰动；你看这个人是个制片人，做过什么电影；你看那个人是个摄影师，拍过哪些名人；你看那个人是著名导演，拍过什么电影。鹿易吉不仅是罗马这绝美之城的引导者，也是一个资深的美食家，很多餐馆老板都认识他，我们不必排队，这是多大的一个荣幸。他也是一个魔术家，他自己把这种魔术放入他的艺术装置和画里。在米兰世博会上，他的大型雕塑红萝卜女神引起轰动，米兰工作室里每一个装置都让人着迷，在巴黎的个展，来了好多朋友，其中两个朋友便是巩俐和她的丈夫法国电子乐大师让·米歇尔·雅尔。

我在2017年去罗马准备拍一部关于罗马的电影时，去了电影器材厂。看到费里尼好多工作照片，见到当年给费里尼准备器材的几个工人，他们说起费里尼，仿佛昨日，说大师一点儿也没架子，和他们称兄道弟。当天晚上我的团队与鹿易吉见面，他给我们说到那个年代做电影的一些奇事，也说到做电影时想象力的重要。他说费里尼不仅想象力惊人，而且诙谐。也是那天晚上，他说到1993年10月30日，费里尼病逝，意大利为其举行国葬，但他的死因只有少数几个人知道，我追问，他悄悄说给我听。我在此也保密，因为我向鹿易吉保证过，不讲给别人听。

2016年初冬，我带严歌苓一家在罗马与鹿易吉认识，我们两家六个人，加上鹿易吉和女友，开了两辆车向福祈行进，我们一行人去了我们在福祈的家。当时整个福祈处于震后的惨状中，可当地人在酒吧欢迎我们，信心十足地重建家园。我们的车开进了天书的摇篮——在佩达索山丘临近海边的别墅。说是别墅，真可以说是一个大庄园，大大小小的房子，有坍塌的，主建筑还是供堂兄们夏天度假。房里有壁画，到处有雕塑，可以看到昔日的辉煌，大片的花园，墙边有法国皇室在此的立碑，还有大片种有葡萄和橄榄的原野，大人们在喝酒聊天，两个女孩在地上翻筋斗，自录视频。

我们还去了屋顶，宽阔如球场，从那儿看去，不远处的海岸线和海浪的姿态清晰极了，白色的海鸟尖叫着在飞翔。一个男孩子站在我们的身边，他腼腆多思，孤独地仰望着天空，他在看，他看到的与我们不一样，他在听，他听到的，与我们听到的不一样，他在想，与我们想的不一样。母亲站在山顶的房子叫他的名字，而花朵正在竞相怒放，橄榄树正在结果，外祖母在和鸽子叽叽咕咕聊着什么，父亲手里拿着书，正在沉思。我经过，不忍惊动他，只是悄悄地注视，强烈地感到，这块土地上，最了不起的一个天才艺术家已经诞生了。

谢谢你，鹿易吉·塞拉菲尼，是你真正把我带进了罗马。

6. 当罗马变成辣椒

美食家，有两种：一种是会吃，会写，但不会做；另一种是会吃会写，还会做。我属于第二种，走到哪里，会做菜到哪里。可是在意大利，除了我家，我做得较少。尤其是在罗马，要么在酒店要么在餐馆，即便在朋友家，都没机会做，意大利人跟我一样，我不太喜欢别人用我的厨房，因为我边做菜边清洁厨房，做完菜，厨房干净，才能坐下就餐。意大利人不喜欢别人在厨房，因为厨房是一个家庭的秘密心脏，意大利菜多好吃呀，全世界七大菜系之前列，而且谁愿意你在他家厨房里捣鼓呢。

在罗马做不了菜，没关系，做菜人，必会点菜。

语言不通，如果是你，怎么办？教你一个绝招，要么闭眼前菜正菜点一个，要么走到正在就餐的桌前，眼睛扫一眼，心里便知哪道菜是你喜欢的。

还有点意大利面，海鲜面，点比萨饼，哪一种，都不会错。点羊排、牛排、香肠都会好吃。

进餐馆，情愿排队等位子的，也不要去一个客人也没有的餐馆。不过在罗马，你放心，闭着眼睛去餐馆，都会比英国的餐馆好吃。

除此之外，还有绝招，看餐馆的卫生条件，看厨房，看不了厨房，可看洗手间，也可看侍者的围裙和袖口，干净，那就安全。

我最钟爱的调料：柠檬、橄榄油、海盐，这些调料非常本质，不影响食物的原味，反而提升它的美味，意大利好的厨师也是用这三样东西。这三样东西也可腌制牛肉、羊肉、排骨、火鸡，不会破坏它原来的味道。胖胖的橄榄很像是胖胖的意大利母亲、唐朝的仕女，瘦瘦的橄榄是意大利少女、扬州的美人，纤细美味。

意大利菜我最爱的是它们的海鲜，我曾在意大利南北，每个餐馆吃海虹，各式吃法，最好的当数西西里岛一个小城锡拉库萨（Syracuse）一家毫不起眼的餐馆，火候刚好，肉嫩味鲜，如同日本料理装盘讲究。

说到日本料理，每隔一段时间我会想念，跟想念四川凶猛的火锅或者辣子鸡不一样，日本料理的精美，每一道菜每一个细节每一种做法都不同，堪称世界第一。好的日本菜，像吃一道艺术品，没艺术品位，多吃几道好的日本菜，便有了。我在日本和歌山上的寺庙里住了几天，庙里的大厨用水果蔬菜腌制出来的下粥的咸菜，吃进嘴里，顿时周身上下通透，如吃灵丹妙药。

罗马的餐馆，专吃海鲜的，性价比最好的，当属Pierluigi，在鲜花广场附近，1938年就开了。不久前，网上还传出NBA球星本·西蒙斯的前女友肯达尔·詹娜来Pierluigi餐厅就餐的新闻。其实这个餐馆，经常会有名人政客光顾，我每一回去都会看到客人排队，而且老板亲自当招待。它的龙虾、金枪鱼鞑靼、法国生蚝、醋腌渍鲷鱼，一份生牛肉欧洲玫瑰烧番茄龙虾面，海鲷鱼都做得没法挑剔，而且鱼也可做成日本料理，厉害。它的甜品，做成水果冰淇淋，还留下水果的壳，添加板栗等等，味道也非常好。

做菜就是变魔术，我赋予食物灵魂，食物能感受我的心。对食物说，你是最好吃的，世界上只有你，食物出来的样子和它的好吃的程度，正如我期待的。我做菜处于快乐状态，吃我的菜会快乐。

也有出错的时候，有一年在意大利家里，那天是威廉姆斯先生的生日，来的朋友全是意大利人，我决定做一个意大利人最爱吃的柠檬奶酪蛋糕。可是脑子灌水，该放糖的放成了盐，好在发现早，把柠檬汁拿出来，留了一半盐在一半柠檬汁里，加了很多糖，蛋糕也做好了。心里比较担心，不知道这些意大利人会有怎样的感受，他们吃了第一口，表情很奇怪，评价说非常独特，多了一道咸的味道，一抢而光。我才如实说了咸味来由。于是大家开始讲自己做菜的故事，有的把东西烤焦了，有的完全忘记糖，居然有好几个人把盐当作糖放，但因为补救太晚，甚至没有发现，而蛋糕上桌时，就难吃。

我怀女儿的那一年，从意大利安科纳飞英国，住在那儿一栋修道院改的酒店，那儿的餐馆在当地非常有名，要先订位。那次吃饭我点了一个意大利有名的海鲜risotto（米饭），跟之前吃这道菜不同，酸酸的，是果醋，海鲜有红虾、蛤、鱿鱼、扇贝，洋葱细细的，还放了土豆粒，似乎厨师担心醋不够，还加了好几瓣新鲜柠檬在边上，入口那一刻好像所有的神经都被打通了，无比通透，我猜想是在那个地方怀上我女儿的，这道菜深入我的味蕾及身体每个细胞。

食物真的能够代表一个人的内在。意大利，每年夏天是结婚最佳时间，每次在那儿，总要参加几个婚礼，参加英国人或是法国人的婚礼，婚宴就相对简单，可能就三四道菜，在婚礼上吃不饱。可意大利人的婚礼会让你吃撑为止，从开始到半夜，都有无尽的食物。看一个人处理食品的态度，可看出这个人是怎样一个人，慷慨的人绝不会把最差的东西呈现给你。

在我很小的时候，一个远房亲戚家里死了人。母亲带我过江去奔丧，我们走进一个很陡的木头楼梯。亲戚朋友都来了，过世的人停在边上，烧着香。大家都过去向他告别，默默地走了一圈。之后这家人端出了一锅红烧肉和一锅米饭，红烧肉是用各种野菌烧的。

那是我吃过的最好吃的红烧肉。整个奔丧过程就是吃饭，很奇怪，大家一声不吭的。吃过红烧肉后，大家就此告别，脸上都没有悲伤。母亲和我回家，一路上，她也没有像以前有人离世那样说着说着就掉泪。用吃红烧肉的方式纪念一个人，真是非常特殊。

意大利人爱吃辣椒，他们有各式辣椒，在家里或餐馆里都有辣椒泡橄榄油，也有辣椒粉。

在罗马的鲜花广场上，有各式干辣椒出售，也有出售新鲜辣椒的，红绿皆有，很小，是朝天椒那样，非常辣，是墨西哥的。想吃特辣的面时，我就购一盆这种新鲜辣椒，摘下，放入袋子，随身携带。

辣椒是重庆的另一个词，辣椒就是重庆，而不是成都，成都人对辣椒并不猛烈，重庆人爱辣椒发自内心。湖南人则是干辣，湖南人更爱槟榔，槟榔更容易让人上瘾。重庆人和醋的关系通过辣椒连接，吃多了辣椒会喝一碗醋，吃面或凉拌菜时放醋，延缓辣椒在身体里的燃烧。

我曾经出版了一本美食书《当世界变成辣椒》，罗马比世界真实，想想，当罗马人手举一个中国的红辣椒，心里想着辣椒的激情和美妙，站在斗兽场或是西班牙台阶，甚至台伯河岸边，那是怎样的行为艺术，整个罗马一片红光，气势磅礴，美不堪言。那个罗马虽是我想象的罗马，但想象终会变成现实。

我期待这一天的到来。

我在意大利，被意大利人常点的五道菜

糖醋排骨：糖和醋组合，做糖醋排骨。把醋浸在大蒜里面是腊八醋，把醋放在鸡蛋中是醋蛋，再加一点点盐，放一点橄榄油和黑松露，那种美味，非人间。如果把醋放入牛肉，加芝麻菜，会好吃。烤鸡时，洒上杜松子酒、柠檬，也是好吃的。冰镇醋加干姜水，醒神又解渴。

辣椒酸面：意大利面做好，放海盐和橄榄，凉后，放蒜、姜粒、小葱，把醋和辣椒放在一起，最后放少许糖，用新鲜的番茄酱，吃时拌好。

醋熘大白菜：在意大利的家做这道菜时，邻居们打破砂锅问到底，想知道这道菜如何做。在北京，大白菜和大葱都堆在走廊，二十世纪八十年代到北京时，走在走廊，都能闻到葱和白菜的味道。把白菜最嫩的地方剥出来，晾一下，切细丝装盘，辣椒、花椒、蒜瓣煎一下，把油淋在白菜丝上，放醋放糖，特别好吃。记得我在英国做这道菜的时候，世界上最著名的哲学家皮尔·安德森高呼好吃，停下他与同行的辩论，问我这道菜是怎么做的。

桂花芽烤鸭：将桂花芽抹上鸭周身，抹上盐，放杜松子酒，放苹果醋、柠檬、橄榄油，鸭子每三寸用刀戳一个洞，淋上柠檬汁、橄榄油、盐、蒜瓣、姜丝、新鲜迷迭香，土豆、胡萝卜、苹果切块，放到鸭肚里。烤箱大火220摄氏度上下烤，大概45分钟。奇香、皮脆肉嫩。

鹅肉鸡蛋饼：材料是切片鹅胸脯肉、无核橄榄、茄子薄片、圣女果、大蒜片。鸡蛋加一勺海盐拌匀。平坦铁锅，倒橄榄油，将所有的材料倒入，一分钟小火后倒入鸡蛋液，三分钟后关火，便成了。让余温继续发挥。这道菜，也可放冷后放入冰箱，当冷菜吃，倒一杯意大利香槟，同吃最好。

附录

五又二分之一的罗马：新女性的神圣激情

荒林对谈虹影

荒林：我读完《燕燕的罗马婚礼》，被一种神圣的激情震撼，作为一位女性主义学者，我感受到了文学的女性主义探索的勇气和力度。你用精彩的人物形象，迷人的故事，魅惑的悬念，引领读者的心灵，探索婚姻和爱情的奥秘，让人深深体验到身心自由的宝贵，又让人领略心灵及文化、文明与婚礼仪式的神奇关系。这部小说与你过去自传式的长篇相比，完全是另一种创新，你可以谈谈超越式写作的动因和目标吗？

虹影：我对女性存在的瞬间，近几年较之前有更为深刻的体验。在某一个时刻，我是这个人，同时也是另一个人，可穿越过去与未来，在客观世界与主观世界并行，把心灵深处秘不可宣的那部分，用文字的形式呈现出来，通过江水贯通历史、现实和未来，去创造一个使之相遇的四维空间，同时使不同的时刻不同的人穿入罗马这面镜子，相互交融，相互错综，叠加式地对人生不同阶段进行回忆、感受和重塑。这里也存在对女性与男性的审视，由故事本身来说明其关系。

此间，我发给你两个音乐，是我女儿推荐给我的，艾兰·奥拉夫·沃克（Alan Olav Walker）的*Fade*和雷雷·马奇特利（Lele Marchitelli）的*Cardinals*。

这两年我写这小说前迷上了这两首曲子，重复听它们，浸入其音乐的节奏里。

1997年出生的艾兰·奥拉夫·沃克是个天才，一个蒙面少年的背影，如同他的音乐，直接触及我的灵魂，敲开沉睡区域，神秘地为我注入了新鲜的血液。

第一首曲子的MTV，拍的是爱沙尼亚的首都塔林，说的是一个从小离家的蒙面人，长大后凭着一张照片来寻找记忆中的家，最后在照片的指引下寻找到从前的老房子。但是，那儿已然成了一片废墟残骸，蒙面人拉下面具，绝望地面对这现实。

第二首曲子是来自意大利电视剧《年轻的教宗》的插曲，是雷雷·马奇特利作曲的。他作了好多我喜欢的电影音乐。他的音乐与前面提到的音乐有异曲同工之美，二者放在一起，真是一种性感加复调的结合。表现教皇的历史片，却用如此激情现代的音乐，有张力，有想象力，这也给我打开了一道表现命运之门，我毫不犹豫地走了进去。

荒林：晚上我反复欣赏了你发来的两首曲子，它们让我回到你小说的旋律中，来到罗马和重庆这两座城市，倾听你的小说人物激情演奏的人生。一个阅读和凝望江水的女孩，一个在沙滩上舞蹈的女孩，她们逃离了日复一日的山城，心向罗马，来到了罗马。心灵的宇宙中，时间是羽翼，空间是羽翼飞行的节奏。在探索心灵的自由深度上，爱和性，是感觉，是灵觉，也是知觉。它们之间神秘互动，与主人公一起散步罗马的广场，它们之间互相唤醒，让主人公瞬间成长，改变认知，推进生命，加深爱的探究。一只神秘的猫，一只流浪的狗，为自我和他者提供镜像。城市精神生活的对话场景，如同电影镜头。而电影《罗马假日》，则是人物的背景文本和对话文本，记者和公主，也是自我与他者，也许就是精神生产和文本生成的原初基因，不过成长已经使她和她变成蓬勃的新生命了。

现实生活中，女性的物化处境被认为比二十世纪严峻，你这部小说却没有选择批判现实的题材，而是走进了爱情与婚姻的哲学主题公园，里面清华大学的校友们，一方面真挚地践行着爱情，另一方面忠诚地辨析生命深处涌动的感、灵和知性；一方面向往履行结婚的仪式，另一方面却谨慎而又毫不犹豫地放弃了结婚。这是一部特立独行的小说，却有对“五四”时期爱与自由主题的继承。这是一部迷人的交响，主题、人物、空间不再像《饥饿的女儿》和《好儿女花》，把历史当线索和批判对象，把时间当脉络和痛苦反思的证据。《燕燕的罗马婚礼》只讲述了五天半的故事，却演出了两个国家、两座城市、两代人的爱情婚姻的复杂的多幕剧，一方面是对婚姻形式的解构，另一方面却精心建构了爱的精神世界。如你所说，女性存在的瞬间体验，在这部小说中成为不断演奏的旋律和声部，不受国界、城市、时间限制，一念一梦，一举一动，呈现量子级的精神运动，推动情节发展，人物变化，超越现实人生。是理想的、梦想的、文本的世界在生长，宁说它是文学的、女性主义的勇敢创意，它们超越了女性现实的困境和苦难。

你是有意以音乐为参照，追求一种空间叙事结构和美学吗？是否受到女性主义关于女性经验是非线性历史的影响？

虹影：罗马是一座猫城。有意思的是，我小时生活的南岸到处是野猫，尤其是深夜，猫发情的叫声让我胆战心惊。这是什么巧合？向我揭示什么天机？我尚未厘清思绪，只是将写作时的状态透露给你。我生活在音乐之中，让我的小说也如此。音乐的确可以单独制造出一个空间，像万有引力之虹，让你的想象力到达你将去的地方，相遇你想相遇之人——永恒之城的罗马，我来了。我这样的人，不规则的人，用非线性历史来说，比较准确。我让燕燕代替我在那座城度过了五天半，这一次我要这样来写孤独的燕燕、同样孤独的露露，一样孤独的母亲们，母亲们的母亲，那种推不开的黑暗，而她们是那样不屑一切地昂起头来，她们在面对自己时，真实而坦然。这是新女性，再也不是伍尔夫笔下的达洛维夫人，不只是为了上街购买鲜花，返家后却抑郁难忍的状态，而是进入这个世界，打烂它。

荒林：燕燕毕业于清华大学，露露是成功的名模，燕燕的母亲爱恨强烈，性格鲜明。她们都是新女性，身上没有旧式女子的自卑，她们不依赖于男性生活，而是勇于追求新生活。“进入这个世界，打烂它”，她们的确是不信邪的。燕燕的母亲支持丈夫放弃工作经商。燕燕自己选择了意大利留学生皮耶罗，婚礼之际却坚决地说NO。露露一边等候富商王仑求婚，另一边却爱上意大利明星马可。她们打破了关于女性的诸多神话和想象，她们心灵的舞蹈无视现实的束缚，专注自我的精彩。在这一点上，你打破了伍尔夫塑造达洛维夫人的局限，达洛维夫人外在的自我与作为克拉丽莎的内在的自我，终生只能在矛盾中挣扎，她表面上鲜花盛宴，实际上卑微渺小。你赋予燕燕、露露们勇敢的孤独，孤独的勇敢，她们的逻辑不是现实生活，而是超越生活，追求自我。

虹影：刚才提到了《达洛维夫人》一书，这本书发表于1925年。当时，第一次世界大战刚结束，战争带来的灾难和毁灭，人的精神世界一片失落，西方社会进入了城市化、工业化时代，物质生活、精神生活都发生了剧变，传统的价值观在动摇，宗教中心地位受到了挑战，人与人的关系变得更为生疏。英国人的那种复杂而矜持的个性，恐怕在那个时代表现得更为明显，那正是T.S.艾略特的诗《荒原》所书写的一切。看那个小说，很像我们身处的二十一世纪，人们除了追逐金钱和无止境的欲望，内心一片苍白。数字时代、机器人时代，我们及新的一代年轻人成为物质主义、享乐主义者，怀疑一切，反叛一切，他们的精神安放何处？我自己曾是一个严重的抑郁症患者，时间治不了我，只有书写文学的辛苦工作救了我。

荒林：我最近主持了在长沙李自健美术馆举办的德国表现主义大师基弗艺术大展的两个论坛。安塞尔姆·基弗生于1945年，德国战败的那一年，在娘胎中就被隆隆炮声惊醒，诞生于地狱景象之中。基弗有“成长于第三帝国废墟之中的画界诗人”之称谓，油彩、钢铁、铅、灰烬、感光乳剂、石头、树叶甚至太空陨石，均被他用来呈现“帝国废墟”。他的作品巨幅为多，面貌均极为现代，打破了时空、思维和情感的边界，观众往往被震撼。与通常艺术给予的温暖安全之美迥异，基弗给予的是冷酷和危险，让人不能不产生自知之明。这位“德国罪行的考古学家”的艺术，和你谈到伍尔夫反思第一次世界大战的文本，确乎有一种内在联系，也是对T.S.艾略特的诗歌《荒原》的视觉再现，它们共同体现了西方文学艺术的反思传统。反思能警醒现实，也能照亮未来。我们及新的一代年轻人，亟须反思思维来唤醒精神成长。我想说的是，《燕燕的罗马婚礼》，充满了反思思维，虽然不是对第一次、第二次世界大战的反思，却是对我们日常生活的反思，对我们情感世界的反思，对我们习以为常的爱情和婚姻的反思。这是一种女性主义思维方式，在叠加的时空中，对生活的惯常经验进行辨析和审视，做出了面向未来更好的选择。当然这是文本的理想，但更是思维赋予的力量。人们常常缺少改变日常生活的行动的勇气，难道不需要思维和文本的激活？

说到我们的对话，也是一次小小的行动激活。手机可以利用零碎时间对话，很适合我们女性的生活方式。网络开创了人类不同于过去任何时候的新时代，对于文学写作也构成了新的挑战。我们这次微信对话，也和我们以前面对面对话不同，相对而言，我感觉更加自由，让我们身在两城而无阻遏，也没有时间的紧迫问题。在《燕燕的罗马婚礼》中，人人也离不开手机。紧张中，燕燕忘记开通国际漫游，导致下了飞机即与未婚夫失联，这是你小说的精彩悬念，也是潜意识里燕燕还在犹豫要不要结婚的心灵探索。后来燕燕和王仑这两个梦想家，就像《罗马假日》里的迷路公主和美联社记者一样，漫游了罗马城，拍下不少自然动情的合影，与各自的未婚对象见面时，又匆匆从手机中删除，却心有不舍，埋下更吸引人的悬念。这部小说的情节设置迥然不同于你过去的小说，手机无疑是重要外因和幻象之镜。燕燕和露露这两位曾相遇未相识的重庆女孩，内心都有长江流水的性格，为了梦想穿越时空来到了罗马，又因手机和信息连接起来，共同坐进了咖啡馆，为了爱情发生竞争又超越了对爱情的认知。这部小说在主题和题材上都集中于梦想与爱情，与批判历史和现实的反思不同，它是面向未来的反思。通过江水与历史、现实、未来相遇的四维空间，创造一种女性主义梦想成真的文本效果。女性不被历史遗忘所困，从压抑的经验开采激情，就像小说的开篇所暗示的，燕燕关心的除了香港回归这样的大事，还有太阳、地球、月亮三星同在一条直线上的宇宙奇景，这是拓展反思思维的一个激情和梦想的文本。你在小说中设置了不少场景，让人物自我面对，自我选择，比如王仑举杯与猫说话，露露喃喃自语，燕燕坚决不重复神父的誓言。这部精神探索型小说与恋爱婚姻题材搭配，给人一种“五四”青春传统继承发扬光大的阅读感受。开阔的国际视野，自信满满的清华校友，又令人看到大国崛起的自由气象。你过去的小说是从自传通向时代的对话，这部小说却是时代在向自我召唤。如此重要的转型，对一位小说家而言，经历了如何的深思熟虑？或者说你如何进行反思？

虹影：女性的书写已发生深刻改变，我们为自己写作，或是为人类世界、为未来、为我们的孩子写作，已不是一个命题。谁关心我们内心的世界，内心的情感什么是真实的，什么是非真实的？在我们的梦中出现的一切跟童年有关，也跟DNA有关，我想表达什么，似乎都跟眼前的江水有关。江上出现了大轮船，我们这些江边的孩子会跟着追出好几里。我们本能地要去远方，对旧地的抛弃，对新世界的好奇。我们的骨子里对生命历程非线性的历史一拍即合。我每年夏天居住在意大利两个月，接连十二个年头，对异文化的兴趣，让我回看自己的生活与写作。跟在中世纪的仪式化的游行队伍里，听他们低声哼唱歌曲，仿佛有新鲜的血液注入。我有些清醒了：写女性的内在世界，那种孤独，比如里面的女主人公，她一直以看电影为驱赶孤独的武器，她每次看电影时，必放一张喜欢的电影里的男子的照片在旁边的椅子上。那是她，也是我。

荒林：你写她们，如写自己，她们本能地要去远方，对旧地的抛弃，对新世界的好奇。她们和我们的骨子里对生命历程非线性的历史一拍即合，也与我们这个城市化时代、全球化时代、网络时代一拍即合。她们是累积了母辈经验和梦想的人物，随时代的潮水奔涌而来。但你并没有让她们失去平衡。你塑造了新男性形象王仑，就像他的名字所寓意，这位新男性是父母"一眼就能无限沟通"爱情的结晶，是清华校友，是时代物质财富和精神财富的创造者和运作者之一。他身体健康，思维敏捷，观察细致，体贴入微，更是时刻反思谨慎，不断体验内心真实，追求真实自我的人。王仑迥然不同于鲁迅《伤逝》中的涓生，那种物质的窘迫和精神的苍白，那种无法承担子君命运的孱弱的新青年。作为财富集团董事长，王仑令人神往之处，是他在物质财富和精神财富之上，更有梦想的激情，自由的精神。他被燕燕吸引，乃"自由，她像一阵风卷走了我"。王仑和燕燕，乃是"罗马婚礼"真正的新郎和新娘，是新文学殿堂需要的一对新人。你给予了这对新人平等的起点：清华校友，心中的梦想，爱情和自由。来到罗马，在罗马，两位梦想家的相遇。你的故事，不是电闪雷鸣，而是相遇的反思、辨析，历史和现实的反复省思，直到自我如花蕾呈现。小说的结构上正线是两条并行线，燕燕与王仑的视点；副线是三线并行，露露、燕燕、燕燕的母亲的视点。正副线互相交结，如同俄罗斯套娃，一个串一个。新男性与新女性的花蕾，是最里面的新人。一天，同一天，你在叙事手法上的创新，拓展心理期待，体现出空间代替时间的奇妙，可以谈谈对这部小说结构设计的匠心吗？

虹影：我喜欢时间的零碎划过耳际的嘀嗒声，一天，又是一天，还是同一天，在一天里发生相关联的事，让人意想不到，让人防不胜防，一波未平，又起一波，像音乐的变奏。我对这个小说倾注了较多精力，开始写时我没有侧述，而是以主线为主，并行讲述故事。但是写着写着，觉得不够，便停了一年，一直思索，看有什么方式能更合理地讲述它。有一天，看着住所窗外的天空，永远有一群灰鸽子，每隔一段时间便出现，它们飞舞的图案每次都不一样，但是对我来说，都在对我说着什么。这让我联想到小时六号院子十三户人家同住，在二十世纪七十年代我的三哥从一个同学那儿提了几只鸽子回家，他放在小阁楼的天窗里。鸽子的叫声对我来说，是一种需要去听懂的话。它们飞行的姿态万千变化，组成一幅幅神奇的图案，图案中的空白，又是图案，令我着迷。只要三哥一声口哨，不管多远都会回到天窗。这么快它们便听从他的召唤。我好奇，它们如何看这个贫困地区人们的无望生活、无常生死、命运暴戾？我希望鸽子就是讲述者。显然我与它们对话，和三哥与它们对话，是不同的。这给了我启发，马上回到电脑前，添了副线，运用了俄罗斯套娃的奇妙，将正线与副线衔连在一起，互相对应，互相反衬，使文本多样变化，结尾可能是开始，开始可能是另一段故事的极为重要的一个场景。

燕燕和露露，这两个出生于重庆南岸贫穷地区的女孩，她们的成长，面对时代巨变的选择，是一个人的双面体，要爱情或是要成功，野心与快乐，如同熊掌与鱼。从那儿渡江到城中心到大都市北京，再到罗马，贫穷与财富，良心与权力，自负暗藏自卑，荣耀伴随寂寞。中国改革开放四十年来，人的内心纠结折射，击中了我的神经。其实用悲剧的手法表现一个民族和一段历史，女性的生活，如同我之前的作品《饥饿的女儿》和《好儿女花》《阿难：我的印度之行》以及《上海王》等，对我来说是难的，但用一种明亮的色彩，甚至喜剧的形式来表现同样的主题，对我来说更难。知难而上，用从未尝试过的幽默方式展现现实中的中国和意大利家庭的平凡生活，人们经历的家庭变故、宗教信仰、爱情与金钱的选择。这里面的人物没有百分之百的好人，也没有百分之百的坏人，所有角色都按照自己的需求和梦想展现自己的真实面貌。

如同燕燕，我是一个爱电影胜过一切的人，我喜欢所有费里尼的电影，最影响我的电影是他的《阿玛柯德》。这部电影基于他对自己二十世纪三十年代生活的回忆，表达了他对爱情、政治和家庭的看法。这部电影对我来说就像一面镜子，可以从中看到自己的生活和邻居们的生活。他住在海边，我住在长江边。我出生于1962年，是中国饥饿的时期。在我自己的家乡，数百万人死于饥饿，但我的整个童年，就像二十世纪三十年代的费里尼那样，尽管我们的生活很普通，但却充满了对爱的渴望。爱的激情所带来的力量，让当时那个女孩——我，得以生存下来，并幸运地找到外国文学，通过阅读，通过观看电影，哪怕东欧电影，也让我做梦，让我相信只有梦，才会让命运在未来的某一天有所不同，因为梦或幻想可以让人有勇气和智慧。说来也奇特，从喜欢意大利的文学和电影，到几十年后真正住在意大利，通过眼睛和心灵体验这个国家，来对比以往从书本和电影中了解到的意大利，也更深地了解我自己的国家和自己。

荒林：感谢分享小说孕育构思的过程，让我们体验艺术创作的艰辛与奇妙。前面我用了“量子级精神运动”来谈这部小说的精神探索，印证了你构思所采用的方式，近乎“量子纠缠”。在量子力学中，两个或多个粒子共同组成的某种纠缠的量子状态，无论粒子之间相隔多远，即便被扔在银河系的两端，只要一个粒子发生变化，就能立即影响到另外一个粒子。这种被爱因斯坦称为“鬼魅般的远距作用”的纠缠态，竟真实弥漫和影响了你曾经的生活，并在这部小说的情节构思上呈现出来，难怪阅读小说时，我第一感觉是“魅惑的悬念”。如果说燕燕和王仑就像两个纠缠的主量子场，燕燕和露露则像显和隐的量子场，她们身后的重庆长江南岸贫民窟，则是不断浮现的背景场，而飞翔在罗马广场的鸽子，也与重庆天空的鸽子是纠缠态。平行的精神宇宙构成了这部小说的量子级精神运动。量子平行宇宙是随时随地、不知不觉就会产生的，每一件事的发生都会产生一个平行宇宙。小说的人物完全不受限于时间、空间，意念中过世的亲人回来了，童年的遭遇重现了，长江的流水出现了。不错，穿越地球，从中国的腹部到欧洲的腹部，两位贫民窟诞生的女子，已乘改革开放的长江之水，来到命运的自由之境。这部小说有一种气象，量子力学与中国古代美学关注的气象之间，是有物理证据的。因为这种气象，打通了痛苦与欢乐，不幸与幸运，浑然一体，变成生命呼吸，变成时代节奏，你所关心的时代，全在其中。我也不禁由量子纠缠，想到法兰克福学派代表人物之一的马尔库塞，他的美学观点认为，艺术既是一种美学形式又是一种历史结构，是充满诗情画意的美的世界与渗透价值意义的现实世界的统一。与你过去的书写不同，尽管这部小说中同样写了贫穷、遗弃、暴力，对强奸、性骚扰、性困惑都有集中描写，但反思的视野不同于控诉，而是赋予人物认知世界和改变处境的动力，最终促使人物逆袭命运。人物得以与历史和解，也获得了美学的舒展。

虹影：量子级精神运动！那个白袍智者又回来了，那个母亲讲述的母亲的形象重现。江水被手指牵得很长，一个女人居住的房间空间被放大。一个时代，大时代被缩小，成为你面前的一个小点，你放在手掌，看了看，跟从前的一次呼吸相关。不必写强奸的原因和过程，而是写伤痕之后、灾难之后人如何生活。

荒林：痛感的量子纠缠，也许正是这部看似喜剧的小说，能够有切肤深度所在。痛之思也，乃为反思。物质繁荣了，身体自由了，精神却需要反思源泉来哺育，否则将轻飘飘极乐死去。那个要逃跑的女孩在哪里？那个沙滩上跳舞的女孩在哪里？这部小说激情的动力也是反思的源泉在涌动，不要重复压抑苍白的生活，要生活得更好，要寻求梦想，要确证梦想之翼没有落下，这样的激情是神圣的。我们的日常如永葆神圣激情，精神就不会委顿。燕燕、露露和王仑，可说都是作家神圣激情的化身，是我们新女性梦想的翅膀，他们互相指认，形成量子纠缠，形成我们时代新女性、新男性的气象。当然了，反思再拓展一点，电影作为人类梦想工厂，为这部小说人物的梦想添加了梦的复数，是无数平行的量子宇宙。因为电影是大众梦想的镜子，这使得人物的梦想并未脱离大众心理，相反完全是巨幅的梦想气象。神圣的中国梦，神圣的日常激情，原来反思可以是这样一种持续的量子纠缠态，这是阅读很有吸引力的原因。谁和谁最后到底结婚了吗？因为难以想象谁和谁应该分手，每个人都很有魅力，都是我们神圣激情的一部分。也许这部小说的成功，正是神圣激情的成功。是我们渴望不断自我新生的激情的魅力，它像是唤醒了“五四”青春，又胜于成长的力量。

回到意大利的日常生活场景书写，我想到我们应该进入对话的第三大主题，全球化时代的写作经验与语言问题。这部小说的异国风情，无疑是吸引读者的很重要的元素。罗马悠久的历史、神奇的传说、优美的风景，人物置身其中，难以不发生故事，关键是发生什么样的故事。跨国婚姻是我们地球村时代特有的生活故事之一，所以

《燕燕的罗马婚礼》很有吸引力，读者跟随燕燕走进意大利人家，建筑、风俗、宗教、食物、起居及人物关系，无不引起好奇。有趣的是，燕燕并不会说意大利语，与大多数读者一样，如何进行语言交流也是一个谜。当然了，未婚夫是清华大学留学生，学的汉学，这是中国崛起之后的显学，燕燕自信满满，象征了中国的自信。于是交流用汉语、英语、意大利语。三种语言为文本制造了新奇的空间，自信的阅读满足。而观察意大利生活的视角，暗中也包含了反思，这是为什么燕燕最终并没有结婚，而是要找到一个更好的自我。当你把多年来的意大利生活经验写进小说中，你选择跨国婚姻故事，文化交融的象征自然蕴含其中。本书的写作落笔罗马，有没有过反复斟酌？毕竟罗马不像重庆，不是中国的城市，不是你成长的地方。你认为全球化时代的写作，会面临哪些挑战？

虹影：我十八岁离家出走，有十年时间在全国各地流浪，读“人间”这本书。后来又在欧洲寄居十多年，用生命体会西方文明的渊源、资本主义的繁荣与衰落。我以往的小说即开始探讨中西文化之异，创造不同的故事。去回看自己走过的路，坦率地说，我经常迷失，难以保持清醒，更多时候找不到自己。2000年，我返回中国居住，感受到改革开放后经济发展带来的巨大变化。我也经常返回故乡重庆，感受颇丰，尤其是三峡大坝移民大迁移工程，太多的人间悲喜剧上映其中。当然，重庆作为一个以前国民党抗日时期的陪都，后来又是三线建设的重点城市，突然升为直辖市，经过了太多历史瞬间。作为一个目击者和观察者，我见识了贫穷的缘由和改变的可能性。贫困不可怕，怕的是精神贫困，那些处于弱势的群体和被世界遗忘的角落，他（它）们到底需要什么？是金钱或是尊重？或是别的？当我在意大利度假时，望着不远处的雪山和窗外的大海的蓝，当我走在罗马城里，面对贝尔尼尼的雕塑时，一次又一次参加在这儿的婚礼时，我的手开始发痒。我得写一个婚礼，跨国婚礼，意大利与中国真是有好多相同（三代同堂，爱家庭，男人也带孩子，爱吃自己国家的食物，甚至走后门，搞关系，女人在家有权利，男人在外都好色等）和不同（艺术为生命中最不能缺乏的，人家把历史和文明保护得好好的，到处是中世纪的宝藏，人家有信仰，天主教国家等）。罗马虽是意大利历史和艺术的中心，隔得很远，但艺术之美是相通的。因此，尽管习俗不同，宗教不同，政党不同，但意大利人是人，和我们中国人是相同的。做足功课，与当地各式各样的人共同生活了十二年，太多的葡萄酒和橄榄装入肚子里，给了我底气，也给了我太多的故事，我在一片大海之中，摘取那些最让我动心的浪花来编织我的小说。罗马在我的小说中不再是一座城，而是一个人，有血有肉，有悲叹有喜悦，有高潮有低落。他信心百倍，又勇气无限，像歌剧里的咏叹调。有时甚至悄悄掉泪，如诗一般让人不舍。我每次走近他，每次心都怦怦直跳，我知道我爱上了他，不能自拔。这样好，我能写他。

荒林：之前感谢你分享小说的孕育构思，此时要感谢你分享自己丰富的东西方生活经验。作为一个地球村人，你深深爱上了罗马，也一直深爱你曾逃跑的重庆，你是重庆的形象代言人。你本人是跨国婚姻的深刻体验者，你的爱情是中西合璧，你的女儿是美丽的混血儿，你的确有足够的经验书写我们时代的跨国婚姻。《燕燕的罗马婚礼》，它的东西方文化交融结合，可说是一个热烈盛大的婚礼。燕燕与皮耶罗、露露与马可相恋的过程，更是文化吸引的过程。罗马作为西方文明象征，也是人类文明象征，准确地说，是人类城市文明的象征，这是我们的小说人物都迷恋罗马，迷恋罗马电影的原因——罗马的电影总在讲述城市文明的迷人故事。是不是相信一种国际大都市书写正在诞生？那就是汉语讲述地球村人的故事？新女性和新男性，可能正在越界？是不是这样说，你对写作的挑战，有更精确的回答？你对未来写作有何设想？

虹影：你提出的这几个问题，是一种预示吧，女性写作应进入一个新领域，我们中国作家需要革自己的命，清醒地保有自我批判精神和独立思考的立场。一个作家有他的几座珠穆朗玛峰，他理应朝前行进。

相对未来，我只想说，昨天我不能做自己，那么今天我必须是我自己，随手在黑暗和痛苦中抓一把几百年前的声音，打捞未来几百年的那些聚集的光影，把它们变成有力量的文字。讲一个故事，再讲一个故事，给同样孤独的你听。写作，便是将一个空间叠加到另一个空间，穿越到那量子空间里。可是面对来自原乡的呼唤，即使会变成一座石头，也要回头，那回头就是我的艺术。

《罗马》

给追求爱情、梦想与自由的你

给同样孤独的你